AF280565

Ingmar Decker

Die verlorene Beherrschung

ACH, ECHT?

Ingmar Decker lebt und arbeitet in Berlin. Er begeisterte sich schon als Kind für das Comic-Zeichnen und Schreiben, vergaß es aber für längere Zeit, um es nach einigen Jahren wieder neu für sich zu entdecken.

Während der Zeit des Vergessens studierte er Informationswissenschaft und Informatik und arbeitete mehrere Jahre im Internet-Milieu.

Das tut er immer noch, widmet sich aber wieder mehr dem Zeichnen und Schreiben.

Ingmar Decker

Die verlorene
Beherrschung

Kommissar Hellander und seine Kollegin ermitteln
in acht von zehn Fällen

Bibliografische Information der Deutschen Nationalbibliothek:
Die Deutsche Nationalbibliothek verzeichnet diese Publikation in der
Deutschen Nationalbibliografie; detaillierte bibliografische Daten sind im
Internet über dnb.d-nb.de abrufbar.

Die verlorene Beherrschung
Kommissar Hellander und seine Kollegin ermitteln in acht von
zehn Fällen

© 2025 Ingmar Decker, Berlin
ISBN: 978-3-8192-9783-0
Verlag: BoD · Books on Demand GmbH, Überseering 33,
22297 Hamburg, bod@bod.de
Druck: Libri Plureos GmbH, Friedensallee 273, 22763 Hamburg

Text und Illustration: Ingmar Decker
Mehr Information: www.achecht.de

Rufmord

Kommissar Hellander schritt müde zum Tatort, in der Hand eine Tasse mit einem verlängerten Espresso. Sein hellbrauner Trenchcoat flatterte in der kühlen Brise. Auf dem Gras glitzerte der Morgentau und Hellander bekam feuchte Schuhe.

Er hielt kurz inne und trank seinen Espresso. Danach fühlte er sich ein bisschen wacher. Er schaute auf die leere Tasse in seiner Hand und fragte sich, was er jetzt damit machen sollte. Kurzerhand ließ er sie in seiner Manteltasche verschwinden.

Die Sonne war gerade aufgegangen. Sie wusste noch nicht genau, ob sie die Kälte der Nacht vertreiben sollte oder nicht. Etwas zu früh, fand Hellander. Doch was tut man nicht alles für seinen Job. Es war wieder einer dieser Spezialfälle.

Seine Abteilung.

Ein Rufmord.

Etwas weiter den abschüssigen Rasen hinab lag offenbar die Leiche. Er sah, wie sich der Gerichtsmediziner über etwas beugte. Er war gespannt. Einen toten Ruf hatte er noch nicht gesehen.

Ein paar Kollegen von der Spurensicherung waren auch schon da und gerade dabei, das Gebiet weiträumig abzusperren. Einer von ihnen zog gelangweilt ein rot-weißes Band abrollend an ihm vorbei und grüßte beiläufig. Hellander lächelte und grüßte mit einem freundlichen „Guten Morgen" zurück.

Er blieb stehen und sah sich um. Er stand auf einer weiten, abschüssigen Rasenfläche. Links und rechts vereinzelte Bäume, am unteren Ende ein kleiner Teich, über dem ein leichter Nebel schwebte. Ein paar Meter daneben lag die Leiche.

Er ließ den Blick schweifen. Rechts sah er eine eigenartige Formation von großen Findlingen, auch dort ein paar Nebelschwaden.

Er atmete tief ein. Es roch nach frischer, feuchter Erde.

Etwas mulmig war ihm zu Mute. Es lag etwas Mystisches in der Luft.

Die Formation der Findlinge und die neblige Morgenstimmung erinnerten ihn an Stonehenge, diesen sagenumwobenen Steinkreis in England. Er stellte sich vor, er wäre Merlin, der den Nebel und damit den Drachen heraufbeschwor. „Anal natrach", säuselte er im Geiste, „uthwas bethatt, dôriell djenweh". Irgendwie so hatte er den Zauberspruch aus einem Film in Erinnerung. Noch einmal sprach er ihn leise vor sich hin. Bald würde der Drache kommen …

Und er erinnerte sich an die Filmszene, wie die Stimme sich erhob, grollender und eindringlicher wurde. „Anal natrach, uthwas bethatt, dôriell djenweh!" Er wünschte sich diese Fähigkeit, diese Macht, Drachen heraufbeschwören und Dinge in Bewegung setzen zu können. Diese Macht, die keiner bei ihm vermutete, aber im entscheidenden Moment träte sie hervor und würde die Welt richten. Und dann die Blitze, die aus seinen Händen flossen und den am Boden liegenden Luke Skywalker zappeln und schreien ließen. Ach, nein, der Luke, der war ja ein Guter. Voll gemein. Besser irgendein Mistkerl, der es so richtig verdient hatte, niedergestreckt zu werden, der sich am Boden winden würde vor Schmerz, während er, der mächtige Imperator, mit ausgestreckten Armen und verzerrtem Gesicht dastand, seine Macht genoss und dabei röchelnde und lechzende Laute von sich gab …

„Alles in Ordnung, Herr Kollege?" Eine Frau stand schräg hinter ihm und legte vorsichtig ihre Hand auf seine Schulter. Er zuckte zusammen und drehte sich zu ihr um. Noch einmal zuckte er zusammen. Abgründe taten sich vor ihm auf.

Wer war das?

Das musste seine neue Kollegin sein.

Sie trug ein grünes Jackett mit Nadelstreifen, darunter ein blass-rosa Stretch-Top, das ein Stück ihres weichen Bauches frei ließ. Um den Nabel war mit Kajal ein Kreis gemalt. Dazu trug sie einen orange-gelben Batik-Minirock und schwarze Lederstiefel, die bis zu den Oberschenkeln reichten und in die viele runde Löcher hineingeschnitten waren. „Zur Belüftung", wie sie später erzählen sollte.

Die dunkelblonden Haare mit weißen und roten Strähnchen waren konfus nach oben geknüllt und notdürftig fixiert mit zwei Stäbchen vom Chinesen. Aus dem Knäuel ragte eine kleine Plastikrose von der Schießbude. Im linken Ohr steckte ein Ohrstecker mit einer rot blinkenden Leuchtdiode.

Er sah die Kollegin zum ersten Mal. Herr Müller hatte ihm angekündigt, dass an diesem Tag seine neue Kollegin anfangen würde, aber nicht gesagt, was für eine.

Eine ruhige, elegante junge Dame, eher ein kleines Häschen hatte er sich vorgestellt. Eine, die zu ihm aufschauen und ihm mit freundlichem Lächeln unangenehme Arbeit abnehmen würde. Und mit der er zwischendurch auch mal ganz unkompliziert im Bett landen könnte, oder so.

Doch er hatte seinerzeit schon geahnt, dass das – wie so oft – ein Traum bleiben würde.

Diese Frau wirkte auf jeden Fall weder unkompliziert, noch elegant, noch ruhig, noch wie ein Häschen.

Das konnte ja ein Spaß werden.

Nach einigen Momenten trafen sich ihre Blicke. Ihre Augen hatten seine schon eine Zeit lang fixiert.

Die nächsten Abgründe taten sich auf.

Diesmal in seinem Inneren.

Diese Augen …! Diese Augen, so schien es, konnten ohne Umwege in ihn hineinsehen.

In diesem Moment fühlte es sich an, als wäre sein Körper die steinerne Hülle einer großen, dunklen Höhle. Seine Augen waren zwei kleine Löcher, die nur ein wenig Licht hereinließen und die in der Ferne schwach leuchteten. Und die Augen der Kollegin konnten genau dort hindurchschauen. Hinein in die Höhle, in der das, was von ihm übrig war, in Mitten der Dunkelheit zusammengekauert saß, während ein verzweifelter Schrei den dunklen Abgrund neben ihm hinabstürzte.

Er wandte sich ab. Diesem Blick wollte er nicht standhalten.

Die hat bestimmt Psychologie studiert, dachte er verunsichert. Verdammt.

„Alles in Ordnung?", fragte die Kollegin erneut.

„Äh, ja, klar, alles okay", antwortete er.

Doch das war eine Lüge. Plötzlich versteifte sich sein Geschlechtsteil und wuchs dramatisch in die Länge. Es durchbohrte seinen Hosenschlitz und ragte nunmehr einen Meter in die Höhe.

Wieder taten sich Abgründe auf. Diesmal vor der Kollegin. Sie stierte atemlos auf die Spitze seines Geschlechtsteils, das bestimmt dreißig Zentimeter über ihren Augen schwebte.

Hellander war unfähig, sich zu bewegen. Ähnliches hatte er schon früher erlebt, aber das hier hatte eine neue Dimension.

Die männlichen Kollegen von der Spurensicherung schauten auf und erblassten vor Neid. Die weiblichen Kollegen, die Kolleginnen, hielten sich die Hand vor den Mund und den Atem an. Das sah gefährlich aus.

Hellander versank für einen Moment im Boden. Als er wieder auftauchte, scheuerte ihm die Kollegin eine und der Spuk war vorbei. Sein Geschlechtsteil beruhigte sich wieder und verschwand in seiner Hose.

Noch starr vor Schreck rollte Hellander seine Augen hin und her. Ob jemand etwas bemerkt hatte? Es schien leider so. Schnell versuchte er, die Situation vergessen zu machen. „An die Arbeit, meine Herren!", befahl er. Die Herren taten das sogar. Das verblüffte ihn. Manchmal, so nahm er zur Kenntnis, besaß er mehr Autorität, als er sich selbst zutraute.

„… und Damen", schob er mit einem verstohlenen Blick auf die Kollegin nach, den Kopf tief zwischen die Schultern gezogen.

Die schaute noch immer leicht verstört. Herr Müller hatte ihr ja ein bisschen von ihrem neuen Kollegen erzählt, aber das Interessanteste hatte er verschwiegen.

Langsam schummelte sich ein Hauch von einem Lächeln auf ihr Gesicht. War das eben wahr gewesen? War das eben echt passiert? Oder hatte sie geträumt?

„Kneifen Sie mich mal", bat sie ihren Kollegen.

„Äh", brachte dieser nur heraus. „Wir sollten uns jetzt dem Fall widmen", lenkte er ab. Er drehte sich um und schritt energisch zum Tatort hinunter. Die Kollegin folgte ihm langsamen Schrittes. Zu ihrem Lächeln auf den orange gefärbten Lippen gesellte sich eine gerunzelte Stirn. Na, dachte sie, das kann ja ein Spaß werden.

„Was haben wir?", fragte Hellander, als er die Leiche und den daneben knienden Gerichtsmediziner erreicht hatte.

„Ein toter Ruf", antwortete der Mediziner, während er sich mit einem Lächeln erhob, das Hellander nicht genau zu deuten wusste. Es versuchte, sich davon nicht ablenken zu lassen.

Vor den beiden lag der Ruf leblos im feuchten Gras. Ein halb durchsichtiges Schema eines Menschen, das immer noch vage ein paar Bilder und Assoziationen von Freundlichkeit, Höflichkeit und Hilfsbereitschaft hervorrief. Aber die Bilder waren verzerrt. Der Ruf war hässlich verrenkt und stark zerbeult. An einigen Stellen klafften große Löcher, so als habe jemand mit Kanonen hindurchgeschossen.

„Ein krasser Rufmord", murmelte Hellander, kniete nun selbst betroffen neben der Leiche nieder und betrachtete sie eingehend. „War wohl mal ein echt guter Ruf", murmelte er versonnen.

„Ja, durchaus", pflichtete ihm der Mediziner bei. „Ein Jammer."

„Hier, diese freundlichen Züge und Bilder", seufzte er und zeigte auf die besagten Stellen. „Todeszeitpunkt?"

„Gestern Abend, schätze ich", antwortete der Mediziner, „genaueres nach der Obduktion."

„Todesursache?", fragte die Kollegin.

„Das muss die Obduktion ergeben. Aber es sieht nach der Einwirkung starker äußerlicher Gewalt aus."

„Tatwaffe?"

„Etwas Verbales, schätze ich. Besser gesagt, viel Verbales, so wie es aussieht. Und kräftiges, sehen Sie hier …" Der Mediziner zeigte auf ein paar besonders auffällige Löcher und Beulen.

„Grauenvoll", hauchte Hellander. „Wer tut so was?"

„Tja", sinnierte die Kollegin, „… da muss eine Menge Wut im Spiel gewesen sein … Spuren?"

„Eine ganze Menge", bemerkte der Anführer der Spurensicherung, der gerade zu ihnen herübergekommen war, lächelnd. „Sie stehen gerade auf einigen."

„Ach, und das sagen Sie erst jetzt?" Die Kollegin trat einen Schritt zurück und schaute zu Boden.

„Keine Sorge", schob der Anführer nach. „Es sind genug da. Müssen mehrere Leute hier gewesen sein."

Die beiden Ermittler schauten sich um. Diverse Fußspuren waren im näheren Umkreis zu erkennen. Dazu entdeckten sie einige Zigarettenkippen, und ein paar leere Weinflaschen lagen herum. „Können die Leute ihren Müll nicht wegräumen?", dachte Hellander gereizt.

Nach einiger Zeit der weiteren Spurensuche entdeckten sie ein paar Worthülsen am Boden. „Hey, was ist das?", fragte Hellander, während er nach einer griff und sie sich ans Ohr hielt. Sie klang noch etwas nach. „Hm, man kann noch etwas vom Nachklang hören, klingt wie … »dreckiges Arschloch« …"

„Schau an! Aber damit zerstört man keinen Ruf", sinnierte die Kollegin. „Aber es zeigt die Wucht des Ganzen … Nicht so was Subtiles hinter'm Rücken, sondern voll auf die Nuss! Cool …"

„Hm, sieht so aus." Hellander wunderte sich über die Wortwahl der Kollegin.

„Schauen Sie mal, hier liegen noch welche." Er ging in die Knie und hielt sich zwei weitere Hülsen ans Ohr. „Hm, klingt ein bisschen wie »verlogen« … und hier? »Marionette«."

„Hm, na ja, wer will schon als Marionette bezeichnet werden?", dachte die Kollegin laut.

„Und hier, klingt … wie … »heimliche Affären« …"

„Oh", frohlockte die Kollegin, „jetzt wird's ja interessant!"

Hellander schmunzelte und schaute zu ihr. Diesmal lag etwas Neugieriges, Verspieltes in ihrem Blick. „Interessanter Fall", murmelte sie mit zusammengekniffenen Lippen.

Kurze Zeit später erblickte Hellander wieder eine Worthülse, hob sie auf und lauschte: „Äh, klingt wie »kriegst keinen hoch« …"

Die Kollegin lachte laut auf: „Na, mit so was müssen Sie sich ja nicht rumschlagen!"

Der Kommissar lächelte verkrampft. Sehr witzig, dachte er und tat so, als habe er nichts gehört.

Nach weiterer Suche fanden sie noch andere Worthülsen, doch diese waren allesamt unbrauchbar.

Blitze zuckten. Die Kollegen von der Spurensicherung schossen Fotos vom Tatort. „Können wir die Leiche jetzt mitnehmen?", fragte der Mediziner.

„Ja, ich denke schon", antwortete Hellander. „Oder?" Er blickte zur Kollegin. Die kniete sich noch einmal neben die Leiche und taxierte sie eingehend. „Irgendwas ist merkwürdig daran, aber ich komme nicht drauf …"

„Können wir die Leiche jetzt mitnehmen?", fragte der Mediziner etwas ungeduldig. „Ich mache Ihnen dann ein Album mit den Fotos, können Sie sich dann alles noch mal in Ruhe anschauen."

„Nett von Ihnen", kommentierte die Kollegin, „aber das ist so wie mit Urlaubsfotos: live ist anders." Sie fixierte den Mediziner, der daraufhin etwas unruhig wurde. Ob sie in den jetzt auch hineinschaut, wie sie es vorhin bei ihm getan hatte, fragte Hellander sich mit einem Anflug von Schadenfreude. Tatsächlich mal jemand, der diesen Typen irgendwie aus der Fassung bringt.

„Nun ja, nehmen Sie sie mit", schloss Hellander. „Wann kriegen wir das Album und den Bericht?" „Demnächst", antwortete der Mediziner. „Einen toten Ruf hatten wir noch nicht bei uns auf'm Tisch. Kann ein bisschen dauern."

Der Ruf wurde aufgebahrt und abtransportiert.

„Ach!", rief die Kollegin dem Anführer der Spurensicherung hinterher. „Gab es eigentlich Zeugen oder so was?"

Verdammt gute Frage, dachte Hellander, die ist ja vom Fach, die Frau, uiuiui.

„Ja." Der Anführer setze ein paar Schritte zurück. „Einen alten Mann und einen Fisch." Er deutete zum Teich. Dort stand ganz unscheinbar ein alter Greis, den sie bisher überhaupt nicht wahrgenommen hatten. Der Anführer lächelte und zwinkerte Hellander zu. Dann verschwand er.

„Okay", organisierte die Kollegin, „Sie befragen den alten Mann und ich springe in den Teich und befrage den Fisch. Hab eh noch nicht geduscht heute Morgen." Ih, dachte Hellander, krasse Frau.

Die Kollegin lief ein paar Schritte Richtung Teich, zog sich aus, nahm Anlauf, sprang in einem hohen Bogen und landete mit einer fetten Bombe im Wasser. Es gab ein lautes, dumpfes Geräusch und Hellander und der alte Mann wurden von oben bis unten nass gespritzt.

Hellander wusste nicht, was er sagen sollte. Also sagte er nichts.

Nach einiger Zeit tauchte die Kollegin wieder auf, schnappte laut nach Luft und jauchzte. Der Teich war eiskalt.

Sie schwamm hechelnd ein paar Züge Richtung Ufer, richtete sich auf, drehte sich herum und warf dabei ihren Kopf zurück, so dass ihr nasses, schweres Haar auf ihren Rücken peitschte und eine ganze Kette von Wasserbomben durch die Luft geschleudert wurde. Eine nach der anderen traf den Kommissar mit lautem Klatschen. Der wusste immer noch nichts zu sagen und hielt vor Schreck die Luft an.

Die Kollegin fuhr sich durchs Haar, dann dehnte und streckte sie sich lang Richtung Himmel, stöhnte und jauchzte ausgelassen. Die Morgensonne schien wie ein Scheinwerfer auf sie herab und Tausende Wassertropfen auf ihrer Haut glitzerten in hellen Farben. Langsam drehte sie sich wieder um und nahm ein paar tiefe Atemzüge. Ihr Brustkorb hob und senkte sich deutlich.

Ihre Brüste glänzten in der Sonne und blendeten alle anderen, dass sie sich wegdrehen mussten. Ihre Brüste strahlten so hell, als wäre die Sonne direkt in ihrem Herzen.

So war es auch.

Durch den Sprung ins kalte Wasser hatte sich ihr Herz geöffnet und die Sonne herausscheinen lassen, die immer schon dort drin gewesen war, aber oft verdeckt. Doch nun strahlte sie von innen heraus.

Dass von den meisten Menschen, insbesondere von Männern, nur die strahlenden Brüste gesehen werden, liegt vermutlich daran, dass Licht von innen durch die Rundungen gebündelt wird und die meisten Augen nur dieses gebündelte Spektrum wahrnehmen können.

Die Kollegin stieg weiter tief atmend aus dem Wasser. Fröstelnd aber glücklich trippelte sie zu ihren Sachen.

Zum Abtrocknen reichte Hellander ihr ein Stofftaschentuch, das er aus seiner Hosentasche gezogen hatte, wobei er peinlich berührt vermied, ihre Brüste anzuschauen. Das gehörte sich ja nicht.

Er dachte noch einmal kurz an das Bild, das die Kollegin eben im Teich abgegeben hatte. Wie sie sich so mir nichts dir nichts ausgezogen hatte und in den Teich gesprungen war. Wie sie so nackt und frei im Teich gestanden und geradezu schamlose Laute von sich gegeben hatte. Fast wie beim Sex. Peinlich, irgendwie. Doch ... auch ... sehr ... faszinierend.

Er hielt ihr weiter das Taschentuch hin, aber die Kollegin lächelte nur mitleidig, nahm ihr Stretch-Top und trocknete sich damit ab. „Boa, das tut gut! Der Teich ist eiskalt! Echt geil! Müssen Sie auch mal machen!", keuchte sie begeistert.

Er überlegte. Allein das erstaunte ihn, dass er nicht sofort kategorisch ablehnte. Nun ja, er war ja ohnehin schon nass. Okay. Er glaubte sich selbst kaum, als er bemerkte, dass er sich auszog und mit einem Kopfsprung in den Teich hechtete. Dabei bekam er einen kleinen Schock. Es war wirklich eiskalt im Teich, doch unfassbar erfrischend. Auch er tauchte auf und hörte sich jauchzen. Was war das für ein komischer Laut? Heute ist alles irgendwie komisch, dachte er.

Eine Weile verharrte er im Wasser und spürte die Eiseskälte.

Als er aus dem Teich schritt, hatte auch er für einen Moment das Gefühl, die Sonne im Herzen zu haben. Er fühlte dabei eine prickelnde Frische in der Brust. Eine Zeit lang blieb er stehen, spürte seinen Brustkorb beim Atmen und wunderte sich über dieses Gefühl. Er vergaß für diesen Moment völlig, dass er gerade nackt an einem Tatort stand, wo sich noch einige Kollegen und Kolleginnen in der Nähe aufhielten. Auch er strahlte nun so hell, dass alle sich wegdrehen mussten. Nur die Kollegin nicht. Neugierig schaute sie Hellander an.

Langsam wurde ihm wieder klar, wo er war – und wie. Sein Strahlen verblasste und er eilte zu seinen Sachen. Die Sonne behielten er und seine Kollegin aber weiter im Herzen, auch wenn sie es nicht immer bemerkten, weil sich mal wieder irgendwas davorgeschoben hatte.

Als er endlich bei seinen Sachen angekommen war, war die Kollegin bereits angezogen.

„Wie finden Sie eigentlich mein Dressing?", fragte ihn die Kollegin unvermittelt.

„Ihr was?"

„Na, mein Outfit, meinen Street Style."

„Och", nuschelte Hellander, „Lässig", schob er nach im Versuch, überzeugend zu wirken. „Ja, gut halt, wirklich …" Doch das war eine Lüge, er fand es total bescheuert. Prompt wurde sein Geschlechtsteil stahlhart und wuchs bestimmt um einen Meter in die Länge. Beide hielten schockiert den Atem an. Hellander reagierte und rannte zurück zum Teich. Dabei war es sehr ungewohnt mit einem mindestens einen Meter langen, steifen Geschlechtsteil zu rennen. Er sprang wieder hinein in den Teich zur Abkühlung und blieb so lange untergetaucht, bis sich sein Geschlechtsteil beruhigt und er keine Luft mehr hatte. Dann wagte er es, den Kopf aus dem Teich zu heben. Die Kollegin war bereits ein paar Schritte die Anhöhe hinauf Richtung Straße gegangen und schien dort kopfschüttelnd auf ihn zu warten. Hellander stieg aus dem Wasser, trocknete sich mit seinem Unterhemd ab und zog sich an.

Da fiel ihm der Zeuge ein, der alte Mann, den er eigentlich hatte befragen wollen. Der alte Mann stand fassungslos an Ort und Stelle. Sein Mund stand offen, die Zunge hing etwas heraus, die Augen ins Leere gerichtet. Hellander glaubte, in seinen Augen leuchtende Brüste zu sehen. Er sprach ihn kurz an, doch er antwortete nicht. Der Mann war offensichtlich nicht vernehmungsfähig und vermutlich auch nicht mehr zurechnungsfähig. So ein Mist, dachte Hellander.

Er ließ ihn stehen und schloss mit gesenktem Blick zur Kollegin auf.

Schweigend liefen sie eine Weile nebeneinander her. Blickkontakt wurde geflissentlich vermieden. Nach einiger Zeit brach Hellander das Schweigen und versuchte, zur Tagesordnung überzugehen.

„Was hat der Fisch eigentlich gesehen?"

„Nichts", antwortete die Kollegin, in dem Versuch, ebenfalls zur Tagesordnung überzugehen. „Von da unten kann man gar nichts sehen oder hören. Er hat offensichtlich die Kollegen von der Spurensicherung angelogen. Vermutlich wollte er sich wichtigmachen."

„Schade, keine Zeugen also."

„Sind Ihre Fälle eigentlich immer so?", fragte die Kollegin.

„Etwa. Sind halt Spezialfälle. Die, mit denen die anderen im Kriminalamt nichts anfangen können. Oder wollen. Weil sie halt speziell sind. Dann komme ich ins Spiel. Beziehungsweise wir jetzt. Meistens kann ich damit auch nichts anfangen, aber einer muss sich ja drum kümmern. Aber der Fall hier ist schon ein spezieller Spezialfall. Hier haben wir es mit einer richtigen Leiche zu tun, das hatte ich bisher nicht!"

Nach einiger Zeit ergänzte er versonnen: „Wir müssen den Hinterbliebenen informieren, das macht man doch so, wenn man einen Toten gefunden hat, nicht wahr?"

„Wenn wir wüssten, wer das ist? Mal sehen, ob im Amt schon eine Vermisstenanzeige eingegangen ist. Wir haben die Leiche ja noch nicht einmal identifizieren können."

„Ja, stimmt. Was meinen Sie, wie sollten wir vorgehen?"

Hellander fragte mit echtem Interesse, da dieser Fall ihn verunsicherte. Genauso wie die Kollegin.

„Wir werden im Amt noch mal den Anführer der Spurensicherung anrufen. Er muss ja mit den Zeugen gesprochen haben, wenigstens kurz. Vielleicht hat er einen Hinweis.“

„Okay, so machen wir das“, schloss Hellander.

Dann liefen sie wieder schweigend nebeneinander her.

„Sagen Sie,“ fragte Hellander die Kollegin irritiert, „haben Sie mir vorhin eine gescheuert?“

„Sagen Sie,“ entgegnete die Kollegin, „haben Sie vorhin ein meterlanges Geschlechtsteil gehabt?“

„Äh …“ Hellander stockte und verstummte.

Erneut liefen sie schweigend nebeneinander her.

Hellander war erleichtert, als sie endlich ihren Arbeitsplatz erreicht hatten: das Staatliche Kriminalamt Nord. Da fiel es nicht so auf, dass man sich gerade nichts zu sagen hatte.

In seinem Büro fanden sie bereits das Album mit den Fotos vom Tatort vor. Es war ein richtiges Fotobuch, die Leute von der Spurensicherung hatten sich echt Mühe gegeben. Hellander schürzte die Lippen. Die beiden setzten sich nebeneinander und blätterten im Buch. Jedes Foto war vorbildlich beschriftet. Hellander musste schmunzeln, denn das Album sah zwar geschmeidig aus, aber von Gestaltung hatten die Damen und Herren von der Spurensicherung im Grunde keine Ahnung. Sie hatten in ihrem kreativen Eifer jeden verfügbaren Schrifttyp verwendet und fast jede erdenkliche Schriftfarbe und –größe. Scheinbar hatte jemand alles ausprobiert, was man so machen konnte.

„Tja, ein wirklich guter Ruf war das, oder?“, sagte Hellander, als er sich wieder auf die Bilder konzentrieren konnte. „Freundlichkeit, Hilfsbereitschaft sieht man da, oder?“

„Ja", pflichtete ihm die Kollegin bei, „nett, selbstlos, zuvorkommend, würde ich sagen … Aber vielleicht auch ein bisschen selbstvergessen …"

„Was meinen Sie damit?"

„Na ja, es sieht auch so aus, als würde der Halter dieses Rufs sich auch ein bisschen selbst vergessen."

„Hm?"

„Vergessen, dass er selbst auch noch da ist."

„Wie kann man das vergessen?"

Die Kollegin schaute ihn verwirrt an. „Na ja, dass man halt alles für andere macht, aber für sich selbst sorgt man zu wenig. Also dass man z.B. ständig anderen Leuten hilft – und selbst ist man am Ende pleite. Oder man braucht eigentlich Ruhe, springt aber immer auf, wenn andere was von einem wollen. Oder vielleicht geht man zum Sport, weil da tut man ja was für sich, aber eigentlich geht man da nur hin, weil die anderen hin gehen, oder weil's ausfallen würde, wenn man nicht kommt, und deshalb geht man da hin, obwohl man gar kein' Bock darauf hat oder obwohl es einem gar nicht gut geht …"

„Aber zum Sport hat man doch auch nicht immer Lust, da muss man schon mal seinen inneren Schweinehund überwinden, sonst hängt man nur faul zu Hause rum."

„Vielleicht. Vielleicht ist das aber genau das, was Sie in dem Moment brauchen, was gut für Sie ist, was richtig ist in dem Moment."

„Vielleicht", antwortete Hellander mit rollenden Augen. „Vielleicht aber auch nicht."

„Ja, vielleicht auch nicht. Aber Sie hätten dann … ach, egal. Verstehen Sie, was ich meine?"

„Nein."

„Ich meine, Sie tun Dinge, nicht weil Sie es selbst wollen, sondern weil andere es wollen. Oder von Ihnen erwarten. Oder

20

weil Sie glauben, dass die anderen das von Ihnen erwarten. Und Sie tun nicht die Dinge, die Sie selbst brauchen, sondern die, die andere brauchen. Und oftmals wissen Sie gar nicht, was Sie selbst eigentlich brauchen … Das meine ich mit selbstvergessen."

„Jaaa", sagte Hellander gedehnt und den Kopf angestrengt zur Seite gedreht. „Ja, na ja, das kommt doch auch mal vor, so ist das halt im Leben manchmal."

„Manchmal, vielleicht", seufzte die Kollegin.

Sie blätterten noch etwas schweigend im Album herum.

„Ich schlage vor", sagte die Kollegin nach einer Weile, „wir kopieren ein Foto, das hier zum Beispiel, das sieht gut aus, und gehen damit raus in die einschlägigen Etablissements und fragen die Leute, ob sie diesen Ruf bzw. dessen Halter kennen."

„Welche einschlägigen Etablissements?"

„Na, die netten Lokale in der Umgebung des Parks, wo wir die Leiche gefunden haben, denke ich. Da sollten wir anfangen."

„Okay, so machen wir das." Hellander war beeindruckt von der pragmatischen Vorgehensweise der Kollegin. Aber dieser blinkende Ohrstecker, der nervte. Und überhaupt, wie die aussah …

Die beiden Ermittler fuhren mit dem Bus wieder in den Außenbezirk, wo sie den Ruf entdeckt hatten. Sie praktizierten etwas Smalltalk und unterhielten sich über den Geschmack und die richtige Mischung von Apfelschorle und über Quantenphysik, von der sie beide keine Ahnung hatten. Und prompt fuhren sie am Park vorbei. Erst an der Endstation am Rande der Stadt bemerkten sie, dass sie zu weit gefahren waren.

Sie stiegen aus und schauten sich um. Zur einen Seite glitten ihre Blicke über Felder und Wälder, zur anderen sahen sie ein paar adrette Häuschen mit Vorgärten und ein paar ältere Mietshäuser. Direkt gegenüber lag ein kleines Café, das so aussah, als wäre es für die Innenstadtklientel gemacht. Es passte nicht so recht an den Rand der Stadt, sagten sich die beiden mit ihren Blicken. Aber ihnen gefiel es. Es sah so aus, als würde es dort guten Kaffee geben. So richtigen italienischen und keine Kännchen Filterkaffee.

Sie gingen hinein und bestellten jeder einen verlängerten Espresso.

Es war nur ein weiterer Gast im Haus, ein Mann in etwa ihrem Alter. Hellander fragte sich, wie sich der Laden halten konnte, bei dieser Auslastung.

Die beiden machten es sich bequem und tranken ihren Kaffee. Er schmeckte sehr lecker, aber nur mit viel Zucker.

Die Kollegin nickte Hellander zu und deutete zu dem Mann am anderen Ende des Cafés. Sie standen auf und gingen zu ihm hinüber.

„Entschuldigen Sie", startete der Kommissar, „wir sind vom Staatlichen Kriminalamt Nord, Abteilung für Spezialfälle, haben Sie eine Sekunde Zeit für uns?"

„Eine Sekunde", antwortete der Mann. „Vorbei", schob er nach und schaute wieder aus dem Fenster.

Sehr witzig, dachte Hellander. „Eine Minute?"

„Sie sollten diese Zeitangaben lassen, das ist doch Gefasel. Sagen Sie, was Sie wollen und dann schauen wir mal", antwortete der Mann trocken, schenkte ihnen aber dennoch ein bisschen Aufmerksamkeit. „Worum geht's denn?"

Hellander war verstummt. Mist, dachte er, Start vermasselt.

„Dürfen wir uns setzen?", übernahm die Kollegin ungerührt.

„Okay, worum geht's?"

Sie setzten sich an den Tisch und die Kollegin zeigte ihm das Foto des toten Rufs, das sie am Computer etwas aufgehübscht hatten, so dass man die Zerstörung nicht so einfach erkennen konnte. „Kennen Sie diesen Ruf? Wissen Sie, wer der Halter ist?"

Der Mann betrachtete das Foto und schmunzelte. „Ja, so einen Ruf kenne ich. Schon oft gesehen."

„Ach, bei wem?", setzte die Kollegin frohlockend nach.

„Bei vielen Leuten. Laufen doch viele mit so was rum", sagte er belustigt, räkelte sich ächzend und lehnte sich dann entspannt zurück.

„Hm", machte Hellander. Das war unbefriedigend. Er versuchte es erneut. „Schauen Sie noch mal genau hin. Lässt er sich vielleicht genauer zuordnen? Hier sehen Sie mal, diese spezielle Freundlichkeit, dieses Zuvorkommende …"

„… Selbstvergessene", ergänzte die Kollegin.

Der Mann ließ sich dazu herab, beugte sich vor und schaute noch einmal auf das Foto. Langsam schien er etwas zu erkennen. „Hm, verstehe", murmelte er gedehnt und fügte schmunzelnd hinzu, „ja, das dürfte der Ruf von Herrn Lichtrecht sein, der wohnt da hinten, drei Straßen weiter."

Kommissar Hellander und seine Kollegin schauten sich verblüfft an und lächelten vergnügt, da sich nun eine Spur abzeichnete. Sie bestellten einen weiteren verlängerten Espresso und beim Trinken unterhielten Sie sich noch etwas mit dem Mann.

„Was machen Sie so beruflich?", fragte Hellander.

„Ach, momentan gar nichts", sagte dieser lässig. „Ich habe gekündigt und jetzt schauen wir einfach mal."

„Ach", entfuhr es Hellander, „das klingt ja … interessant …" Nachdenklich fragte er sich, wie das wäre, zu kündigen und „einfach mal zu schauen". Wahnsinn. Einfach Schluss machen mit diesem komischen Job, mit dem ganzen Zeug. Warum machte er das eigentlich nicht auch? Vom Gesparten könnte er eine Weile leben, ein bisschen blieb ja Monat für Monat übrig. Einfach treiben lassen. So viel Freiheit! Ruhe! Entspannung! Sein Ding machen ... Aber ..., was war denn sein Ding? Er hatte eigentlich gar kein Bild davon, musste er sich eingestehen.

Und diese Freiheit ...

Diese Unsicherheit ...

Unheimlich.

Später vielleicht ...

„Keine Zukunftsangst?"

„Nö."

„Na ja, dann viel Spaß", wünschte Hellander mit einem Anflug von Neid und Missgunst ... und Wehmut ... und Sehnsucht ...

Sie ließen sich die Adresse von besagtem Herrn Lichtrecht geben, bezahlten und verließen das Café.

„Na, das ist doch mal eine Spur!" Hellander freute sich darüber, in Gedanken wieder beim Fall, und die beiden machten sich auf den Weg.

Sie liefen durch sauber gefegte Straßen, an gut gepflegten Vorgärten vorbei, bis sie drei Straßen weiter am Haus von Herrn Lichtrecht ankamen. Es war ein mittelgroßes Haus für vier Mietparteien. Die unteren Wohnungen hatten Zugang zum Garten. Sie gingen in den Hausflur und klingelten bei „Lichtrecht" im Erdgeschoss zur Straße hin. Sie klingelten erneut. Nichts rührte sich. Er war wohl nicht zu Hause. „Blöd", sagte die Kollegin. „Ja, blöd", ergänzte Hellander. Nun standen sie da.

Die Kollegin ergriff die Initiative und ging zum Nachbarhaus, einem Einfamilienhaus mit sauber geharktem Vorgarten. Die Nachbarin öffnete und erzählte, ihr Mann sei nicht da. Danach hatte die Kollegin gar nicht gefragt, aber sie nahm die Tatsache zur Kenntnis. Ja, natürlich kenne sie den Herrn Lichtrecht, er sei ein netter Kerl. Immer sehr hilfsbereit und freundlich. Auch danach hatte die Kollegin nicht gefragt, aber auch das nahm sie interessiert zur Kenntnis. Sie fragte die Nachbarin, wann sie den Nachbarn zuletzt gesehen hätte. „Wieso, ist was passiert?", fragte sie mit hoch gezogenen Augenbrauen. „Reine Routine", wehrte die Kollegin ab.

„Heute früh", antwortete die Nachbarin, „ich hab' die Zeitung reingeholt, da lief er vorbei zur Arbeit."

„Wirkte er irgendwie anders als sonst?"

„Äh, nein, ganz und gar nicht, wie immer. Ja, freundlich, ganz so wie immer."

Sie sollten in die Firma gehen, dort würden sie ihn bestimmt antreffen, schloss die Nachbarin, bemüht, das Gespräch zu beenden. Ihr Mann und Lichtrecht seien ja Kollegen, sie könnten dort also beide antreffen.

Hellander und seine Kollegin bedankten sich und fuhren in die Firma. Die Firma war etwas weiter Richtung Innenstadt angesiedelt und residierte in einem mittelgroßen Kasten aus Glas und silbrig grauem Blech.

Am Empfang wurden sie freundlich empfangen. Nein, der Herr Lichtrecht sei heute nicht zu sprechen, er sei aushäusig. „Aushäusig", wiederholte die Kollegin stirnrunzelnd. Ob denn der Herr Nachbar zugegen sei. Ja, sei er.

„Und wo finden wir den?"

„Sind Sie denn befugt?"

„Natürlich sind wir befugt", antwortete die Kollegin spöttisch und schob der Empfängerin ihren Dienstausweis vom Staatlichen Kriminalamt Nord über den Tresen.

Die Empfängerin räusperte sich und zog ihren kurzen Rock zurecht, obwohl man den durch den Tresen gar nicht sehen konnte.

„Ja, selbstverständlich, ich rufe gleich an, sie können gleich mit ihm sprechen, ja, sicher, gleich, sofort."

Nach einem kurzen Telefonat wies die Empfängerin sie an, mit dem Fahrstuhl in den dritten Stock zu fahren, sich dann links zu halten, am Kaffeeautomaten vorbei, dann käme der Kopierer, dann den Gang rechts, durch die Glastür, dann zweiter Gang links und dann Zimmer 307.

Mit dieser präzisen Beschreibung schafften sie es spielend und konnten den Nachbarn befragen.

Ja, klar kenne er seinen Nachbarn, ein netter Nachbar, wirklich richtig nett. Nein, er sei heute noch nicht aufgetaucht, mehr wisse er aber auch nicht. Ja, er wäre wirklich ein angenehmer Geselle, guter Arbeitskollege, fleißig, zuverlässig und immer freundlich und hilfsbereit.

Die Kollegin musste gähnen.

Nein, Zweifel an seiner Güte hätte er nicht. Nein, schlechtes wüsste er überhaupt nicht zu berichten, nein, auch keine kompromittierenden Gerüchte oder Wahrheiten. Da müsste er sie enttäuschen.

Enttäuscht gingen Hellander und seine Kollegin zum nächsten Kollegen.

Der erzählte das gleiche. Der dritte erzählte nichts anderes.

Kein Anhaltspunkt für einen Rufmord, dachte Hellander.

„Mist, wir stecken fest." Er war wirklich enttäuscht, musste er sich eingestehen, dass er keine spannenden Gerüchte zu Ohren bekommen hatte. Insgeheim hatte er sich auf aufregende Geschichten gefreut.

Zur Kontrolle zeigte die Kollegin dem dritten Kollegen das Foto vom toten Ruf. Ja, der gehöre Herrn Lichtrecht, würde er sagen. Nun, immerhin schienen sie auf der richtigen Spur zu sein, freuten sie sich, als sie das Gebäude verließen.

Zurück im Büro stellten sie fest, dass immer noch keine Vermisstenanzeige vorlag. Daraufhin machten sie Feierabend.

Am nächsten Morgen trafen sie sich wieder in Hellanders Büro. Die Kollegin trug diesmal ein schwarz-weiß gestreiftes Kleid mit einer gelben Jeansjacke und einer roten Strumpfhose. Das eine Auge hatte sie mit Wimperntusche und einem Lidstrich hervorgehoben. Das verwirrte Hellander beim Blick in ihr Gesicht. Zum Glück, dachte er nach kurzer Zeit erleichtert, fragt sie nicht nach ihrem „Dressing".

Hellander fasste die bisherigen Ermittlungsergebnisse zusammen: „Hm …"

Die Kollegin pflichtete ihm bei. Dann ergänzte er: „Ein ermordeter Ruf. Ein Hinterbliebener, der nicht da ist. Keine brauchbaren Zeugen. Kein Hinweis auf den Mörder. Oder die Mörder … Kein Motiv … Kein Verdächtiger. Keiner, der was Schlechtes über diesen Mann zu sagen hat …"

„Genau! Das ist es!", unterbrach ihn die Kollegin energisch. „Keiner erzählt etwas Schlechtes über ihn, nur gutes! Aber das können sie ja gar nicht!"

„Hä?", fragte Hellander verständnislos.

„Sein guter Ruf, der ist tot! Richtig tot! Liegt jetzt in der Gerichtsmedizin. Keiner kann diesen guten Ruf mehr haben."

„Tja, der Lichtrecht hat ihn wohl auch nicht mehr …" Hellander hatte es noch nicht begriffen.

„Überlegen Sie doch mal, was ein Ruf ist! Natürlich gibt es einen Besitzer, einen Halter, aber im Grunde ist es ein Bild, das andere von seinem Besitzer haben. Und dieses Bild ist tot."

„Hm, interessant."

„Das bedeutet, keiner hat mehr dieses gute Bild von dem Mann. Und das bedeutet, die lieben Nachbarn und Kollegen haben gelogen! Sie haben alle gelogen! Auf jeden Fall die Nachbarn, denn die haben den Lichtrecht noch gestern früh gesehen. Aber der Ruf ist seit vorgestern Abend tot!"

„Ach … Aber muss sich so was nicht erst rumsprechen?"

„Nein, nicht wenn der Ruf tot ist."

„Ach, woher wissen Sie das?"

„Aus dem Lexikon."

„Ach, so was lesen Sie?"

„Hin und wieder."

„Respekt …" Hellander war beeindruckt.

„Wir sollten uns den Nachbarn noch mal vorknöpfen", forderte die Kollegin. Hellander griff zum Telefon und sorgte dafür, dass der Nachbar vorgeladen wurde.

Etwa eine Stunde später wurde der Nachbar ins Verhörzimmer geführt. Hellander ließ der Kollegin den Vortritt, als Einstand sozusagen, blieb vorerst draußen und stellte sich hinter die Spiegelwand, durch die er das Geschehen sehen und durch Lautsprecher hören konnte.

Der Nachbar wirkte nervös und schaute sich im kargen Raum um. Graue Wände, von denen der Putz bröckelte, blasse Neonröhren an der Decke, ein klappriger Holztisch in der Mitte, darauf ein Tonbandgerät.

„Sie haben gelogen", startete die Kollegin gleich durch. Hellander war beeindruckt von dieser Direktheit.

Der Nachbar rutschte nervös auf seinem Stuhl hin und her.

„Was meinen Sie?", fragte er mit unschuldiger Miene.

„Sie haben uns gestern erzählt, Herr Lichtrecht sei ein freundlicher, guter Mensch. Das war eine Lüge. Der gute Ruf von Herrn Lichtrecht ist vorgestern Abend ermordet worden."

Der Nachbar schaute die Kollegin konsterniert an.

„Aber …"

„Wo waren Sie vorgestern Abend? So gegen 21 Uhr?"

„Äh", stammelte er.

Die Kollegin beugte sich etwas vor über den Tisch und fixierte seine Augen. Hellander fragte sich, ob sie wieder ihren Ich-schau-in-dich-hinein-Blick aufgelegt hatte und schmunzelte. In der Tat schien der Nachbar verunsichert. Dann sackte er zusammen.

„Ich war im Park. Da unten am Teich."

„Ach, schau an", bemerkte die Kollegin süffisant. „Haben Sie den Ruf von Herrn Lichtrecht ermordet?"

„Was? Ich? Nein! Nein!", stammelte der Nachbar.

„Warum haben Sie uns angelogen?"

„Na ja, ich hatte Angst unter Mordverdacht zu geraten", gestand er.

„Wieso?"

„Na ja, ich war halt da …"

„Sie waren da, als es passierte?"

„Nein, nicht direkt. Ich war gerade Wasser lassen, als es passiert sein muss …"

„Aha. Erzählen Sie mal."

„Na ja, ich stand da bei den Steinen, zog meinen Hosenschlitz runter, holte meinen …"

„Ersparen Sie mir weitere Details. Ich dachte eher an die Gesamtsituation. Was war da los?"

Nach einigem Zögern erzählte der Nachbar, dass sie sich dort am Teich getroffen hatten. Das war schon früher oft ihr Treffpunkt gewesen, wenn sie abends ausgingen. Früher hätten dort auch mal Parkbänke gestanden, aber die hätten Jugendliche von heute bestimmt zerstört oder in den Teich geworfen.

Nein, widersprach die Kollegin, sie wäre im Teich gewesen und hätte keine Bank gesehen. Er möge sich mit vagen verleumderischen Aussagen über Jugendliche zurückhalten.

Nach einer kurzen Entschuldigung erzählte er weiter, dass er dann mal kurz austreten musste, etwas weiter oben, bei den Steinen.

Stonehenge, dachte Hellander. Er hat Stonehenge entweiht! Hellander verzog das Gesicht missbilligend.

„Und als Sie fertig waren?", fragte die Kollegin nach.

Während er austreten gewesen sei, hätte er viel lautes Geschrei unten gehört, aber nichts Genaues verstanden. Aber es wäre heiß her gegangen. Richtig heiß, so viel hätte er mitbekommen. Als er zurückkam, sah es dann unten am Teich aus wie auf einem Schlachtfeld. Der gute Ruf von Lichtrecht lag tot am Boden, aber auch die Rufe von vielen anderen lagen dort schwer verletzt herum. Und viele Worthülsen.

„Auch mein Ruf lag da, da fehlte richtig ein Stück!", fuhr der Nachbar fort. „Ich dachte »Du Arsch«, Alter …"

„Wer Arsch?", fragte die Kollegin.

„Na der Lichtrecht! Der hat doch am Ende alle angeschossen!"

„Ach, der war auch da?"

„Äh, ja, hatte ich das noch nicht erwähnt?"

„Nein. Woher wissen Sie, dass der alle angeschossen hat, Sie waren doch gar nicht da?"

„Na ja, die waren alle sauer auf ihn. Und viele Worthülsen von ihm."

„Aha. Und der stand da einfach noch so rum? Wie war der denn drauf?"

„Echt scheiße, der Sack! Miese Sau!"

„Wie sah er aus? Wie immer?"

„Nein, ganz komisch. Na, so scheiße halt."

„Mann, geht's ein bisschen präziser?"

„Na, richtig scheiße. Voll fies hat der geguckt."

„War er verstört? Schockiert? Traurig? Konsterniert?"

„Weiß nicht. Eigentlich, wo Sie es sagen, weder noch, oder so, weiß nicht. Ich war eher mit meinem Ruf beschäftigt."

„Ach, was fehlte ihm denn?", fragte die Kollegin mit gespieltem Mitleid und lehnte sich dann süffisant lächelnd im Stuhl zurück.

„Sag' ich nicht. Das geht Sie gar nichts an!", fauchte der Nachbar.

„Schade." Die Kollegin beugte sich wieder nach vorne. „Und wer war es nun? Wer hat den Ruf von Lichtrecht ermordet? Irgendjemand muss es doch gewesen sein, der den Ruf ermordet hat, woraufhin Lichtrecht dann offenbar wild um sich geschossen hat!"

„Keine Ahnung! Ich weiß es nicht! Echt! Ich weiß nichts!"

„Hm." Die Kollegin pausierte. „Was passierte dann?"

„Wir alle waren ganz aufgeregt damit beschäftigt, unseren Ruf zu versorgen und uns gegenseitig zu beschwichtigen."

„Lichtrecht auch?"

„Nein, der stand einfach nur da mit verschränkten Armen und schaute uns zu, der Vollpfosten."

Die Kollegin bohrte weiter. „Dann?"

„Haben wir alle unseren Ruf wieder an uns genommen und sind nach Hause gegangen. Hatten alle schlechte Laune und echt keinen Bock mehr, noch irgendwo hin zu gehen. Also ich jedenfalls. So was krasses."

„Ist es nicht normal, dass man sich verteidigt und zurückschießt, wenn einem der Ruf ermordet wird?"

„Weiß nicht." Der Nachbar wandte sich unangenehm berührt auf seinem Stuhl. „Na ja, … aber doch nicht so!"

Hellander dachte nach. Was hätte er getan? Die Frage war echt interessant. Er hatte zwar keine Vorstellung davon, wie der Ruf von Lichtrecht umgekommen war, aber wenn sein Ruf einfach vor allen Leuten abgeschlachtet werden würde …? Welcher Ruf eigentlich? Hatte er einen? Was für einen?

Was, wenn der tot ist? Entsteht ein neuer? Ja, offensichtlich. Beim Lichtrecht gab's einen neuen, einen schlechten Ruf. Einen Ruf als mieser Typ, als Vollpfosten, oder so. Vermutlich hat man immer einen. Irgendeinen auf jeden Fall.

Hellander fragte sich, ob seiner ähnlich gut war wie der tote vom Lichtrecht. Die Leute waren freundlich zu ihm, hier im Amt, wenn man sich begegnete. Wobei, war das immer so richtig echt? Oder war da im Lächeln und in der Freundlichkeit der anderen nicht auch manchmal etwas … etwas …, dass sie ihn nicht ganz ernst nahmen? Er spürte Verunsicherung. Er hatte ja auch einen speziellen Job hier, den kein anderer machen wollte. Warum machte er ihn eigentlich? Weil er so was gelernt hatte, irgendwie. Oder? Hatte ja schließlich auch Spezialwissenschaften studiert, neben Kunstgeschichte, aber auf diesem Gebiet hatte er keine große Lust gehabt, zu arbeiten.

In der Praxis hatte er aber immer wieder festgestellt, dass er in seinem Studium nicht viel Brauchbares gelernt hatte. Seine Aufklärungsquote lag im Promillebereich. Viele Fälle akribisch analysiert und bearbeitet, sich den Kopf darüber zerbrochen, und doch am Ende ungelöst zu den Akten gelegt. Frustrierend. Lag das an ihm oder an den Fällen? An seinen Methoden? Mal sehen, ob das irgendwie anders wird mit dieser eigenartigen Kollegin, die Herr Müller ihm da aufgetischt hat. Er hatte wohl kein Vertrauen mehr in seine Arbeit? Tja …

Tja, also, wie war sein Ruf? Der Vollidiot, der diesen beknackten Job machte? Oder vielleicht sahen sie ihn doch alle als freundlichen, hilfsbereiten Menschen und ihre Freundlichkeit ihm gegenüber war echt? Vielleicht sahen sie ihn sogar als ziemlich coolen Typen, der diesen krassen Job meistert?

Wäre immerhin eine Möglichkeit …

Und überhaupt, kam ihm der Gedanke, war seine Freundlichkeit immer echt? Er war doch eigentlich immer freundlich, mit Freundlichkeit geht doch alles viel einfacher! Genau, und dieses Motto war doch gut, oder? Echt – was heißt das eigentlich?

Seine Gedankengänge wurden unterbrochen, denn die Kollegin nahm die Befragung wieder auf.

„Warum hat Lichtrecht seine Leiche nicht weggeschafft?"

„Weiß ich doch nicht. Müssen Sie den Penner schon selber fragen."

Die Kollegin lächelte gedankenverloren. „Vielleicht wollte er keine Leiche im Keller haben …, so einfach könnte es sein …"

Hellander schoss ein neuer Gedanke durch seinen Kopf, der ihn beängstigte: Was hatte sich gestern früh mit seinem Ruf getan, als das mit seinem Geschlechtsteil passierte? Was hatten die anderen wohl von ihm gedacht? Vor allem die Kollegin! Hatte er bei ihr überhaupt einen Ruf? Sie kannten sich ja noch gar nicht wirklich. Eilte ihm ein Ruf voraus? Hatte er bei der Kollegin einen ganz anderen Ruf als bei den Kollegen? Bei Männern? Bei Frauen? Irgendwas Erstauntes, Neidisches hatte er bei den Männern im Blick gesehen, erinnerte er sich, obwohl bei dem Schock seine Erinnerung leicht getrübt gewesen sein musste. Aber da war was. Tja, ein langes Geschlechtsteil, davon träumen doch alle Männer, irgendwie, dachte er. Aber gleich so lang? Wenn die alle wüssten, wie klein das normalerweise war, dachte er und sackte ein Stück in sich zusammen. Was dachten die jetzt von ihm? Hatte er jetzt den Ruf vom Mega-Stecher? Hellander richtete sich gleich ein Stück auf. Waren sie alle beeindruckt? Hehe, er lachte innerlich. Dann fiel sein Blick wieder auf die Kollegin. Oha, die war schockiert gewesen. Und sie hatte ihm eine gescheuert. Wie krass!

Nun ja, normalerweise zeigt man einer Frau, die man erst eine Viertelstunde kennt, nicht sein Geschlechtsteil, und schon gar nicht ein steifes. Das könnte die Frau irgendwie missverstehen, das war sonnenklar. Dachte sie, er wäre notgeil oder so was? Pervers? Hatte er jetzt den Ruf eines geilen Bocks? Wäre das gut oder schlecht? Bisher hatte er diesen Ruf bestimmt nicht, er war ja eher zurückhaltend. Er dachte an die Begegnungen, Rendezvous und Beziehungen mit Frauen, die er an einer Hand abzählen konnte.

Hellander rauchte der Kopf. Der uniformierte Kollege neben ihm schaute zu ihm herüber. Hatte er die Rauchschwaden gesehen?

Er wischte die Gedanken weg und richtete seine Aufmerksamkeit wieder auf die Kollegin und den Nachbarn.

Die Kollegin schloss das Verhör ab.

„Sie können jetzt gehen, aber halten Sie sich bitte zur Verfügung, falls wir noch weitere Fragen haben."

Der Nachbar verließ zerknirscht das Verhörzimmer und das Gebäude und die Kollegin ging aufs Klo.

Hellander ging zum Kaffeeautomaten und drückte auf „Kaffee mit Zucker" und „Extra Zucker". Der Kaffee strullte langsam in den braunen Plastikbecher als Herr Meyer-Schulze um die Ecke kam und sich zu ihm und dem Automaten gesellte.

„Was habe ich eigentlich für einen Ruf?", lag ihm auf der Zunge, stattdessen aber sprach sein Mund für ihn ein fröhliches „Mahlzeit!" aus und formte sich danach zu einem Lächeln.

Während Hellander noch daran dachte, dass er keine Ahnung hatte, worüber er mit Herrn Meyer-Schulze sprechen sollte, fing dieser schon an.

„Kaffee ohne Milch? Achten Sie auf Ihren Magen! Ich sage Ihnen, meine Frau hatte letztens mit einer Freundin gesprochen und die kennt jemanden, der hat auch immer Kaffee ohne Milch getrunken. Und wissen Sie was? Da machen Sie sich kein Bild von …" Es folgte ein längerer Monolog über Magengeschwüre und Krankenhausaufenthalte und andere Leidensgeschichten.

Hellanders Kaffee war längst fertig und am kalt werden, aber er wusste nicht, wie er das hier beenden konnte, ohne unhöflich zu sein. Unhöflich ist man ja nicht. Was soll der andere dann denken? Der Mann war schließlich ganz nett, da muss man doch auch nett sein. Wenn er einfach gehen würde? Er käme dann zu dem, was er eigentlich gerne tun wollte: mit seiner Kollegin zu reden. Aber der Mann, der wäre sicher baff. Und …

Hellander wurde einiges klar. Und er wollte jetzt unbedingt mit seiner Kollegin sprechen. Er schaltete sein Gehör wieder ein. Meyer-Schulze sprach gerade über Augenoperationen, die heutzutage reine Routine seien, aber letztens sei mal wieder was schief gegangen bei einem Bekannten von ihm. Hellander wartete angestrengt auf eine passable Redepause, was eine gefühlte Ewigkeit dauerte. Dann hob er schnell seinen Kaffeebecher zum Gruß, lächelte, sagte kopfschüttelnd „wirklich, was es alles gibt" und drehte sich vorsichtig zum Gehen, behielt Herrn Meyer-Schulze aber im Auge, ob es auch okay war. Offensichtlich war es okay, Meyer-Schulze hob ebenfalls den Becher, sagte „na dann" und verschwand um die Ecke.

Hellander nippte an seinem Kaffee. Er war kalt. Ekelhaft. Grummelnd ging er zurück zum Kaffeeautomaten und orderte erneut einen Kaffee mit Zucker und extra Zucker.

Plötzlich kam Frau Hellermann um die Ecke und gesellte sich zu ihm. Sie trug einen ausgesprochen tiefen Ausschnitt. Und da sie offenbar einen kräftigen Push-Up-BH trug, wäre dort einiges zu sehen gewesen, hätte Hellander hingeschaut. Aber er beherrschte und bemühte sich, seine Augen im Zaum zu halten und begrüßte sie freundlich.

Sie begann das Gespräch mit irgendetwas über das Wetter. Wenn er einfach gehen würde, dachte Hellander. Aber diese Frau war zu geschmeidig, um sie einfach stehen zu lassen, das konnte man nicht machen. So bemühte er sich, ihr Aufmerksamkeit zu schenken. Aber es gelang ihm nicht wirklich. Er war zu sehr damit beschäftigt, sich vorzustellen, was passierte, wenn er einfach ginge, und sich zu bemühen, ihr in die Augen und nicht in den Ausschnitt zu schauen. Das war anstrengend.

Auf einmal verabschiedete sich die Frau knapp und ließ Hellander am Automaten stehen.

Jetzt war er verwirrt. War sie einfach gegangen? War er kein interessanter Gesprächspartner? War er zu langweilig, dass sie kein Interesse mehr an ihm hatte? Hatte er etwas Falsches gesagt? Nein, er hatte ja gar nichts gesagt. Nur verständnisvoll genickt. Hatte er falsch genickt? Hätte er was Cleveres sagen sollen? Was hatte er doch gleich für einen Ruf? Was für einen Ruf bei dieser geschmeidigen Frau? Hellander war auf einmal total frustriert. Offenbar hatte er nicht den Ruf eines interessanten Gesprächspartners. Betreten schaute er zu Boden und fühlte sich plötzlich sehr einsam. Er wollte gerne ein interessanter Gesprächspartner sein. Einen Ruf haben als einer, mit dem man sich gerne unterhält.

Und jetzt geht diese Frau einfach. Was erzählt sie jetzt über ihn? Wenn sich jetzt herumspricht, dass er nichts Interessantes zu sagen hat? Dass man ihn einfach so stehen lassen kann? Sehr niederschmetternd.

Da kam ihm das Opfer ihres Falles wieder in den Sinn. Wie musste sich dieser Mann wohl fühlen? Da wird vor versammelter Mannschaft der Ruf abgeschlachtet, alle wissen es, alle sehen es. Das muss doch vernichtend sein. Der gute Ruf ist dahin, komplett. Wie kann man da denn weiter machen? Hellander empfand ein Stechen im Bauch. Das war ja furchtbar. Ob der Mann noch Lebensmut hatte? Würde er jetzt von einer Brücke springen?

Er malte sich dieses Bild aus. Wie der Mann völlig verstört am Geländer einer hohen Brücke steht und mit sich kämpft. Soll er springen? Soll er nicht? Kann er seinen Kollegen noch einmal vor die Augen treten?

Der Mann war in Gefahr! Da war Hellander sich sicher. Sie mussten ihn schnell finden!

Er ließ seinen Kaffee im Automaten stehen und eilte ins Büro. Die Kollegin saß da und wartete auf ihn. Schnell erzählte er ihr von seinen Selbstmord-Gedanken. Sie zweifelte etwas an seiner Theorie, war sich aber auch nicht sicher und pflichtete ihm bei, Lichtrecht schnell zu finden. Sie wollten es noch mal bei seinem Haus probieren.

Hellander setzte sich ans Telefon und orderte einen Wagen aus dem Fuhrpark des Amtes. Er freute sich, endlich mal „Gefahr in Verzug" dazu sagen zu können, denn damit bekam man einen tiefergelegten Porsche. Er rieb sich die Hände.

Zügig machten sie sich auf den Weg und gingen hinunter ins Parkhaus. Als sie dort den Porsche erreicht hatten, bekam die Kollegin große Augen. Zuvorkommend fragte Hellander daraufhin, ob sie fahren wolle. „Natürlich", antwortete die Kollegin, schnappte Hellander den Schlüssel aus der Hand und stieg ein. Hellander verzog das Gesicht. „Mist", dachte er.

Die Kollegin brauste los, als wäre sie nie etwas anderes als Porsche gefahren. Sie strahlte. Hellander saß grummelnd auf dem Beifahrersitz. Er stellte das Blaulicht aufs Dach, damit sie schneller vorankamen. Darüber freute er sich nun wiederum, denn solche Gelegenheiten gab es bei ihm außerordentlich selten.

Nach wenigen Minuten hielten sie vor Lichtrechts Haus.

Sie klingelten. Und klingelten noch einmal. Niemand öffnete.

Hellander und seine Kollegin schauten sich an. Ob schon etwas Schlimmes passiert war?

In diesem Moment trat eine Frau von draußen in den Hausflur und schaute die beiden an. „Der ist nicht mehr da", sagte sie.

„Was?", fragte Hellander erschrocken. „Woher wissen sie das?"

„Hab' ihn heute früh raus gehen sehen."

„Wissen Sie, wohin? Hat er was gesagt? Wie sah er aus? Irgendwie deprimiert?"

„Nein. Überhaupt nicht. Der ist in ein Taxi gestiegen. Mit einem großen Rucksack. Macht jetzt eine Weltreise, hat er gesagt. Schönen Tag noch!", sagte die Frau, ging nach oben und verschwand in ihrer Wohnung.

Hellander schaute die Kollegin an. „Hm, sieht irgendwie nicht nach Selbstmord aus …"

Nach ein paar ungläubigen Momenten gingen sie beide zurück zum Auto.

„Und nun?", fragte Hellander.

„'ne kleine Spritztour!", antwortete die Kollegin, stieg ein und ließ den Motor aufheulen. „Na los!"

Hellander stieg dazu und die Kollegin fuhr los. „Aber wir müssen den Wagen zurückbringen …!"

„Machen wir doch auch. Bald …"

„Aber wir brauchen ihn doch jetzt nicht mehr."

„Doch. Wir brauchen ihn. Dringend. Für eine Spritztour."

„Aber, na ja, müssen wir echt aufpassen. Hab da mal einen Krimi gesehen, da hatten die Kommissare den Porsche von der Staatsanwältin und den voll zu Schrott gefahren."

„Hab' ich auch gesehen. Und? Wie hat die Staatsanwältin reagiert?"

„Eigentlich …, war erstaunlich cool."

„Na, also", schloss die Kollegin und zog den Wagen schwungvoll um die Kurve.

Hellander verstummte. Lieber nichts mehr sagen.

Hatte er jetzt bei ihr den Ruf eines Schissers oder Spießers?

Hatte er gerade seinen Ruf als cooler Kommissar zerstört? Apropos Ruf zerstören …

„Gucken Sie mal, ein Eichhörnchen!", rief die Kollegin.

Ein Eichhörnchen? Hellander schaute konsterniert auf das Eichhörnchen, das gerade über die Straße von einem Baum zum nächsten flog. Wie kommt die Kollegin auf Eichhörnchen, wo sie gerade Porsche fährt und sie einen kniffligen Fall zu besprechen haben? Komische Frau, dachte Hellander. Doch immerhin hatte die Kollegin es geschafft, Hellander aus seinem Kopf herauszuholen und die Grübelei zu beenden. Tatsächlich widmete er seine Aufmerksamkeit der Straße und was sich sonst noch um sie herum tat.

Die Spritztour hatte was, aber Hellander war trotzdem froh, als sie wieder ins Amt einfuhren.

Im Büro überlegten sie, was nun zu tun sei, und beschlossen, die anderen Kollegen von Lichtrecht zu befragen, die auch am Tatort gewesen waren. Sie telefonierten herum, aber alle Angesprochenen sagten das gleiche: sie sagen nichts ohne ihren Anwalt. Und ihr Anwalt war gerade länger im Urlaub.

Nichts zu machen.

Auch der Anruf beim Anführer der Spurensicherung wegen der Zeugenaussagen förderte nichts Brauchbares zu Tage. Der alte Greis hatte den toten Ruf gefunden und die Polizei alarmiert. Und der Fisch war wohl eine Erfindung des alten Mannes.

Hellander ging auf die Toilette. Als er zurückkehrte, hatte die Kollegin den Obduktionsbericht in der Hand und las neugierig. Dann schaute sie auf und fasste für Hellander zusammen: „Stellen Sie sich vor: Der Ruf war hohl!"

„Was?"

„Ja, nix drin! Eine Hülle. Eine Fassade. Substanzlos."

„Ach. Und was heißt das?"

„Na, der Ruf war nur eine Fassade, nix dahinter. Aufgesetzt. Eine Maske. Fauler Zauber. Freundliches, zuvorkommendes Theater. Bloß nicht zeigen, was echt in einem steckt."

„Hm, verstehe …" Hellander sinnierte. „Und die Todesursache?"

„Es gibt Brandspuren im Inneren. Wahrscheinlich ist er explodiert. Von innen heraus explodiert! Also entweder Bombe reingeworfen – oder von selbst explodiert, selbst zerstört. Ich ahnte doch, das sah irgendwie komisch aus …"

„Ach, ist ja'n Ding. Mir kam da vorhin auch so ein Gedanke. Man kann seinen Ruf auch selbst zerstören, z.B. einfach gehen und jemanden vor den Kopf stoßen, was man sonst nie macht. Dann sieht der andere auf einmal was ganz anderes in einem, der Ruf ist dahin."

„Okay, aber in unserem Fall muss ein bisschen mehr passiert sein."

„Ja, aber Sie wissen, was ich meine."

„Oh ja. Klar, wenn man explodiert, quasi die Beherrschung verliert, all den Mist mal richtig rauslässt, ohne auf die Bremse zu treten, tja, dann könnte ein freundlicher Ruf schon mal draufgehen …"

Hellander versuchte, sich das vorzustellen.

Derweil daddelte die Kollegin etwas auf dem Computer herum, dann kiekste sie und drehte sich erstaunt zu ihrem Kollegen. „Ach, nein, schauen Sie mal hier".

Hellander warf einen Blick auf den Monitor. Die Kollegin hatte die eben eingetroffene E-Mail von der Meldestelle geöffnet. Sie hatte am Vortag die Daten und ein Bild von Lichtrecht angefordert.

„Das ist ja der Mann aus dem Café, der uns den Tipp gegeben hat! Der hat sich selbst erkannt, aber nichts gesagt! Wie ist der denn drauf?"

Die Kollegin schüttelte belustigt den Kopf.

„Der war ja überhaupt nicht freundlich und zuvorkommend! Der war doch total zickig!", wunderte Hellander sich.

„Zickig …? Hm … Der war halt direkt. Hat Sie mit ihrem Spruch auflaufen lassen. Tja, vielleicht seine wahre Natur. Die freundliche Fassade weg."

„Mist", fluchte Hellander. „Der ist jetzt auf Weltreise. Den kriegen wir so schnell nicht. Und wenn wir bei den anderen auf den Anwalt warten müssen, dann kriegen wir so schnell nicht raus, was da passiert ist."

„Wenn die überhaupt die Wahrheit sagen würden. Schließlich geht es bei allen um ihren guten Ruf. Und offenbar um viele private und peinliche Sachen. Da hält man sich so oder so bedeckt."

Nach einer Weile fügte die Kollegin hinzu: „Aber eigentlich ist es doch auch gar nicht so wichtig."

„Was? Wir reden hier über Mord!"

„Oder Selbstmord. Oder sowas Ähnliches. Vielleicht war es eben so, der Lichtrecht hat sein Monster rausgelassen, das lange hinter der Fassade eingesperrt war und endlich raus wollte! Hat alle beleidigt, fertig gemacht, gesagt, was er wirklich von ihnen hält! Wahrheiten rausgelassen, die keiner hören wollte. Vielleicht …, rausgehauen, wie bescheuert er die Leute eigentlich findet, was für Marionetten das alles sind, was für Drecksäcke, und was man selber für ein Idiot ist, weil man sich mit denen rumtreibt … Und hat sich ausgekotzt über die ganzen Lügen der Leute, ihre heimlichen Affären, ihr Gehabe, ihre Scheinheiligkeit, oder so … Und die haben natürlich zurückgeschossen, in ihrer Angst um ihren Ruf. Aber Lichtrecht hatte keine Angst mehr. Ihm es war egal. Der hat seine Leiche ja auch liegen lassen, seinen Job gekündigt und macht jetzt sein Ding. So könnte es gewesen sein."

„Könnte aber auch ganz anders gewesen sein … Es könnten die anderen angefangen haben, über ihn herzuziehen, ihn fertig zu machen. Deshalb hat er auch seinen Job gekündigt und ist auf Weltreise gegangen, weil der die anderen Typen nicht mehr sehen wollte und Abstand brauchte."

„Auch egal", sagte die Kollegin nüchtern. „Ist doch alles gut. Dem Opfer geht es offensichtlich nicht schlecht. Haben wir ja gesehen. Und er hat keine Anzeige erstattet. Ist vielleicht erleichtert, dass die freundliche Fassade weg ist. Und die anderen haben auch keine erstattet. Machen weiter, als wäre nichts geschehen. Scheinheilige …"

Eine Weile saßen sie schweigend da.

Dann sammelte Hellander zögernd die Akten zusammen und legte sie in den Schrank. „Na ja, erst mal nix zu machen. Vielleicht rollen wir das eines Tages noch mal auf …"

„Vielleicht", sagte die Kollegin schmunzelnd.

Und dann gingen sie einen Kaffee trinken.

Der Fall mit dem Ruf wurde nie geklärt, aber das ist für den Verlauf des Weltgeschehens und für die Beziehung zwischen Kommissar Hellander und seiner Kollegin völlig irrelevant.

Das Phantom

Kommissar Hellander saß in seinem Büro und starrte matt aus dem Fenster. Es gab nichts Spektakuläres zu sehen, nur das Bürogebäude gegenüber auf der anderen Straßenseite. Dort konnte er ziemlich gut in das Büro eines Mannes schauen, von dem er aber nicht genau wusste, was der beruflich so machte.

Er wusste nur, dass der Mann sich gerne mit dem Bleistift in der Nase bohrte.

Er dachte an dies und das und wiederholte seine Gedankengänge freudlos in verschiedenen Variationen.

Plötzlich klingelte das Telefon und riss ihn aus seinem Gedankenkarussell. Beim fünften Klingeln hatte er den notwendigen Elan, abzuheben.

Am anderen Ende der Leitung meldete sich aufgeregt Doktor Lehmann. Hellander kannte ihn flüchtig, woher wusste er nicht mehr so genau.

„Kommissar!", rief Doktor Lehman in sein Mobiltelefon, kommen Sie ins Städtische Krankenhaus, wir liefern gerade jemanden ein, ich glaube, das ist ein Spezialfall für Sie!"

„Ach, worum geht's?"

„Seien Sie in fünf Minuten da, dann sind wir's auch!"

Dann legte er auf.

Hellander war erstaunt, dass Doktor Lehmann wusste, in welcher Abteilung er arbeitete und welcher Natur seine Fälle waren. Das wusste er ja selbst manchmal nicht so genau.

Neugierig, was sie erwarten würde, holte er seine Kollegin aus dem Nachbarzimmer und die beiden machten sich auf den Weg zum Städtischen Krankenhaus. Es lag nur ein paar Schritte vom Staatlichen Kriminalamt Nord entfernt.

Am Krankenhaus angekommen fuhr gerade ein Rettungswagen mit Blaulicht vor. Die Hintertüren wurden aufgestoßen und Doktor Lehmann und ein Kollege hievten eine Bahre aus dem Wagen. Darauf lag ein Mann, der benommen nach Luft rang.

„Gut, dass Sie da sind", sagte Doktor Lehmann zu Kommissar Hellander. Einen Moment lang stutzte er beim Blick auf seine Kollegin. Sie trug eine Schiebermütze, in den Haaren zwei Lockenwickler, ein viel zu langes weißes Hemd, eine Hose mit Tigermuster und rote Cowboystiefel mit Sporen.

„Was ist los?", frage Hellander.

„Jemand hat dem Mann den Atem geraubt."

„Oh, ja, das klingt speziell."

Während sie durch die Schwingtür der Notaufnahme ins Haus eilten, führte Doktor Lehmann weiter aus: „Ein dreistes Verbrechen. Mitten auf dem großen Rathausplatz. Bei so vielen Leuten auf dem Platz, am helllichten Tage! Einfach den Atem geraubt! Nein, wir wissen nicht von wem und wie genau, angeblich von einer Frau. Das herauszufinden, ist ihr Job."

Der Arzt beeilte sich, den Patienten zur Intensivstation zu bringen. Sie müssten künstlich beatmen und Hellander solle sich beeilen, schnell die Diebin und das Diebesgut zu finden. Der Mann brauche seinen Atem, künstliche Beatmung sei keine Dauerlösung.

„Gab es Zeugen?", fragte die Kollegin.

„Wir haben kurz mit dem Mann gesprochen, der das Opfer aufgefangen hat, als es atemlos umgefallen ist. Er hat eine Frau weglaufen sehen, aber nicht genau beschreiben können. Gut soll sie aber ausgesehen haben, richtig gut. Ach ja, als wir am Rathausplatz ankamen, konnte unser Mann hier gerade noch ein paar Worte herausbringen. Er lag da mit großen Augen und stammelte etwas von »so unglaublich schön«, »so unglaublich gut« und noch so was wie »so gemein«, oder so. Beeilen Sie sich, die Diebin ist bestimmt noch in der Stadt!"

„Kein Problem", murmelte Hellander. „Also los", sagte er zu seiner Kollegin und die beiden verließen das Krankenhaus.

„Und nun?", fragte die Kollegin etwas ratlos. Aber Hellander hatte einen spontanen Plan. Sie eilten zurück zum Amt und Hellander ließ sich von Herrn Müller einen 187er unterschreiben und damit die ganze Stadt abriegeln. Zudem sollten Beamten im Umkreis des Rathausplatzes patrouillieren. Ihnen wurde aufgetragen, alle unglaublich schönen und unglaublich gut aussehenden Frauen, die für die Tatzeit kein Alibi hatten, zur Befragung aufs Revier zu bringen.

Das funktionierte hervorragend, denn diese Aufgabe reizte die Kollegen außerordentlich. Endlich hatten sie einen guten Grund, besonders gut aussehende Frauen anzusprechen. Und sogar mitzunehmen, wenn diese keine gute Ausrede hatten.

Hellander und seine Kollegin gingen derweil zum Tatort, dem Rathausplatz. In dessen Mitte angekommen blieben sie stehen und schauten sich um.

Hier sollte es passiert sein.

Doktor Lehman hatte mit Kreide den Umriss des liegenden Opfers auf dem Boden gemalt. Ein paar Schaulustige tummelten sich um die Zeichnung und spekulierten, was hier wohl passiert war. Hellander erspähte unter den Schaulustigen eine besonders gut aussehende Frau und nach dreimal durchatmen wagte er es, sie anzusprechen. „Ich bin im Dienst", machte er sich Mut. „Ich muss eine Atemräuberin finden, also los!"

Er stellte sich höflich vor und zeigte seinen Dienstausweis. Für einen Moment fühlte er sich richtig wichtig. Er richtete sich noch weiter auf, als er sah, dass die Frau irgendwie beeindruckt war – zumindest vom Ausweis. Mit erstickter Stimme fragte er sie nach ihrem Alibi für die fragliche Zeit. So ein Mist, dachte er, als sie ihm plausibel machen konnte, dass sie zur Tatzeit nicht am Tatort gewesen war. Enttäuscht ließ er sie gehen und schaute ihr noch etwas hinterher. Er haderte mit sich, dass ihm nicht noch was Cleveres eingefallen war, um sie weiter in ein Gespräch zu verwickeln.

Er schüttelte die Gedanken beiseite und wandte sich der Kollegin zu. Auch sie hatte eine Frau angesprochen, die fand Hellander aber gar nicht besonders gut aussehend. Sie sah ein bisschen aus wie die Kollegin. Die von der Kollegin Angesprochene trug eine schwarz-weiße Nadelstreifenhose mit grünen Flicken und einen engen lila Rollkragenpullover mit aufgenähtem Wappen vom heimischen Fußball-Club auf der linken Brust, an den Füßen Clogs. Das sah irgendwie total bescheuert aus, fand Hellander. Das Gesicht, na ja, ganz gut, aber wie die rumläuft ...

Auch diese Frau schien ein Alibi zu haben, doch Hellander war nicht sonderlich enttäuscht.

Sie schauten sich noch ein bisschen um, konnten aber keine weiteren besonders gut aussehenden Frauen ausmachen. So beschlossen sie, ins Büro zurückzukehren und die Befragung zu starten. Sie nahmen den Weg durch eine kleine unbelebte Seitenstraße. „Die Frau, die Sie angesprochen haben", fragte die Kollegin, „die fanden Sie »besonders gut aussehend«? Die hatte doch einfach nur einen besonders weiten Ausschnitt."

„Ach", stammelte Hellander, „so besonders fand ich die gar nicht, aber irgendjemanden ..." Hellander hatte gelogen. Prompt wurde sein Geschlechtsteil stahlhart und wuchs dramatisch in die Länge, durchbohrte seinen Hosenschlitz und ragte fast einen Meter in die Höhe. Hellander verkrampfte und hielt den Atem an, wodurch das Ganze noch ein paar Zentimeter länger wurde. Die Kollegin starrte das Geschlechtsteil konsterniert an. Was war das nun schon wieder? Was hatte dieser Mann für ein Geschlechtsteil? Das sah bedrohlich aus, dieses stahlharte lange Ding. Was hatte das zu bedeuten? Ist der Typ gefährlich?

Hellander versank für einen Moment im Boden.

Während er verschwunden war, dämmerte der Kollegin, dass dieser Spuk irgendetwas mit Lügen zu tun haben könnte.

Als Hellander wieder auftauchte, war der Spuk zum Glück vorbei.

Wortlos gingen sie weiter. Keiner wollte etwas sagen.

Als sie im Staatlichen Kriminalamt Nord angekommen waren, herrschte dort eine eigenartig aufgeregte Stimmung. Die männlichen Kollegen liefen wie ferngesteuert durch die Gegend. Als sie in den Flur zu ihrem Büro einbogen, staunten sie nicht schlecht. Den ganzen Gang entlang saßen haufenweise gut aussehender Frauen und warteten auf ihr Verhör. Manche waren total genervt, andere plinkerten Hellander lächelnd zu, andere saßen einfach nur gelangweilt da. Auf dem Gang scharwenzelten erstaunlich viele männliche Kollegen herum, die sich sonst nie in dieser abgelegenen Abteilung blicken ließen. Sie taten alle so, als hätten sie gerade ganz viel hier zu tun. Sie fragten sich, was in dieser Abteilung für spezielle Fälle für interessante Probleme behandelt wurden. Sie dachten über eine Versetzung nach.

Hellander schaute sich schwer atmend um. Er fühlte sich plötzlich so eng, so starr. Er strich sich übers Haar. Ob seine Frisur saß? Vorsichtig tastete er seinen Hosenschlitz ab. Ob da noch ein Loch von vorhin war? Er zog seinen Bauch etwas ein.

Nun wagte er einen etwas detaillierteren Blick auf die Frauen. Und er war erstaunt, wie unterschiedlich sie alle aussahen. Und viele fand er überhaupt nicht gut aussehend. Eigenartig, dachte er. Aber es waren ausreichend gut aussehende Kandidatinnen da.

Dann stockte er für einen Moment, als ihm klar wurde, dass eine von diesen gut aussehenden Frauen vielleicht eine hinterhältige Verbrecherin war, die anderen Leuten den Atem raubt. Das weckte ihn aus seiner Erstarrung. „An die Arbeit!", wies er sich und seine Kollegin an, die breit grinsend neben ihm stand. Sie gingen in ihre Büros und ließen eine Frau nach der anderen hereinkommen.

Doch Hellander wusste gar nicht so genau, was er fragen sollte. Sein Gehirn war wie benebelt. Angestrengt versuchte er, sich zu konzentrieren.

Eine junge Frau mit langem dunklen Haar betrat Hellanders Büro und setzte sich ihm gegenüber vor den Schreibtisch. Sie schlug die Beine übereinander, klemmte mit dem Finger ihre Haare hinters Ohr und lächelte verunsichert.

Boah, war die süß. Hellander konnte den Blick kaum abwenden. Dieses weiche, unschuldige Gesicht, die langen dunklen Haare, die auf ihrer Schulter lagen, dieser bunt gestrickte Rollkragenpullover, der ihre Körperformen so elegant verbarg, dass Hellanders Fantasie besonders angeregt wurde. Zu diesem weichen Gesicht musste auch ein Körper mit weichen Rundungen gehören.

Worum ging es doch gleich? Ach ja, der Raubüberfall. Diese Frau soll eine Räuberin sein? Sehr unwahrscheinlich. Die muss doch selbst von bösen Räubern beschützt werden.

Wäre er ein guter Beschützer? Er war zwar bei der Polizei, aber so ein Bodyguard-Typ war er nicht gerade. Dafür hatte er viel zu viel Angst vor Schlägereien. Er träumte zwar oft davon, wie er Kriminellen ordentlich auf die Fresse haute, aber er wusste gleichzeitig, dass es in realen Fällen eher umgekehrt sein würde. Er sackte ein Stück in sich zusammen.

Ach ja, Verhör. Halbseiden fragte er die süße Maus nach allerlei Dingen, die mit dem Fall zu tun haben könnten, aber so richtig bei der Sache war er nicht. Am Ende ließ er sie gehen, er konnte nichts Verdächtiges feststellen.

Die nächste Frau war groß und schlank, elegant gekleidet und stolzierte selbstbewusst auf den Schreibtisch zu. „Was soll das hier alles?", fragte sie forsch. Oha, dachte Hellander. Wenn ich der das erkläre, hält die mich für total bescheuert. Er fragte sich selbst, was er hier machte und stammelte etwas von einem Verbrechen und man müsse alle Eventualitäten überprüfen. Ein Standardsatz, der zum Glück durch seine Routine ohne Nachzudenken aus ihm heraus stolperte.

Diese Frau war bestimmt Juristin, so sah sie aus. Sie würde ihn gleich auseinandernehmen. Was hatte er ihr entgegenzusetzen? Die hat bestimmt Recht von A-Z studiert, kennt die Bücher auswendig, während er gerade mal die wichtigsten Paragrafen gelesen hatte. Er wurde wieder ein Stück kleiner.

Immerhin schien die Frau einen Grundrespekt vor Ermittlern zu haben und nahm seine Erklärung zur Kenntnis, ohne aufzudrehen.

Doch auch bei ihr konnte er nichts Verdacht erhärtendes feststellen.

Die nächste Frau schwebte so lasziv in den Raum, dass ein warmer Rausch durch Hellanders Unterleib floss. Sie hatte ihr weißes Hemd besonders weit aufgeknöpft und bei jeder ihrer Bewegungen musste Hellander unweigerlich hinschauen in der Erwartung, jeden Moment eine ihrer Brüste zu sehen.

Für einen Moment lang war er mit dieser Frau im Bett und sie fiel über ihn her. Sie würde mit ihm machen, was sie wollte. Sie würde sich nehmen, was sie brauchte. Sie würde ihn vernaschen und dann vergessen, wie bei so vielen Männern zuvor. Er würde das Spektakel gar nicht richtig mitbekommen und keinen bleibenden Eindruck hinterlassen, dessen war er sich sicher. Die spielte in einer ganz anderen Liga.

Hellander wurde wieder ein Stück kleiner.

Er versuchte, den Fokus zurück auf den Fall zu richten und fragte irgendwas. Doch auch hier war kein Verdacht zu erhärten.

Stellte er die richtigen Fragen? Was würde denn den Verdacht überhaupt bestätigen? Egal, auch diese Frau wirkte auf ihn nicht wie eine Räuberin, auch sie ließ er nach kurzer Zeit seufzend gehen.

So ähnlich ging es weiter. Von Frau zu Frau sackte er weiter und noch benebelter in sich zusammen und verlor jedes Gespür für sich selbst und den aktuellen Fall. So ein Mist, er hatte sich so auf die Befragung gefreut. Endlich mal mit so vielen gut aussehenden Frauen ins Gespräch kommen! Und jetzt wünschte er sich auf einen anderen Planeten.

Was war hier los? Er atmete tief durch und musste eine Pause machen. Resigniert klappte er den Aktendeckel zu und ging zum Kaffeeautomaten. Dabei vermied er jeden Blick zu den noch wartenden Frauen.

Am Automaten traf er die Kollegin. Er spürte Erleichterung. Diese Frau sah zwar nicht so gut aus, wie die anderen vorhin in seinem Büro ... Obwohl ... Eigentlich wusste er das gar nicht so genau. Sie kleidete und stylte sich immer so bescheuert, wodurch er gar nicht richtig einschätzen konnte, ob sie doch irgendwie gut aussah oder nicht. Das war verwirrend.

Selbst wenn er sich ihr gegenüber schon ein paar Peinlichkeiten geleistet hatte und sie noch gar nicht so lange kannte, kam er sich ihr gegenüber nicht so blöd vor wie gegenüber den Frauen in seinem Büro.

„Das ist Zeitverschwendung", sagte die Kollegin während sie ihren Kaffee schlürften. „Wir brauchen ein genaueres Bild von der Frau, die wir suchen."

So beschlossen sie, die Befragung abzubrechen, die restliche Frauen in Untersuchungshaft zu nehmen, ins Krankenhaus zu gehen, um zu versuchen, eine genauere Täterbeschreibung vom Opfer zu bekommen. Hoffentlich war der Mann inzwischen etwas stabilisiert und vernehmungsfähig.

Gemeinsam liefen sie ins Krankenhaus. Auf der Intensivstation fragten sie nach dem Mann und wurden in die Station 27 verwiesen, dort läge er jetzt und, ja, er hätte sich leicht stabilisiert. Eine Oberschwester begleitete sie zum Zimmer und betonte, sein Zustand wäre immer noch kritisch. Sie müssten behutsam vorgehen.

Der Mann lag in einem Einzelzimmer, an diverse Geräte angeschlossen, die regelmäßig rauschten und piepsten.

Er öffnete die Augen und schaute sie verunsichert und ängstlich an. Sie stellten sich kurz vor und baten ihn um eine Beschreibung des Tathergangs. Er tat sich sehr schwer damit und stotterte nur herum. Die Kollegin kürzte ab: „Wie sah die Frau aus, die Ihnen den Atem geraubt hat?"

Gerade das zu beschreiben, fiel ihm sichtlich schwer und er rang nach Luft.

Die Kollegin kürzte erneut ab, holte Papier und Bleistift aus ihrer Tasche und sagte, sie zeichne jetzt ein Phantombild.

Kommissar Hellander war beeindruckt. „So was können Sie?"

„Ja, letztens ein Kurs bei der Volkshochschule."

Sie setzte sich neben den Mann auf einen Stuhl und fragte ihn ab. Kopfform? Schmal, breit? Haarfarbe? Blond? Ach, …

Dabei zeichnete sie drauf los. Aus weiblicher Intuition heraus orientierte sie sich am Titelbild der aktuellen Ausgabe der Zeitschrift „TV sexy" und ließ dabei ein paar der vom Opfer beschriebenen Eigenschaften einfließen. Nach ein paar Minuten war sie zufrieden mit ihrer Zeichnung. Sie drehte das Blatt um und zeigte es dem Opfer.

Der Mann stierte auf das Bild, die Augen quollen aus den Höhlen hervor, er rang nach Luft und sämtliche Geräte fingen an, alarmierend zu piepsen. Schnell drehte die Kollegin das Bild weg. „Volltreffer", sagte sie ernst und stand auf. „Wir müssen die Schwester holen." Doch schon in diesem Augenblick stürmte sie herein und ranzte die Ermittler an, sie hätten sich doch vorsichtig verhalten sollen und was ihnen denn einfiele, sie gefährdeten das Wohl des Patienten und so weiter.

Kommissar Hellander und seine Kollegin verließen ein wenig kleinlaut das Zimmer.

„Gut, jetzt haben wir was in der Hand, damit gehen wir auf die Suche!" Die Kollegin war zufrieden und zuversichtlich.

„Zeigen Sie mal", sagte Hellander. Als die Kollegin ihm das Bild zeigte, hielt er die Luft an. Da war eine wunderschöne Frau zu sehen, so geschmeidige Gesichtszüge, so erhaben, so elegant, so selbstbewusst, so zart, fast zauberhaft …

„Sie können den Mund wieder schließen", sagte die Kollegin trocken. Hellander klappte den Mund zu und die Kollegin steckte das Bild ein. Hellander fühlte sich irgendwie erleichtert.

Dann dachte er an das Bild an sich. Wie die Kollegin zeichnen konnte! Was für ein Bild! Hellander schürzte respektvoll die Lippen.

Zurück im Büro setzen sie sich an den Computer und verglichen das Phantombild mit den Fotos der Untersuchungshäftlinge. Keine Übereinstimmung. Sie mussten alle freilassen.

„Schade", sagte der Kommissar, „wäre ja zu schön gewesen."

„Also müssen wir auf die Straße gehen und Leute danach fragen", folgerte die Kollegin.

So machten sie sich erneut auf den Weg zum Rathausplatz, dort wollten sie anfangen, wohl wissend, dass inzwischen kaum noch jemand dort sein würde, der bei dem Zwischenfall zugegen gewesen war. Aber irgendwo mussten sie ja anfangen.

Auf dem Rathausplatz schnappten sie sich einen vorbeilaufenden Mann und die Kollegin zeigte ihm das Phantombild.

„Wow, ein Bild von einer Frau!", sagte der Mann.

„Klar, ist ja ein Phantombild", antwortete die Kollegin augenzwinkernd.

„Ich meine, sie ist bildschön!"

„Ich bin nicht blöd."

„Ach so. So, so, ein Phantombild. Sind wir auf Verbrecherjagd?", fragte der Mann süffisant.

„Sieht so aus."

„Nein, sieht nicht so aus. So sieht doch kein Verbrecher aus."

„Aber vielleicht eine Verbrecherin?"

„Nein, auch keine Verbrecherin!"

„Ach, wie sieht denn eine Verbrecherin aus?"

„Na, anders halt. Irgendwie gemeiner Gesichtsausdruck. Nicht so schön, nicht so geschmeidig. Ja, kürzere Haare, genau, dunkler. Fieser halt."

Die Kollegin verschwurbelte die Augenbrauen zu einem mitleidigen Blick. „Danke", sagte sie, drehte sich um und ging. Hellander verharrte an Ort und Stelle. Er wollte den netten Mann nicht einfach so stehen lassen. Er fragte noch einmal nach, ob er die Frau kenne, und nach einem „Nein" bedankte er sich für die Kooperation, verabschiedete sich höflich und folgte der Kollegin.

Die schüttelte nur ungläubig den Kopf. „Männer."

„Na ja", insistierte Hellander, „er hat doch nicht ganz unrecht, oder?"

„Ach, jetzt fangen Sie auch noch damit an? Glauben Sie im Ernst, dass Aussehen was über kriminelle Energie aussagt?"

„Na ja, teilweise schon."

„Wir können ja mal ins Frauenknast gehen und uns umschauen, wie wäre das?"

„Warum sollte ich mir unattraktive Frauen anschauen?"

Die Kollegin verdrehte die Augen. „Freuen Sie sich doch einfach auf den Anblick all der hübschen jungen Mörderinnen von reichen alten Ehemännern, zum Beispiel."

„Ach", monierte Hellander gedehnt, „das ist doch ein Klischee!"

Die Kollegin prustete laut los. „Das ist also ein Klischee? Und was ist das mit der hässlichen Verbrecherin?"

Hellander wusste darauf nichts zu entgegnen. Er fühlte sich ertappt. Er hatte so ein Bild von Verbrecherinnen, von dem wollte er sich nur ungern verabschieden. Er fühlte sich unbehaglich. Irgendwie im Recht und doch im Unrecht. Blödes Gefühl.

Schweigend gingen Sie ein paar Schritte, dann fragte die Kollegin noch weitere Passanten, aber keiner kannte die Frau. Allerdings sagten die meisten, es sei eine wunderschöne Frau abgebildet. Manche Männer waren regelrecht fasziniert von ihr, waren wie in Trance und konnten ihre Blicke kaum abwenden oder ihre Münder schließen.

„Machen Sie mal weiter, ich muss nachdenken", sagte die Kollegin, drückte ihrem Kollegen das Phantombild in die Hand und entfernte sich ein paar Schritte.

Hellander fragte weiter umher, aber keiner kannte die Frau.

Gingen sie den Fall richtig an? Hellander zweifelte an ihren Methoden.

Nach einiger Zeit schaute er sich nach der Kollegin um. Ein paar Meter entfernt sah er, wie sie sich mit einer anderen Frau unterhielt. Als er näherkam und die Frau besser sehen konnte, begann sein Herz zu klopfen und der Atem zu stocken. Schulterlanges dunkles Haar, ein paar Strähnen hingen ins geschmeidige Gesicht, ein bezauberndes Lächeln auf den schmalen Lippen, sie war schick gekleidet und stand ganz offensichtlich mit beiden Beinen auf dem Boden. Hellander hielt sie für eine Designerin. Im Geiste sah er sie durch die Gänge der angesagten Agentur schweben und ihre Kollegen und Kunden durch ein perfektes Design nach dem anderen beeindrucken. Mit Leichtigkeit sprudelten die Ideen aus ihr heraus und souverän stand sie bei den Präsentationen vor dem Publikum und überzeugte durch ihre treffenden und kompetenten Ausführungen.

Zu Schulzeiten hatte Hellander ja auch mal Designer werden wollen, sich am Ende aber für etwas anderes entschieden. Im Grunde hatte er sich nicht wirklich entschieden, er hatte sich schlicht nicht getraut. Da muss man ja immer kreativ sein, immer Ideen haben, perfekt zeichnen können … Das hätte nie ausgereicht … Aber es schmerzte in seiner Brust.

Dann sah er die Frau zu Hause in ihrem großräumigen Designer-Loft, wie sie en passant Haushalt und Kinder managte. Lächelnd goss sie den Kindern die Milch in die Müslischale und telefonierte danach mit ihrer Agentur. Wie gern hätte Hellander jetzt dort am Frühstückstisch gesessen.

Inzwischen war Hellander bei den beiden Frauen angekommen, die Kollegin stellte ihn kurz vor und die Designerin lächelte ihm zu. Hellander hielt den Atem an. Dieses Lächeln …

Die Designerin verabschiedete sich dann auch schon und verschwand.

Hellander starrte ihr lange hinterher.

„Alles in Ordnung?", fragte die Kollegin. Doch Hellander war noch nicht in der Lage, zu antworten.

„Sie sollten mal wieder Luft holen", meinte die Kollegin nachdenklich.

Hellander starrte weiter.

„Herr Kollege?", fragte die Kollegin besorgt. „Hallo?"

„Diese Frau …!?", hauchte der Angesprochene schwach.

„Ach, die!" Die Kollegin seufzte gedehnt. „Eine alte Bekannte von mir. Ach, ja, die tut mir echt leid."

„Was?", fragte Hellander verblüfft und wandte sich ihr zu.

„Ja", erklärte die Kollegin, „die weiß einfach total nicht, was sie will. Muss aber zwanghaft immer so tun, als ob sie's genau wüsste. Seit Jahren hangelt sie sich von einem Job zum nächsten und findet nicht das richtige. Immer passt irgendwas nicht oder sie fliegt raus und weiß nicht, was los ist. Ach ja, und bei ihren Beziehungen ist das ganz genauso. Hals über Kopf verliebt, verlobt, verheiratet und genauso schnell wieder geschieden …"

Hellander war konsterniert.

Diese Frau?

Diese Frau war in Wirklichkeit so unsicher und schwierig?

Und sah doch so ganz anders aus?

„Echt?", hauchte er. „So sieht die gar nicht aus …"

„Ja, klar!" Die Kollegin lachte laut auf. „Sie gibt sich ja auch alle Mühe, das zu verbergen. Verschwendet all ihre Energie darauf, ein gutes Bild abzugeben."

Hellander war verwirrt. Er wollte das nicht glauben. Aber wenn die Kollegin das sagte? Sie kannte die Frau ja schon länger.

Und er? Was hatte er von ihr gedacht? Das stimmte alles gar nicht? Das war alles falsch? Alles nur Fassade? Er hatte sich blenden lassen? Und wie schnell und leicht?

Wut stieg in ihm auf.

Diese scheinheilige Frau! Alles Schwindel! Alles nur Fassade, fauler Zauber! Betrug! Nichts dahinter!? Was fällt der eigentlich ein?

So falsch!

So verlogen!

Wie kann man nur so blendend aussehen und doch so hinterhältig, so falsch sein?

Blendend aussehen …

Blenden …

Blenden lassen …

Hellander nahm einen tiefen Atemzug, schnaubte und grollte. Sein Brustkorb hob und senkte sich. Er atmete tief und schwer und hatte das unbändige Bedürfnis, auf jemanden loszugehen. Gleichzeitig fühlte es sich an, als wachte er aus einem Traum auf.

Was war hier los? Was war passiert? Wieso hatte er diese Frau so gesehen, wie er sie gesehen hatte? Wieso hatte er sie so überschätzt? Wie konnte das passieren?

Und was, fragte er sich daraufhin, war eigentlich heute Vormittag mit den ganzen Frauen in seinem Büro passiert? Hatten die ihn auch alle so geblendet? War ihm da vielleicht die Verbrecherin durch die Lappen gegangen, weil er gar nicht mehr Herr seiner Sinne gewesen war? War er so dämlich, dass er bei gut aussehenden Frauen gleich alles Wesentliche vergaß?

Er schnaubte noch einmal laut. Wütend auf diese blöden, verlogenen Frauen, wütend auf sich selbst, auf den Fall, auf den Rathausplatz, die blöden Passanten, die ganze Mischpoke!

Er fühlte sich klein und bescheuert – und gleichzeitig groß und stark. Denn seine Wut war stark. Jetzt wäre er ein guter Bodyguard, jetzt würde er die Pseudo-Juristin von vorhin in Grund und Boden reden, jetzt würde er der Sex-Bombe von vorhin zeigen, wer der Herr im Bett ist! Jetzt würde er es allen zeigen!

Die Kollegin beobachtete das Geschehen bei ihrem Kollegen aufmerksam und rieb sich das Kinn. Was passierte da gerade? Was ging bei dem denn gerade ab? Was für eine Veränderung! Sagte das etwas über ihren aktuellen Fall?

Während Hellander weiterhin aufgeregt tiefe Atemzüge nahm, kam ihr eine Idee.

„Kommen Sie mit", sagte die Kollegin und zog ihren Kollegen am Arm. „Wir probieren mal was aus!"

Mit zu schmalen Schlitzen verengten Augen und mahlenden Kieferbewegungen folgte er ihr ins Krankenhaus. In dessen Gängen schienen ihnen heute besonders viele gut aussehende Krankenschwestern entgegen zu kommen. Er vermied direkte Blickkontakte. Und während sie aneinander vorbei gingen, sortierte er sie mit einer Mischung aus Widerwillen und Genugtuung in die Schublade der Hassobjekte.

Sie bahnten sich den Weg zur Station 27. Als sie dort angekommen waren, empfing sie die Oberschwester mit mürrischem Blick, aber die Kollegin nahm ihr den Wind aus den Segeln und flötete zuvorkommend, sie würden diesmal ganz behutsam vorgehen.

Im Zimmer fanden sie das Raubopfer stehend vor. Der Mann konnte also immerhin wieder stehen. Sein Bewegungsradius war jedoch sehr eingeschränkt, er hing an diversen Geräten. Ein paar Elektroden waren an seine Brust geheftet und vor Mund und Nase trug er eine Atemmaske. Zusammen mit den Geräuschen der Beatmungsmaschinerie musste Hellander an Darth Vader denken.

Als sie eintraten, schaute der Mann sie skeptisch und fragend an. Die Kollegin grüßte kurz, baute sich vor ihm auf und schaute ihm direkt in die Augen. Der Mann schaute verunsichert zurück.

Dann zog sie das Phantombild aus der Tasche und hielt es ihm direkt vors Gesicht.

Der Mann schien beinahe zu ersticken, die Augen quollen aus ihren Höhlen hervor. Hätte er atmen können, dann hätte er eingeatmet und die Luft angehalten. Er starrte auf das Bild. In seinem Blick lag eine eigenartige Mischung aus Sehnsucht, Liebe, Schmerz, Angst und blankem Entsetzen. Dann wechselte sein Blick zur Kollegin, erfüllt von Panik, ob sie ihn umbringen wolle.

Die Kollegin drehte das Blatt um und betrachtete es selbst.

Dann spuckte sie darauf.

Und noch einmal.

Der Speichel floss herunter und verschmierte die Bleistiftzeichnung.

Sie wendete das Bild wieder dem Mann zu.

Der stand fassungslos da und starrte auf das Papier.

Die Kollegin nahm das Blatt in beide Hände und zerknüllte es demonstrativ. Dann faltete sie es wieder auseinander und strich es glatt, wobei sie das Bild noch weiter verschmierte. Erneut hielt sie es dem Mann vor die Nase und fixierte ihn eindringlich.

Dann ließ sie es fallen.

Das Blatt segelte dem Mann vor die Füße.

Sein Blick folgte dem Blatt bis zum Boden, dann schaute er wieder hoch zur Kollegin. Die Augen funkelten von Hass erfüllt. Wie konnte diese Frau dieses Bild dieser wunderschönen Frau so verunstalten? Wie konnte diese Frau so etwas tun?

Hellander, der etwas seitlich hinter der Kollegin stand, bekam es nun mit der Angst zu tun. Würde der Mann jetzt auf seine Kollegin losgehen? Was machte die da?

Es war totenstill im Raum.

Selbst die Geräte schienen die Luft anzuhalten.

Der Mann senkte erneut den Blick und starrte das Blatt Papier vor seinen Füßen regungslos an.

Langsam, ganz langsam wich der Hass in seinem Gesicht einem anderen Ausdruck. Da war Verzweiflung zu erkennen … und Verwirrung. Es arbeitete in ihm. Was war das dort unten jetzt für ein hässliches Bild?

Dann, ganz langsam, Zug um Zug, verzog sich sein Mund hinter der Atemmaske.

Zu einem Lächeln.

Ungläubig.

Fassungslos.

Er schaute kurz zur Kollegin. Haltlosigkeit in seinem Blick.

Nach kurzer Zeit senkte er seinen Blick wieder und fokussierte das Phantombild.

Dann begannen seine Augen zu funkeln.

Das Lächeln verbreiterte sich.

Hin zu einem Grinsen.

Einem rachsüchtigen Grinsen.

Er schnaufte verächtlich und begann zu zittern.

Dann ließ er ein heiseres Kichern vernehmen. Es klang ein bisschen verrückt.

Das Kichern wuchs und wuchs zu einem lauten Lachen heran, das Hellander kaum einordnen konnte. Wurde der Mann verrückt? Drehte er durch? War dieses Lachen boshaft? War es lustig? War da Schadenfreude?

Auf einmal stoppte das Lachen und der Mann nahm einen lauten, tiefen Atemzug. So, als wenn er die Luft des ganzen Raumes auf einmal einsaugen würde. Und noch einen. Und noch einen, als könnte er gar nicht mehr aufhören. Die Geräte fingen hektisch an zu schnarren und zu piepen. Alarm!

Dann sah sich Hellander versetzt in das Raubtierhaus des heimischen Zoos. Wenn dort der Löwe sein dumpfes Brüllen ausstieß, dann donnerte es, dann war das ganze Haus davon erfüllt und die Wände wackelten. So war es nun hier. Nach dem vierten Atemzug stieß der Mann mit weit aufgerissenen Augen einen langen, ohrenbetäubenden Urlaut aus, den Hellander noch von keinem Menschen zuvor vernommen hatte. Eine Mischung aus Löwe und Tarzan. Ein dichter und dunkler Ton, der den gesamten Raum ausfüllte. In diesem Ton schwangen gleichzeitig beklemmende Hilflosigkeit und ungebremste Angriffslust.

Der Mann riss sich dann die Kabel und Geräte vom Leib und schleuderte sie auf das am Boden liegende Phantombild. Er beugte sich über das Bild und schrie es aus vollem Leib an. Sein Körper verkrampfte sich zusehends. Er schrie ohne Unterlass.

Erst waren es nur Laute, dann wurden die Schreie artikulierter und es polterten die übelsten Schimpfworte und Beleidigungen aus ihm heraus. Er trat auf das Bild, immer wieder, zertrat alles, was dort an Geräten am Boden lag zu Brei und sprang wild drauf herum.

In diesem Moment wurde die Tür des Zimmers aufgestoßen und ein Tross aus Schwestern und Ärzten stürzte herein. In den Händen Spritzen und Dr. Lehmann hielt eine Zwangsjacke bereit.

Hellander wusste eigentlich nicht genau, was hier gerade passierte und ob das gut war oder schlecht, doch unwillkürlich hob er seinen Arm abwehrend an und stoppte die hereinstürmende Mannschaft.

Die hielt inne und blickte irritiert auf die Szenerie.

Die Kollegin stand immer noch da, wo sie gestanden hatte, atmete schwer und beobachtete den Mann. Der hatte aufgehört zu springen und seine Hasstiraden gingen wieder über in ein lautes Röhren und Röcheln. Plötzlich würgte er, so als müsste er sich übergeben.

Noch einmal würgte er lautstark, dann spuckte er selbst auf das am Boden liegende Phantombild.

Einen Moment lang hielt er in seiner verkrampften und gebeugten Haltung inne. Es folgte eine längere Zeit der angespannten Stille.

Es folgte ein saugender Atemzug und mit diesem löste sich seine Anspannung.

Ganz langsam richtete er sich auf und stand heftig aber immer ruhiger atmend vor dem völlig zerstörten Phantombild und den daneben liegenden Scherben.

Bald schien er ganz ruhig zu werden.

Sein Gesicht wirkte nunmehr sehr weich.

Und plötzlich begann er zu lachen.

Diesmal war es ein gelöstes, ein herzliches Lachen.

Er lachte laut und ausgelassen. Er fasste sich an den Kopf und ließ sich rückwärts gegen die Wand des Zimmers fallen.

Mit dem Rücken an der Wand glitt er herab und landete im Schneidersitz.

Der Kollegin schien ein Stein vom Herzen zu fallen und sie begann ebenfalls zu lachen.

Die Ärzte und Schwestern schüttelten die Köpfe und schauten wie Hellander verwirrt umher.

Die Kollegin kniete sich vor den Mann an der Wand und schaute ihn an.

Noch immer zuckte seine Muskulatur, doch es war kein Lachen mehr. Das Lachen hatte sich in ein Weinen verwandelt. Tränen liefen ihm die Wangen herab.

Nach einigen Atemzügen trafen sich ihre Blicke. Augenblicklich kehrte Ruhe ein. Schweigend schauten sie sich an.

Nach längerer Zeit nahm er wieder einen tiefen Atemzug.

Dann sagte er: „Sie haben echt bescheuerte Klamotten an!"

Daraufhin brachen beide in schallendes Gelächter aus.

Nachdem der Mann sich wieder beruhigt hatte, erhob und streckte er sich.

„Vielen Dank, meine Herren", sagte er an die Ärzte und Schwestern gerichtet. „Ich habe meinen Atem wieder. Ich entlasse mich dann mal selbst."

Er packte seine Sachen, ließ aus seinem Portemonnaie ein paar größere Scheine für die zerstörten Geräte auf dem Bett liegen und verließ das Zimmer.

Die Kollegin folgte ihm vergnügt pfeifend.

Bevor Hellander richtig nachdenken konnte, verabschiedete er sich kurz und knapp von Dr. Lehmann und verließ ebenfalls den Raum so schnell er konnte. Er wollte das hier nicht alles erklären müssen.

Die Ärzte und Schwestern schauten sich kopfschüttelnd und sprachlos an.

Kommissar Hellander und seine Kollegin gingen wortlos durch die Gänge des Krankenhauses hinaus auf die Straße.

Nach einiger Zeit ergriff Hellander – noch immer verwirrt – das Wort: „Woher wussten Sie …?"

„Ich wusste nicht", antwortete die Kollegin. „Ich hatte nur so eine Idee. Ich hab' mich an Ihnen orientiert."

Fragend schaute er sie an.

„Na ja, für mich sah es so aus, als hätten Sie da vorhin von meiner Bekannten irgendein skurriles Bild im Kopf gehabt … und das habe ich zerstört … und dann ging's Ihnen besser …, irgendwie befreiter …"

Hellander verstand das nur halb, hatte aber gerade keine Lust, weiter darüber nachzudenken.

Sie schlenderten durch die Straßen, dann gingen sie einen Kaffee trinken.

Der Fall mit dem Phantom und dem geraubten Atem wurde nie richtig geklärt, aber das ist für den Verlauf des Weltgeschehens und für die Beziehung zwischen Kommissar Hellander und seiner Kollegin völlig irrelevant.

Tassen im Schrank

Sieben Uhr morgens. Kommissar Hellander quälte sich aus seinem Bett, schlüpfte in seine Pantoffeln und schlurfte in die Küche. Er füllte seine Espressokanne und stellte sie auf den Herd. Dann ging er ins Bad, um zu duschen.

Als er danach in die Küche zurückkehrte, stellte er fest, dass er vergessen hatte, den Herd anzumachen. Au Mann. Er verschwurbelte die Lippen und drehte den Herd auf 3, um möglichst schnell seinen Kaffee zu bekommen.

Gedankenverloren holte er eine Tasse aus dem Schrank, füllte schon mal etwas Zucker hinein, setzte sich an den Küchentisch und wartete.

Sollte er noch etwas frühstücken, hier? Er überlegte, ob er jetzt Hunger oder Appetit hatte, während die Espressokanne anfing zu röcheln. Gleich würde der Kaffee fertig sein.

Er beschloss, das Thema Frühstück zu verschieben und sich unterwegs etwas beim Bäcker zu holen. Er wollte um acht Uhr im Büro sein. Dafür gab es eigentlich keinen Grund, es lag gerade kein Fall auf dem Tisch, aber das gehörte sich irgendwie so, pünktlich bei der Arbeit zu sein.

Als der Kaffee fertig war, trank er eine Tasse und begann sich anzuziehen. Zwischendurch nippte er hin und wieder an der zweiten Tasse, dann verließ er das Haus.

Um acht Uhr betrat er das Staatliche Kriminalamt Nord, in der Hand eine Tüte mit einem belegten Brötchen und einem Schoko-Croissant.

Als er sein Büro aufschloss, erschien auch die Kollegin. Sie trug eine schwarze Drei-Viertel-Lederhose, gelbe Turnschuhe und rot-weiß geringelte Strümpfe, einen viel zu langen grünen Strickpullover, darüber einen dünnen braunen Ledermantel und auf dem Kopf einen Cowboyhut.

„Guten Morgen", sagte sie und lupfte ihren Hut.

Was sind das für komische Klamotten, dachte Hellander, und Hut abnehmen zum Grüßen, das ist ja ganz alte Schule.

Er lächelte freundlich und grüßte zurück.

Dann verschwanden beide in ihren Büros.

Hellander hatte es sich auf seinem Stuhl bequem gemacht und sein belegtes Brötchen ausgepackt, als das Telefon klingelte.

Herr Müller war am Apparat. „Guten Morgen, Herr Kommissar. Wir haben einen neuen Fall für Sie."

„Guten Morgen, Herr Müller. Worum geht's?"

„Einbruchdiebstahl", erwiderte Herr Müller.

„Das ist eigentlich gar nicht meine Abteilung", wunderte sich Hellander.

„Na ja, kommt drauf an. Ein Mann hat angerufen und den Diebstahl gemeldet. Er hat jetzt nicht mehr alle Tassen im Schrank."

„Oha", mache Hellander, „klingt doch speziell."

Hellander ließ sich die Adresse geben und holte seine Kollegin aus dem Nachbarzimmer.

Gemeinsam fuhren sie zum Tatort.

Im Hochparterre eines Altbaus aus der Gründerzeit klingelten sie bei „Kowalski". Hellander inspizierte die Tür. Nach einem gewaltsamen Einbruch sah die Tür nicht aus.

Nach kurzer Zeit öffnete ihnen ein etwas älterer Herr mit ergrautem Haar, leicht gewellt, ordentlich gekämmt. Er wirkte etwas verkniffen und fahrig.

Hellander stellte sich und seine Kollegin vor. Beim Blick auf die Kollegin hob der Mann die Augenbrauen, ließ sich ansonsten aber nichts anmerken.

„Sie sind Herr Kowalski? Sie haben den Diebstahl gemeldet?", fragte Hellander.

„Ja", antwortete der Mann, „ja, gut, dass Sie kommen. Kommen Sie doch herein!"

Gemeinsam betraten Sie den Flur der Wohnung. Es roch etwas muffig, obwohl die Wohnung einen sehr gepflegten Eindruck machte.

Er deutete auf die Garderobe und half der Kollegin aus dem Mantel. Sie schmunzelte und ließ sich bereitwillig helfen. Der Mann zog den Mantel auf einen Bügel und hängte ihn an einen Garderobenhaken. Dann nahm er Hellander seinen Mantel ab und tat das gleiche.

Hellander schaute sich derweil etwas um. Sein Blick fiel durch die Wohnzimmertür auf ein Bücherregal. Die Bücher waren fein säuberlich nach Farbe und Größe sortiert. Er dachte an sein Bücherregal. Er stellte Bücher immer dort hin, wo gerade Platz war. Wenn welcher da war. Ansonsten legte er sie quer auf andere Bücher rauf. Ausmisten wäre auch mal eine Option …

Der Mann deutete auf den Eingang zur Küche. „Hier entlang, hier, sehen Sie, was passiert ist."

Die beiden Ermittler folgten ihm in die Küche.

„Kommen Sie, kommen Sie", forderte er mit zittriger Stimme und zeigte auf eine mannshohe Vitrine.

Der Schrank war voll mit Tassen.

Tassen aller Art. Feine Porzellantassen mit Untertassen, klobige Pötte mit Blumenmuster oder Abbildungen ferner Städte – vermutlich Souvenirs vergangener Reisen. Gläserne, bunt verzierte Tassen, banale Standard-Tassen von einem bekannten schwedischen Möbelhaus am Stadtrand, liebevoll gestaltete Keramik von der Töpferwerkstatt auf dem Land. Viele Einzelstücke, ein paar Zwillinge und Drillinge, die zusammenpassten.

Die untersten beiden Fächer waren leer.

„Sehen Sie?" Der Mann zeigte auf die leeren Fächer. „Wahnsinn! Heute morgen sah ich es! Leer! Da fehlen bestimmt zwanzig Tassen! Zwanzig Tassen! Fehlen! Einfach weg! Gestohlen! Aus meinem Schrank! Jetzt habe ich nicht mehr alle Tassen im Schrank!" Er schien verzweifelt, setzte sich geschwächt auf einen Stuhl am Küchentisch und ächzte.

„Was für Tassen fehlen denn?", fragte Hellander. „Bestimmte? Waren es besonders wertvolle?"

„Natürlich waren sie wertvoll!" Der Mann richtete sich entrüstet auf. „Da stand die Tasse aus Paris, mit dem Eiffelturm drauf, die ich letztes Jahr im Sommer mitgebracht habe. Und dann die mit so einem Spruch drauf, die mir ein Freund geschenkt hat. Und, na gut, ich muss es gestehen, auch so eine kleine Espressotasse mit Goldrand, die habe ich mal in einem Hotel mitgehen lassen … Ja, ich weiß, aber die war so schön, und die hatten doch ganz viele davon. Werden Sie mich deswegen anzeigen …?"

„Nein", antwortete die Kollegin beschwichtigend, „wir wissen von nichts. Und die Beweise sind ja eh weg."

Der Mann schien etwas beruhigt, redete aber aufgeregt weiter. „Und dann waren da noch andere Tassen, … lassen Sie mich überlegen …"

Dann stand er schwungvoll auf und öffnete die Schranktüren. „Aber hier, schauen Sie mal, diese feine Tasse mit dem schnörkeligen Henkel, die ist noch von meiner Großmutter. Und hier, diese hier mit der Gondel drauf, die ist aus Venedig."

Er nahm sie heraus, zeigte sie herum und stellte sie dann behutsam zurück in den Schrank.

„Aber ich habe auch ganz einfache, hier, schlicht, weiß, formschön. Das Einfache kann doch so schön sein, diese zeitlose Eleganz …"

Dann fuhr er fort: „Wissen Sie, oft stehe ich morgens vor dem Schrank und weiß gar nicht genau, welche Tasse ich denn nehmen soll. Dann stehe ich eine ganze Weile da und wäge ab, überlege hin und her. Gar nicht so einfach, sage ich Ihnen, wenn man so viele Tassen im Schrank hat."

„Ja, verstehe, das ist echt ein Problem", pflichtete die Kollegin bei. Hellander war sich nicht sicher, ob da nicht etwas Ironie in ihrer Stimme gelegen hatte …

„Aber wissen Sie was? Meistens entscheide ich mich dann für eine dieser einfachen weißen Tassen hier. Oder ich nehme ein Glas. Wissen Sie, ich finde, dieses Ensemble sollte man eigentlich gar nicht auseinanderreißen. Und dann einfach nur den Morgenkaffee daraus zu trinken, sie dann abzuspülen, das ist eigentlich fast zu profan."

„Verstehe", pflichtete die Kollegin bei. „Die Tassen sind heilig. Und jetzt hat jemand ihren Schrein entweiht und Tassen aus dem heiligen Ensemble entwendet ..."

„Ja", hauchte der Mann, „genau so ist es. Ist das nicht unfassbar? Schändlich, geradezu."

Erneut geschwächt setzte er sich wieder. „Ich bin so wütend", flüsterte er hinterher. „Extrem wütend", fügte er hinzu, jede Silbe einzeln betont, Daumen und Zeigefinger demonstrativ zusammengepresst.

„Verständlich", schloss Hellander zustimmend. „Dann wollen wir mit den Ermittlungen beginnen." Er holte Luft.

„Gestern waren die Tassen noch da?"

„Äh, ja ..., würde ich sagen, ja."

„Hm, können Sie aber nicht mit Bestimmtheit sagen?"

„Äh, na ja, nein, doch, also ich bin mir sicher, sie waren gestern noch da ..."

„Nun gut. Wir müssen uns etwas umschauen. Haben Sie irgendwelche Spuren eines gewaltsamen Einbruchs entdeckt?"

„Nein", überlegte der Mann, „eigentlich nicht."

Hellander fragte ihn, ob in der letzten Zeit jemand zu Besuch war, aber er verneinte. Und ob noch jemand anderes Zugang zur Wohnung, ob noch jemand einen Schlüssel hätte.

„Na ja, die Putzfrau. Und meine Tochter. Und vielleicht meine Ex-Frau ..."

„Ex-Frau? Sie sind geschieden?"

„Getrennt lebend."

„Sie ist ausgezogen", riet die Kollegin laut.

„Ja, vor einem Jahr."

„Warum sollte sie noch einen Schlüssel haben?"

„Weiß nicht. Bestimmt hat sie sich einen nachmachen lassen, ja, ganz bestimmt!"

„Aber warum sollte sie?"

„Vielleicht will sie mir schaden, so was kommt doch vor! Das traue ich ihr zu! Aber das wäre ja … Ich hab' doch alles für sie getan! Ich hab' ihr auch immer Tassen von meinen Dienstreisen mitgebracht! Wunderschöne Stücke!"

„Lassen Sie mich raten", fragte die Kollegin, „sie hat deren Wert nicht erkannt?"

„Ja, so war es. Aber ich hatte mir wirklich Mühe gegeben. Ich hab' ihr auch immer die Geschichten dazu erzählt. Wissen Sie, jede Tasse hat ja so ihre Geschichte. Wo ich sie her hab', wie ich sie gekauft habe und so. Das ist ja immer ganz individuell!"

„Ja, ja … Haben Sie Ihrer Tochter auch welche mitgebracht?"

„Natürlich!" Er schaute die Kollegin verständnislos an.

„Okay", flötete die Kollegin und drehte sich zum Tassenschrank.

„Gut", schloss Hellander, „wir haben also drei Hauptverdächtige, zumindest theoretisch … Motiv: vielleicht Habgier, Bereicherung, bei der Putzfrau. Bei Ex-Frau und Tochter … tja …"

Dann fuhr er fort: „Wir müssen uns ein bisschen umschauen und auf Spurensuche gehen. Vielleicht hat der Dieb ja Fingerabdrücke hinterlassen. Ach, und haben Sie einen Balkon?"

Der Mann bejahte und Hellander meinte, es könne ja auch ein Dieb über den Balkon eingestiegen sein, das wolle er sich mal anschauen. Er ging in den Flur und holte aus seinem Mantel die zur Spurensicherung notwendige Utensilien. Dann schaute er wieder zur Küche herein und fragte die Kollegin, ob sie mitkäme.

„Ach", lehnte die Kollegin ab und wandte sich dem Mann zu, „würden Sie mir erst mal einen Kaffee machen?" Sie hatte eine Espressokanne neben dem Herd entdeckt.

„Äh, ja, gerne", antwortete er etwas überrascht und begann, die Espressokanne vorzubereiten.

„Also, ich fange dann mal an", sagte Hellander verwirrt. Sie hatten einen Fall zu lösen, Spuren zu sichern, und die Kollegin wollte erst mal einen Kaffee trinken? Wie war die denn drauf?

Eigentlich hätte er durchaus auch einen vertragen können, aber: erst die Arbeit, dann das Vergnügen. Also ging er grummelnd ins Wohnzimmer, wo er den Balkon vermutete. Er schaute sich dort um, während sich die Kollegin in der Küche weiter mit dem Mann unterhielt.

Die Balkontür war zwar etwas ramponiert, aber es gab keine offensichtlichen Einbruchsspuren. Sehr eigenartig, grübelte Hellander.

Er begann, nach Fingerabdrücken zu fahnden, verteilte Pulver, strich mit dem Pinsel darauf herum und zog die Abdrücke dann mit einer Folie ab. Nach einiger Zeit hatte er keine Lust mehr, das alleine zu machen, wozu war denn so eine Kollegin da, und ging zurück zur Küche. Als er in der Küchentür stand, sagte der Mann gerade, die Kollegin dürfe sich eine Tasse aus dem Schrank nehmen, solle aber ja vorsichtig sein!

Die Kollegin ging zum Schrank, schaute sich bedächtig um und wählte dann eine schlichte weiße. Sie nahm sie in die Hand und betrachte sie eingehend. Sie drehte sie hin und her, schaute auf den Tassenboden, und dann hinein in die Tasse.

Plötzlich glitt sie ihr aus der Hand.

Die Tasse fiel zu Boden und zerschepperte mit lautem Klirren in drei Teile.

„Huch", entfuhr es ihr.

Der Mann stieß einen spitzen Schrei aus. „Meine Tasse!" Er schlug die Hände über dem Kopf zusammen. Er stand neben der Kollegin und starrte fassungslos auf den Scherbenhaufen. Dann starrte er die Kollegin an.

„'tschuldigung! Ersetze ich Ihnen natürlich", sagte sie kurz, bückte sich, hob die drei Teile auf, legte sie neben dem Schrank auf die Küchenplatte und schaute den Mann an. Der schien sich nicht ganz sicher, was er in den Augen der Kollegin sah. Sein Blick war irritiert.

„Muss ich wohl eine andere Tasse nehmen", sagte sie und lenkte ihre Hand in den Schrank.

„Nein!", schrie der Mann und fiel ihr in den Arm. Doch da hatte sie schon eine andere Tasse in der Hand und durch den Ruck fegte sie drei andere Tassen vom Regalbrett, die laut krachend auf dem Boden zerschellten. Die Kollegin war verärgert über diesen rabiaten Eingriff und leistete Widerstand. Nach einer kurzen knurrenden Rangelei stieß der Mann sie mit einem wütenden Ächzen vom Schrank weg, so dass die Kollegin gegen die gegenüberliegende Wand torkelte.

„Sind Sie wahnsinnig?", brüllte er mit verzerrtem Gesicht und verkrampfter Haltung. „Können Sie nicht aufpassen?" Mit aufgerissenen Augen schaute er auf den Scherbenhaufen am Boden. Aufgewühlt griff er blind hinter sich in den Schrank, nahm eine Tasse heraus und hielt sie zitternd vor sich.

„Wissen Sie, was diese Tassen wert sind?", schrie er sie verzweifelt an. „Haben Sie eine Ahnung?", wütete er. „Haben Sie irgendeine Ahnung …" – seine Stimme überschlug sich –

„ha… haben Sie …" – er holte tief Luft – „haben sie eine Ahnung … was … was … was diese … diese … scheiß … Tassen … wert … sind?"

Und während er diese Worte ausrief, schleuderte er die Tasse auf die Kollegin.

Die duckte sich schnell und verbarg ihren Kopf hinter ihren Armen. Die Tasse knallte neben ihrem Kopf gegen die Wand und zersprang in tausend Teile.

„Haaa!", schrie der Mann wie wahnsinnig. „Die Tasse! Die Tasse!"

Wie in Trance griff er hinter sich, holte eine weitere Tasse aus dem Schrank und schleuderte sie auf die Kollegin. Wieder konnte sie sich rechtzeitig ducken. Drei weitere Tassen flogen hinterher, die Kollegin kauerte jetzt mit den Händen über dem Kopf und dem Rücken an der Wand auf dem Boden. Die Tassen zerbarsten alle an der Wand knapp über ihrem Kopf.

Hellander stand fassungslos in der Tür und konnte sich vor Schreck nicht rühren.

Der Mann griff wieder hinter sich und schleuderte die nächste Tasse. Diesmal schien nicht notwendigerweise die Kollegin das Ziel zu sein, die Tasse zerschellte an der Wand weiter oberhalb. Noch einmal griff er hinter sich – aber diesmal ins Leere.

Das schien ihn noch mehr aus der Fassung zu bringen.

Er drehte sich zum Schrank. Das Fach in Schulterhöhe war inzwischen leer. Seine Augen blitzten weit aufgerissen, als er die Hand in das darunter liegende Fach schob und in einem Schwung das ganze Fach leerfegte. Es klirrte und scheppterte. Mit verzerrtem Gesicht und röchelnden Lauten griff er wie eine außer Kontrolle geratene Maschine abwechselnd mit der linken und der rechten Hand die Tassen im darunter liegenden Fach und warf sie eine nach der anderen aus dem Handgelenk über die Schulter. Vor den Füßen der Kollegin gingen sie klirrend zu Bruch. Das nächste Fach leerte er wieder mit einem Handstreich. Zuletzt entdeckte er noch ein paar Tassen im obersten Fach. Diesmal griff er gleich zum ganzen Brett und riss es aus seiner Verankerung heraus. Zum Glück war der Schrank an der Wand befestigt, so dass er nicht umfallen und den Mann unter sich begraben konnte.

So rutschten alle Tassen vom Brett herunter und noch einmal klirrte es ohrenbetäubend.

Dann war es still.

Bedrohlich still.

Nur der schnaufende Atem des Mannes war zu hören, der mit glasigen Augen auf das leere Brett in seiner Hand starrte.

Reglos stand er da und starrte.

Weder Hellander noch seine Kollegin wagten irgendeine Regung. Was würde wohl als nächstes geschehen? Hellander spürte starke Beklemmung. Würde der Mann jetzt mit dem Brett auf die Kollegin losgehen? Er schien außer sich zu sein. Zu was war er noch alles fähig? Wie konnte der Mann so die Beherrschung verlieren? Es war doch nur eine Tasse zu Bruch gegangen …

Wie kam man jetzt aus dieser Situation heraus? Und wie sollten jetzt die Ermittlungen weitergehen?

Und, was würde er später ins Protokoll schreiben?

Eine gefühlte Ewigkeit verblieben alle in ihrer angespannten Haltung. Dann schien sich der Mann etwas zu lockern.

Er richtete sich tief einatmend auf, bewegte das Brett vor sich hin und her, so als versuchte er, herauszufinden, in welcher Position er es am schärfsten sehen konnte.

„Das Brett ist total verstaubt!", bemerkte er sichtlich irritiert.

„Total verstaubt!" Er strich mit dem Finger darüber und hinterließ eine dünne Spur im klebrigen Staub. Er schaute auf seine graue Fingerspitze und hob die Augenbrauen.

„Erschütternd."

Er ließ das Brett sinken und schaute in den leeren Schrank. Dann machte er einen Schritt darauf zu, wobei es unter seinen Schuhen knirschte. Er strich auf einem Regalbrett mit dem Finger durch den Staub.

„Sehen Sie mal hier", sagte er und blickte kurz zu Hellander, „man sieht die runden Abdrücke der Tassen ... Ich habe hier lange nicht mehr sauber gemacht ..."

Hellander lockerte seine Haltung etwas. Er war über die Ruhe des Mannes erstaunt. War es nur die Ruhe vor dem Sturm, bevor er der Kollegin und ihm an die Gurgel springen würde? Er blieb in Hab-Acht-Stellung. Er blickte herunter zur Kollegin. Die kauerte noch immer auf dem Boden an die Wand gepresst, die Arme schützend vor dem Kopf. Zwischen den Armen hindurch konnte er erkennen, wie sie die Augenbrauen hob und die Augen bewegte, fragend, ob sie nun aus der Deckung herauskommen konnte. Noch wagte sie es nicht.

Der Mann schaute zu Boden. Um ihn herum ein Meer aus Scherben.

Ein Lächeln schob sich auf sein Gesicht und er schüttelte ungläubig den Kopf. Und schnaufte verächtlich.

Er hob eine Fußspitze, drehte den Fuß etwas und setzte ihn wieder ab. Es knirschte unter seiner Sohle.

Er schien es regelrecht auszukosten. Ausgiebig zermalmte er die Scherben unter seinem Schuh zu Staub.

„Blöde Scheißtassen", zischelte er und zermalmte weiter.

„Erstaunlich", sinnierte er nach einiger Zeit. „Da ist man jahrelang damit beschäftigt, seine Tassen im Schrank zu halten, … auf sie aufzupassen, zu vermehren, zu hegen und zu pflegen, … und dann … binnen Sekunden … keine Tassen im Schrank mehr. Alles weg … Alles kaputt … Zerstört …"

Er holte tief Luft und seufzte.

„Zer-sch-tört", wiederholte er jede Silbe einzeln. Das schien ihm zu gefallen. „Zer-sch-tört … ver-nich-tet … dem Erd-bo-den gleich ge-macht …"

Er kicherte heiser.

„… und es hat beinahe Spaß gemacht … irgendwie …", flüsterte er und kicherte weiter.

Ob der Mann jetzt verrückt wurde? Hellander war verunsichert. Schließlich hatte der Mann ja jetzt nicht mehr alle Tassen im Schrank. Schlimmer noch: gar keine mehr.

Kowalski schaute wieder zum Schrank und musterte ihn eingehend.

„Hm", summte er und tippte nachdenklich mit dem Zeigefinger auf die Lippen. „Ein leerer Schrank … ein staubiger, leerer Schrank. Man könnte ihn sauber machen, den alten Schrank, … wo er schon mal ausgeräumt ist …" Er atmete tief ein und schien sich über das Volumen seines Brustkorbes zu freuen. „Da ist Platz!", bemerkte er. „Man könnte was Neues hinein stellen … So viel Platz für neue Sachen … oder … man könnte ihn auch leer lassen … oder wegschmeißen … ja, dann wäre Platz für ganz andere Sachen … vielleicht ein Topf mit einer Palme …? Etwas grün, … würde doch ganz gut passen …"

Nach einiger Zeit des stillen Sinnierens schien er wieder in die Küche zurückzukehren und schaute sich um. „Oh", machte er, als sein Blick auf die Kollegin am Boden fiel. Er reichte ihr die Hand. „Sie können aufstehen, ich habe keine Tassen mehr zum Werfen."

„Das ist ja gut", sagte die Kollegin, befreite sich aus ihrer Schutzhaltung, griff vorsichtig die angebotene Hand und ließ sich aufhelfen, wobei tausende Scherben an ihr herab rieselten.

„Ich hoffe, Sie sind nicht verletzt?", fragte der Mann durchaus besorgt.

„Och, alles in Ordnung", gab die Kollegin mit einem unsicheren Lächeln zurück, noch etwas Skepsis im Blick, aber auch Erleichterung.

Hellander rechnete noch jeden Moment mit einem blitzartigen Faustschlag, andererseits machte der Mann einen erstaunlich aufgeräumten und entspannten Eindruck.

Die Kollegin staubte sich ab, während der Mann sich seufzend hinsetzen musste.

„Tja", überlegte er laut, „kann ich Ihnen vielleicht noch einen Kaffee anbieten?"

„Sie haben keine Tassen mehr im Schrank", zweifelte die Kollegin.

„Oh", hauchte er.

„Und eigentlich", bemerkte Hellander, „müssten wir ja unsere Ermittlungen weiter führen …"

Der Mann blickte auf. „Ermittlungen?"

„Äh, ja, der Diebstahl … Wir müssen doch ermitteln, wer die Tassen aus dem Schrank gestohlen hat, und … wenn möglich … das Diebesgut wiederbeschaffen …"

„Unterstehen Sie sich", warnte der Mann. „Ich will erstmal keine Tassen mehr sehen."

Dann schob er nach: „Ist besser so, glaube ich … Muss erst mal aufräumen … Und was dann mal in den Schrank reinkommt, wir werden sehen. Sparen Sie sich die Mühe."

„Auch gut", schloss die Kollegin, „dann gehen wir mal."
Sie zwinkerte Hellander zu und ging in den Flur zur Garderobe. Hellander zögerte noch etwas. Konnten sie jetzt einfach gehen? Das ganze Chaos hier so lassen? Äh …

Die Kollegin zog ihn am Ärmel raus aus der Küche.

„Sie finden den Weg bestimmt alleine", rief der Mann ihnen hinterher.

„Bestimmt", antwortete die Kollegin. Die beiden zogen ihre Mäntel an und verließen die Wohnung.

Draußen auf der Straße atmeten sie tief durch.

„Uiuiui", sagte Hellander, „was war das denn für 'ne Nummer?" Er schaute die Kollegin fragend an.

„Was schauen Sie mich so an? Ich wäre fast erschlagen worden!"

„Ja … Aber sagen Sie …" – Hellander geisterte ein Gedanke durch den Kopf, dem er eigentlich keinen Glauben schenken wollte – „das mit der Tasse, … war das Absicht?"

„Hm", quietschte die Kollegin schulterzuckend, „man weiß es nicht …"

Der Kommissar hob die Augenbrauen.

Er wusste nicht recht, was er glauben sollte. Was wären das denn für Methoden? Krasse Kollegin …

Dann fuhren die beiden zurück ins Büro.

Als Hellander am Abend in seiner Küche stand, sich einen Tee machen wollte, öffnete er seinen Tassenschrank. Hier stapelten sich diverse Tassen. Inzwischen fanden sich dort lauter einzelne Reststücke, kaum etwas passte zusammen. Und viele, die er seit Ewigkeiten nicht mehr benutzt hatte, weil er sie eigentlich gar nicht mehr mochte.

Er griff eine Tasse heraus – die Tasse, die er eigentlich immer nahm –, dachte kurz nach, ach, nein, heute mal was anderes. Doch als er sie zurückstellen wollte, stieß er damit gegen das Regalbrett und ließ die Tasse vor Schreck fallen. Sie zerschellte auf der Küchenplatte.

Mist, dachte er. Blöder Mist. Au Mann, ausgerechnet seine Lieblingstasse! Die so gut in der Hand lag, an die er sich so gewöhnt hatte. So ein Scheiß!

Sein Blick lag auf den Scherben. Dann hob er den Blick in den Schrank.

Plötzlich spürte er den Impuls, die ganzen bekloppten Tassen wie der Kowalski mit einem Handstreich aus dem Schrank zu fegen.

In seinen Gedanken hörte er das helle Klirren der Keramik und sah einen großen Scherbenhaufen, auf dem er wild fluchend herumsprang.

Es war verlockend.

Unglaublich verlockend.

Verrückt.

Unheimlich.

Und irgendwie auch sinnlos.

Er wischte die Gedanken beiseite. Er wollte einstweilen seine Tassen im Schrank behalten.

Er nahm ein Glas aus dem Nachbarschrank heraus und beschloss, bei Zeiten mal auszumisten.

Der Fall mit den fehlenden Tassen wurde nie geklärt, aber das ist für den Verlauf des Weltgeschehens und für die Beziehung zwischen Kommissar Hellander und seiner Kollegin völlig irrelevant.

Das perfekte Dekolleté

Später Vormittag. Kommissar Hellander und seine Kollegin saßen in einer Café-Bar unweit vom Staatlichen Kriminalamt Nord.

Hellander plapperte etwas. Nach einiger Zeit machte ihn die Kollegin darauf aufmerksam, dass er plapperte. Sie blätterte in einer Fachzeitschrift für Prominenz und Mode und versuchte, sich auf den Inhalt zu konzentrieren, aber das geht nicht so gut, wenn jemand plappert.

Hellander verstummte verschämt.

Wie peinlich, dachte er. Dabei wollte der doch nur für etwas Unterhaltung sorgen. Wie sieht das denn aus, wenn man zusammen am Tisch sitzt und hat sich nichts zu sagen? Wie wirkt denn das? Er war wohl nicht interessant genug, wenn die Kollegin die Zeitschrift vorzog. Er wollte interessant sein. Hatte aber offenbar nicht die richtige Idee, wie das geht.

Frustrierend.

Er versuchte, die verwirrenden Gedanken beiseite zu räumen und schaute aus dem Fenster.

Langweilig.

Den Ausblick kannte er, hier saß er öfter.

Ohne Reden ist komisch. Uninteressant sein ist doof.

Die Kollegin las weiter in ihrer Fachzeitschrift.

Zeitgleich stand eine Frau unter der Dusche. Mitte dreißig war sie. Vermutlich. Weiß man heutzutage bei Frauen Mitte dreißig immer nicht so genau.

Sie ließ den Duschstrahl mit eiskaltem Wasser zwischen Bauch und Hals kreisen. Das fördert die Durchblutung und stärkt das Bindegewebe, was bekanntlich der einzige natürliche Halt des Busens ist.

Mit dem Waschgel für Tag und Nacht schleuste sie etwas Sauerstoff in die Haut ein.

Nach dem Duschen trocknete sie sich ab mit einem flauschigen Handtuch aus blütenzarter Baumwolle, das die Haut nicht reizt. Vor dem Spiegel holte sie eine spezielle Creme fürs Dekolleté hervor.

Am Dekolleté sitzen nur wenige Talgdrüsen und die Haut ist eher trocken. Ideal fürs Dekolleté sind daher Cremes, die auch festigende Inhaltsstoffe wie Meeresalgen enthalten.

Während die Frau vor dem Spiegel stehend die Algencreme mit schmeichelnden Bewegungen auf ihre Haut auf trug, achtete sie darauf, Haltung zu bewahren: Schultern zurück, Rücken gestreckt – sonst nutzt die beste Creme nichts. Zur richtigen Haltung zählt auch, dass man die Nacht auf dem Rücken schläft, da das Schlafen in der Seitenlage Knautschfalten im Dekolleté fördert, hatte eine Studie aus Amerika ergeben.

Sie entdeckte ein paar farbliche Unregelmäßigkeiten auf ihrer Haut und griff spontan zur Complementary Color Correction Cream. Beim Auftragen verschmilzt diese direkt mit der Haut, die Farbpigmente in Komplementärfarben korrigieren dabei farbliche Unregelmäßigkeiten. Die Cream verbindet sich mit dem individuellen Hautton. Sie ist nahtlos deckend und spendet darüber hinaus 24 Stunden Feuchtigkeit. Die cremige Textur perfektioniert den Teint. Für ein perfektes und natürliches Hautbild.

Mit einer Anti-Falten-Creme füllte sie ein paar Augenfältchen von innen heraus auf, worauf diese sichtbar gemildert wurden. Ihre Augenränder waren noch etwas dunkel und rote Äderchen waren zu sehen. Vielleicht doch etwas zu viel gefeiert am Vorabend?

Normales Make-up zum Überdecken reichte nicht mehr aus. Da rät der Beauty-Experte zur Camouflage-Methode. Es ist erstaunlich, was man mit gekonntem Face- und Body-Cover-Make-up so alles machen kann. Durch die hohe Pigmentdichte von 35 bis 40 Prozent unterscheidet es sich nämlich von herkömmlichen Foundations, die nur zehn bis zwanzig Prozent Pigmentanteile aufweisen.

Darüber stäubte sie noch einen Hauch Fixierpuder und alles war perfekt. Rote Äderchen und Co. waren passé.

Die Frau war zufrieden.

Danach wandte sie sich ihrer Frisur zu. Für Haare, wie sie zum Beispiel die Schauspielerinnen in alten Hitchcock-Filmen tragen, braucht man Volumen am Ansatz. Auch Top-Models haben ihre Ansatzprobleme und so schwören sie auf den Push-Up-Effekt des Magic Root Uplifting Gels. Ultraleicht und transparent hebt das alkoholfreie Fluid die Haare am Ansatz an und verleiht ihnen deutliches Volumen. Also massierte sie etwas von diesem Gel an den Haaransätzen ein, gab noch etwas Ansatzvolumenspray hinzu und föhnte sie ausgiebig, während sie das Haar mit klassischen Heißwicklern in Form brachte. Am Ende fixierte sie das Ganze mit reichlich Spray.

Fertig.

Ideal für schulterlanges Haar.

Sie begutachtete ihre gebräunte Haut. Sie ging gerne ins Solarium, um diesen Braunton zu intensivieren. Körperöl vertieft den Braunton zusätzlich, genauso wie ihre mit Bräunelotion getränkten Tücher. Eins reicht dabei für Gesicht, Dekolleté und Arme, oder für die Beine und Po, das kann man sich aussuchen.

Einen zusätzlichen sonnengebräunten Effekt zauberte sie mit einem leichten Bronzing Puder auf ihr Gesicht und setzte damit auf den Wangenknochen sanfte Highlights.

Mit etwas illuminativem Trockenöl hinterließ sie ein paar schmeichelnde Goldreflexe auf ihrem Haar und ihrem Dekolleté.

Mit einem champagnerfarbenen Schalen-BH hob sie ihre Brüste leicht an und rückte sie in Form, bis alles an seinem Platz saß. Darüber das hautenge rote Rüschentop aus Seide mit weitem Ausschnitt – so kam das Dekolleté auch richtig zur Geltung.

Es war das perfekte Dekolleté.

Gelangweilt schaute Kommissar Hellander sich in der Bar um. Es war ein etwas schummriger Laden mit einigen dunkleren Ecken und ein paar hellen Fensterplätzen. Ein paar Leute saßen herum und tranken einen Kaffee oder eine Latte Macchiato oder eins dieser anderen neumodischen Latten-Getränke. Würde ihm nicht einfallen, Kaffee mit Milch, das geht ja gar nicht. Oder Tee mit Milch, das geht auch nicht.

In einer der dunklen Ecken der Bar saß eine junge Frau. Mitte dreißig war sie vermutlich, weiß man heutzutage bei Frauen Mitte dreißig ja immer nicht so genau. Und schon gar nicht, wenn es so dunkel ist. Hellander bildete sich ein, sie hätte gerade zu ihm herübergeschaut, aber er musste sich wohl geirrt haben. Jetzt sah es so aus, als schaute sie mit leerem Blick irgendwo ins Nichts.

Hellander ließ den Blick weiter schweifen.

Die Frau mit dem perfekten Dekolleté öffnete den Kleiderschrank. Sie zog ein Spitzenhöschen heraus und die Metallic Hose aus 98% Baumwolle und 2% Elasthan.

Sie dachte über ihre sexy Mode-Accessoires aus Holz nach, griff dann aber zu den silbernen Ohrhängern mit Chiffon-Quasten als Ausdruck der individuellen Selbstentfaltung.

So konnte sie rausgehen.

Auf dem Weg zur Wohnungstür überlegte sie, ob sie die Shoulder Bag im maritimen Look oder die Crossbody Bag mit den aufgenähten Münzen nehmen sollte, entschied sich dann für letztere.

Vor der Tür stand sie da und betrachtete die Kandidaten für die Füße. Vielleicht die tollen Riemchensandalen aus Leder mit flachem Absatz, die lockeren Römersandalen oder die Knautsch-Boots? Am Ende schlüpfte sie leichtfüßig in ihre Stiefeletten mit Lochung aus 100% Ziegenleder.

Hellanders Blick blieb an einem Mann hängen, der ziemlich in der Mitte des Cafés alleine an einem Tisch saß und mit dem Zuckerstreuer herumspielte. Er war etwa Mitte dreißig, vermutete Hellander. Bei Männern so Mitte dreißig weiß man das heutzutage ja auch nicht mehr so genau. Er ließ den Blick weiter schweifen.

Da öffnete sich die Tür zur Bar und herein spazierte die Frau mit dem perfekten Dekolleté. Hellander hatte gerade zur Tür geschaut und nun heftete sich sein Blick neugierig an dieses sorgfältig gepflegte und anschaulich präsentierte Körperteil, das umrahmt von roten Rüschen in leichten Wellenbewegungen der Mitte des Raumes entgegen schwebte.

Dort ließ der Mann Mitte dreißig von seinem Zuckerstreuer ab, stand auf und begrüßte die Frau mit einer etwas ungelenken Umarmung.

Sie setzte sich zu ihm an den Tisch. Als der Kellner kam und hysterisch freundlich das Dekolleté fragte, was man ihm denn bringen könnte, bestellte die Frau, obwohl sie ja nicht direkt gefragt wurde, einen Café Latte.

Hellander musterte misstrauisch den Typen am Tisch der Frau mit dem perfekten Dekolleté. Die Frau schien sich für den zu interessieren. Warum bloß? Dieser Typ mit seinem zerknitterten kurzärmeligen Hemd und diesen komisch nach vorne frisierten Haaren, was so aussah, als sei er gerade eben aus dem Bett gefallen. Wahrscheinlich hat der auch noch so einen verträumt debilen Schlafzimmerblick, dachte Hellander, aber das konnte er nicht sehen.

Warum interessiert sich diese Frau für diesen verschlafenen Typen? Warum interessieren sich solche Frauen eigentlich nicht für ihn?

Hellander war frustriert. Und er steigerte sich da gleich noch ein bisschen hinein. Nie interessierten sich solche Frauen für ihn. Für solche Frauen war er offenbar unsichtbar. Keine Sau interessierte sich für ihn. Aber für diesen Dämlack da drüben. Warum nur? Es war völlig unverständlich. Blöder Penner.

Hellander sackte ein Stück in sich zusammen. Er wollte den Blick abwenden, aber sein Körper gehorchte ihm nicht. Er war wie gelähmt. Also blieb sein Blick etwas verschwommen an dem anderen Tisch hängen und wechselte nur zwischen dem perfekten Dekolleté und dem Typen hin und her.

Immerhin trank der seinen Kaffee nicht mit Milch, das war ja schon fast wieder sympathisch. Der Typ schien nervös zu sein, er spielte jedenfalls wieder ausgiebig am Zuckerstreuer herum.

Die Kollegin schaute kurz aus ihrer Fachzeitschrift auf, verfolgte Hellanders Blick, landete beim perfekten Dekolleté, ging zurück zu Hellander, kräuselte irgendwie missbilligend die Stirn und widmete sich wieder ihrem Artikel.

Die Frau holte ihre Handtasche hervor und nestelte ihren Push Up Lip Gloss heraus, um ihren Lippen extra Volumen und mehr Feuchtigkeit zu spendieren. Der Mann an ihrem Tisch spielte immer noch mit dem Zuckerstreuer herum.

Und da passierte es.

In einer seiner nervösen, gedankenverlorenen und unkontrolliert hastigen Bewegungen öffnete sich der Zuckerstreuer und sein Inhalt entlud sich explosionsartig in Richtung der Frau.

Die Frau kreischte vor Schreck und sprang auf. Die eine Hälfte des Zuckers war in ihrer geöffneten Handtasche gelandet, die andere Hälfte auf ihrem Dekolleté. Durch die Feuchtigkeit spendenden Cremes und Lotionen blieb davon die eine Hälfte kleben, die andere Hälfte ging wie eine Schneelawine herunter, rieselte über die roten Rüschen oder in ihren Ausschnitt hinein, was sehr unangenehm kitzelte. Durch das unkontrollierte und schockartige Aufspringen war das fein austarierte Gefüge von Brüsten, BH und Rüschenausschnitt völlig aus den Fugen geraten, Knautschfalten traten hervor.

Das perfekte Dekolleté war zerstört.

Erschüttert und außer sich nach Luft ringend hastete die Frau zur Toilette, um sich das Desaster im Spiegel anzuschauen. Und um zu sehen, ob noch etwas zu retten war.

Die arme Frau, dachte Hellander.

Das schöne Dekolleté!

Gleichzeitig mischte sich aber auch Schadenfreude und Amüsement in seine Stimmung. Und er fragte sich, was jetzt wohl in diesem Typen vorging, diesem Schwachmaten, der das Desaster angerichtet hatte und der jetzt hoffentlich bei der Frau unten durch war.

Die Kollegin war durch das Kreischen aufgeschreckt worden, schaute sich die Szenerie kurz an und schien auch nicht genau zu wissen, ob sie amüsiert oder mitleidig sein sollte. Dann widmete sie sich wieder ihrem Artikel.

Auf der Damentoilette stand die Frau mit dem ehemals perfekten Dekolleté vor dem Spiegel und schwankte, ob sie weinen oder schreien sollte. Oder beides. Was hatte sie sich für eine Mühe gegeben! Und dann alles binnen einer Sekunde dahin, völlig ruiniert, weil dieser Vollidiot mit dem Zucker-streuer herumspielen musste.

Zuerst stäubte sie den Zucker von der Haut ab, zog dann ihr rotes Rüschentop aus und schüttelte es kräftig. Auch den BH musste sie einmal ausschütteln, entkrümeln und neu an-legen. Mist, da waren immer noch Zuckerkrümel drin, also noch einmal ausschütteln und neu anlegen. So gut es ging versuchte sie, alles zu säubern und wieder herzurichten.

Nachdem die Grundstruktur wieder hergestellt war, kramte sie im Zucker in ihrer Handtasche und förderte ein Gel für die Spannkraft der Brüste zu Tage, das besonders nach Diäten sinnvoll ist.

Nachdem sie dann ihr rotes Top wieder angezogen und eine Weile am Gesamtgefüge gearbeitet hatte, saß alles wieder nahezu perfekt. Glück gehabt, dachte sie erleichtert.

Sie kramte erneut im Zucker in ihrer Handtasche, holte ihr Deodorant heraus und sprühte sich ein mit einem Duft von See und Holz und einem Aroma von Birnen, Jasmin und Am-bra. Ein Hauch von Urlaub schwebte durch den Raum und ließ den Durchfall von der Frau hinter der Kabinentür fast vergessen. Die hatte schlechten Fisch gegessen, der jetzt rauswollte.

Mit etwas Kompaktpuder zauberte sie einen leichten Pfir-sichteint auf ihr Gesicht.

In der Zwischenzeit betrat eine ältere Frau die Bar. Eine schmächtige, dunkelhaarige Frau mit rotem Mantel aus der Damenboutique. Mitte sechzig war sie, vermutlich, weiß man heute bei Frauen Mitte sechzig ja immer nicht so genau. Sie zog den Mantel aus, hängte ihn an den Nagel und bestellte mit krächzender Stimme einen Lindenblütentee und ein Bier. Sie setzte sich und fummelte in ihrer Handtasche herum, förderte raschelnd diverse Plastiktüten zutage und eine Tupper-Dose mit ihrer Brille.

Sie holte ihre Brille aus der Tupper-Dose, setzte sie auf und begann, knisternd eine Lokalzeitung aus ihrer Handtasche zu nesteln. Die Zeitung wurde sorgfältig auf dem Tisch ausgebreitet und glattgestrichen. Daneben wurden weitere Tupper-Dosen gestapelt und die Plastiktüten wieder zurück in die Handtasche gestopft.

Dann begann sie zu lesen.

Laut.

Sie begann mit dem Bericht über die Baustelle in der Bärlauchstraße, die den ganzen Verkehr behindert und an der seit drei Jahren nicht mehr weitergearbeitet wurde. Mit ihrer rauchigen Stimme und ihrer aufgebrachten, empörten und beleidigten Betonung verlieh sie der ganzen Geschichte einen Hauch von Skandal und Verschwörung und eine Dramatik, die man der Geschichte gar nicht zugetraut hätte.

Das gefiel den zwei Frauen und den zwei Männern mit dem Hund, die am Nachbartisch saßen. Sie verstummten und hörten aufmerksam zu. Andere Gäste hingegen begannen zu murren und verdrehten die Augen. Aber keiner traute sich, etwas zu sagen. Die Frau hatte eine Ausstrahlung, die vermittelte, man sollte ihr besser nicht zu nahe treten.

Auch Hellander war genervt. Was der Frau eigentlich einfällt, das stört doch andere Gäste ... Er wollte in Ruhe hier sitzen und diese Frau laberte ihn voll. Wie anmaßend! Aber auch er sagte nichts.

Die Kollegin neben ihm stöhnte dann jedoch lautstark und schraubte sich aus ihrer halb liegenden Leseposition hoch, drehte sich zu der vorlesenden Frau und setzte an, etwas Deutliches zu sagen.

Doch just in diesem Moment kreischte der Kellner auf.

„Alarm! Eine niedergeschlagene Frau!", rief er aufgeregt. „Polizei!"

Hellander und seine Kollegin drehten sich zum Kellner, genauso wie die meisten anderen Gäste. Hellander folgte dem Blick des Kellners und landete bei der Frau Mitte dreißig in der dunklen Ecke.

Gebeugte Haltung. Die Hände im Schoß. Die Augen leer, geradeaus ins Nichts blickend. Der Gesichtsausdruck traurig. Hoffnungslos. Leer.

Sie war eindeutig niedergeschlagen.

Sie war offenbar derart niedergeschlagen, dass sie die plötzliche Aufmerksamkeit nicht mal zu bemerken schien. Sie starrte weiter Löcher in die Luft.

„Polizei!", rief der Kellner erneut.

Zeitgleich sprangen Hellander und seine Kollegin auf und zückten ihre Polizeiausweise. So, wie die Frau niedergeschlagen war, war das ein klarer Spezialfall.

Ihre Abteilung.

Die Kollegin holte aus ihrer Handtasche fix eine lange, schwarze Lack-Leder-Peitsche von Beate Uhse. Sie ließ die Peitsche knallen und sofort verstummte die ganze Gesellschaft eingeschüchtert. Der Kellner stellte erschrocken die Musik ab, die ohnehin keiner mehr hören konnte, weil er sie jeden Tag spielte.

Auf einmal war es beängstigend still.

Selbst die vorlesende ältere Frau hatte aufgeschaut und musterte die beiden Ermittler. Durch den Wind des Peitschenhiebs war ihr Mantel vom Nagel gerutscht und lag auf dem Boden, voll im verschütteten Zucker. Sie fluchte und wollte gerade aufstehen, um ihn aufzuheben, als die Kollegin erneut die Peitsche knallen ließ und sie anherrschte, sie solle alles so lassen und sich gefälligst hinsetzen, dies wäre ein Tatort und erst müssten die Spuren gesichert werden. Keiner verlasse den Raum. Schließlich konnte der Täter noch anwesend sein.

Die beiden Ermittler musterten den Raum eingehend, ohne sich von der Stelle zu rühren. Hellander spürte neben seiner Kollegin eine Art von Coolness, die er von sich so gar nicht kannte. Fühlte sich nicht schlecht an.

Die Frau vor dem Spiegel auf der Toilette stand weiterhin vor dem Spiegel auf der Toilette und massierte sich den Po. Mit sanftem Druck und der richtigen Massagetechnik kann man die Haut an Po und Oberschenkeln echt in Form bringen. Früh am Morgen hatte sie beides mit Cellulite-Creme eingerieben.

Doch wie dem auch sei, ihre Handtasche war weiterhin voll mit Zucker. Das ärgerte sie. Sie räumte alles aus, schüttelte die Tasche aus und fummelte mit den Fingern darin herum, um auch die letzten Krümel aus den Kanten und Nähten zu pulen.

Hellander wies die Kollegin an, sich nach Zeugen umzuschauen, er wollte sich dem Opfer widmen.

Er näherte sich der niedergeschlagenen Frau vorsichtig. Sie schien inzwischen den Wirbel um sie bemerkt zu haben und war verängstigt weiter nach hinten gerutscht. Recht unscheinbar eigentlich, wie sie dasaß, gut getarnt mit dunkler Kleidung nun im hintersten Winkel der dunklen Ecke. Und irgendwie abweisend, so abgewandt und so offensichtlich ins Leere schauend. Doch er durfte sich nicht abschrecken lassen. Er musste da jetzt ran, es war ein Fall zu lösen.

An ihrem Tisch angekommen, stellte er sich kurz vor und sagte, er müsse ihr jetzt ein paar Fragen stellen, ob er sich setzen dürfe. Da sie nicht widersprach, setzte er sich.

In dem Moment kam die Kollegin vorbei, berichtete, dass es keine Zeugen gab und dass sie mal auf Klo ginge.

Hellander fragte die Frau nach dem Tathergang. Lage Zeit kam keine Antwort. Selbst wenn die Frau gewollt hätte, die Muskulatur des Mundes schien nicht zu gehorchen. Das Reden schien unglaublich mühsam zu sein und ohne ihn eines Blickes zu würdigen flüsterte sie nach langer Zeit nur, sie wisse es nicht so genau. Hellander vermutete, dass seine Frage zu ungenau war und schob nach, wer oder was sie niedergeschlagen hätte und was die Tatwaffe gewesen wäre.

„Weiß nicht so genau", wiederholte die Frau, „ist mehr so ein Gefühl …"

Hellander hob die Augenbrauen. Oha, das war ein echter Spezialfall. „Wo kam das Gefühl her? Kam es von draußen? Oder hat es Ihnen hier drinnen aufgelauert?"

Zum ersten Mal schaute die Frau Hellander an. In ihren Augen war nun ein leichter Glanz zu erkennen und etwas Leben machte sich in ihrem Körper bemerkbar. Da interessierte sich doch tatsächlich jemand für sie und ihr Gefühl …

Auf der Damentoilette traf die Kollegin die Frau mit dem Dekolleté.

Die Kollegin schaute noch einmal genau hin und war doch irgendwie beeindruckt. Solch ein perfektes Dekolleté hatte sie noch nicht gesehen. Sie hatte auch ein Dekolleté, aber das war nicht so perfekt, wie das der Frau.

Doch ihr gefiel es.

Nichtsdestotrotz fragte sie die Frau, wie sie das gemacht hätte. Die erzählte ihr davon, dass eine regelmäßige Pflege mit Spezialprodukten für die Büste das Dekolleté sofort straffer aussehen lässt. So bildeten solche Produkte einen nicht öligen Film, der die Festigkeit der Büste und die Spannkraft der Haut fördere. „Nehmen Sie ein Konzentrat aus Doldenblüten und Vitamin C, das beugt der Bildung von Pigmentflecken vor", erzählte sie weiter. Und mit einem effektiven Wirkstoffkonzentrat könnte man in jede Körperpflege Figur verfeinernde Komponente integrieren.

Und übrigens, Fitness wäre ja auch total wichtig. Doch wenn die Kollegin keine Zeit hätte für ein aufwändiges Sportprogramm, dann gäbe es da ein paar Bewegungsquickies, mit denen man einfach im Alltag mehr Power, Flexibilität und einen strafferen Body erreichen könne.

Respekt, dachte die Kollegin etwas belustigt, diese Frau ist eine Expertin auf ihrem Gebiet. Besser als jede Fachzeitschrift.

Beide standen vor dem Spiegel und beäugten sich und die andere. Die Frau mit dem perfekten Dekolleté wusste nicht genau, was sie zu dem ausgefallenen Dressing der Kollegin sagen sollte. War das der neue Street-Style oder war diese Frau einfach nur durchgeknallt?

Die Kollegin trug einen roten Seidenschal, auf den sie mit Edding diverse Blümchenmotive aufgemalt hatte, ein schwarzes, enges Tank-Top, darüber ein gelbes Netzhemd aus den Achtzigern, schwarz-weiß gestreifte Schlaghose, eine rote Schärpe vom Kostümverleih und dicke, schwarze Lederschuhe mit Kork-Leder-Einlagen aus dem Sanitätshaus. Der goldene Paillettengürtel, den sie wie einen Patronengurt lässig über die Schulter gelegt hatte, machte ihren Style perfekt.

„Soso", sagte die Kollegin inzwischen etwas gelangweilt. „Wo waren Sie eigentlich, als es passierte?"

Die Frau war verdutzt. „Was?"

„Draußen ist eine Frau niedergeschlagen. Haben Sie was gesehen?"

„Wer sind Sie?", fragte die Frau perplex.

„Ach ja", sagte die Kollegin und zeigte ihren Polizeiausweis. „Staatliches Kriminalamt Nord, Abteilung Spezialfälle."

„Spezialfälle", dachte die Frau spöttisch, so sieht die auch aus ...

„Also, wo waren Sie?"

„Na, ich habe am Tisch gesessen! Ich habe gerade meine Handtasche aufgemacht, als es passierte, hier sehen sie mal, der ganze Zucker!" Sie zeigte zu Boden. „Mein Dekolleté war komplett ruiniert, was glauben Sie, wie lange ich heute Morgen daran gearbeitet habe?"

„Darum geht's nicht", sagte die Kollegin.

Die Frau war konsterniert. Darum geht's nicht? Es geht nicht um mein Dekolleté? Ist die bekloppt, die Frau?

„Haben Sie was gesehen, wer oder was die Frau niedergeschlagen hat?"

„Welche Frau?"

Der Kollegin ahnte, dass die Frau mit dem Dekolleté wirklich nichts mitbekommen hatte, da sie ja hier und auch erst kurz zuvor in die Bar gekommen war. Aber dennoch wollte sie ihr die Frau noch einmal zeigen, vielleicht fiel ihr ja doch noch etwas zu dem Fall ein.

In diesem Moment kam die Frau mit dem Durchfall aus der Kabine. Sie wirkte erleichtert und gelöst. „Ach, Danke für die vielen tollen Tipps! War äußerst interessant, Ihnen zuzuhören. Aber jetzt muss ich gehen", sagte sie und verschwand, bevor die Kollegin sie noch zu der niedergeschlagenen Frau befragen konnte.

Vor Ärger fuhr sie kurz aus der Haut. Blinzelnd und ungläubig schaute die Frau hin, aber da war die Kollegin schon wieder zurück in ihrer Haut. „Alles Roger", sagte die Kollegin zur Beruhigung.

Die Frau war verwirrt und beeindruckt. „Was Sie so alles können …"

„Nun ja, warten Sie hier mal kurz, dann zeige ich Ihnen die Frau, um die es geht", sagte die Kollegin und ging in die Kabine, wo die Frau mit dem Durchfall vergessen hatte zu spülen. Es roch widerwärtig, der Duft nach Urlaub vom Deo der Frau mit dem Dekolleté war inzwischen verflogen. Sie spülte und ging dann in die andere Kabine.

Die Frau mit dem Dekolleté ließ sich eigentlich ungern sagen, was sie zu tun und zu lassen hätte, aber das mit dem Aus-der-Haut-Fahren hatte ihr Respekt eingeflößt. Sie blieb, wie es die Anweisung der Kollegin gewesen war.

„Ich glaube", erklärte die niedergeschlagene Frau, „das Gefühl hat hier auf mich gewartet … Irgendwie verfolgt es mich … Es stellt mir nach … Es verfolgt mich schon eine ganze Weile."

„Haben Sie es gesehen? Können Sie es beschreiben?", fragte Hellander nach.

„Weiß nicht. Schwer. Es ist nicht so richtig greifbar … Aber es ist öfter da. Kommt immer mal wieder. Dann schlägt es mich nieder, einfach so, ohne Vorwarnung …"

Brutal. So eine Art Serientäter, dachte Hellander mitfühlend.

„Oder, vielleicht schlägt es gar nicht, nicht mal das kann ich so genau sagen, … es überfällt mich …. Es fängt mich ein. Es hüllt mich ein. Es raubt mich aus … Es raubt mir einfach die Kraft, die Energie, die Freude, es zieht den Stecker, sozusagen".

Nach einiger Zeit fuhr sie fort: „Es überfällt mich einfach. Und dann bin ich niedergeschlagen. Kraftlos. Und irgendwie so wie gelähmt …"

Hellander ließ das auf sich wirken. Er war sich nicht ganz sicher, aber ganz unbekannt kam ihm das nicht vor. Hatte er ähnliches nicht auch schon öfter erlebt? Ein solches Gefühl? Es kommt einfach. Ist auf einmal da. Gnadenlos. Mächtig. Entwaffnend. Schwer. Lähmend. Aussaugend. Entleerend.

Er schüttelte sich kurz. „Was könnte denn das Tatmotiv sein, haben Sie irgendeinen Verdacht?"

„Nein, eigentlich nicht. Pure Boshaftigkeit? Vielleicht …", sie schien Auftrieb zu bekommen, „braucht es selbst die Energie, die es mir raubt …"

„Hm, … aber warum", dachte Hellander laut, „hat es Sie wohl gerade hier und jetzt überfallen?"

„Wenn ich das wüsste. Manchmal, denke ich, es nutzt die Gelegenheit aus, wenn ich… na ja … irgendwie … mich eh gerade nicht so stark fühle, so … na ja …, so klein …, so unbedeutend …"

Sie drehte verschämt den Kopf zur Seite. „Dann schlägt es richtig zu …", flüsterte sie und wandte sich wieder Hellander zu. Vorsichtig schlug sie die Augen auf und wagte einen Blick in seine. Hellander glaubte, etwas Sehnsüchtiges in ihrem Blick wahrzunehmen. Ja, doch, Sehnsucht, das schien das richtige Wort zu sein. Und etwas tief Trauriges, Verlorenes.

Sie schauten sich eine ganze Weile schweigend an. Hellander wurde etwas mulmig, so lange schaut man einer Frau doch nicht in die Augen, normalerweise. Aber er konnte den Blick nicht einfach so abwenden. Ihre Blicke verschmolzen, so als wäre da gerade eine direkte Verbindungslinie zwischen ihren Augenpaaren, und alles andere außen herum war unwichtig und verschwamm.

Jetzt konnte er aber nicht mehr. Also löste er den Blick.

Er hatte da spontan eine Idee. „Kommen Sie doch mal mit raus in die Sonne …"

In dem Moment, wo er sie aussprach, fand er die Idee unfassbar banal und bekloppt. „Haha", machte er sich über sich selbst lustig, „Depri? Geh doch mal an die Sonne!"

Dennoch griff er der Frau behutsam unter den Arm und versuchte, sie zum Aufstehen zu motivieren. Es gelang ihm sogar. Die Frau war geradezu elektrisiert! Dieser Mann griff tatsächlich nach ihren Arm, so als wollte er sie ausführen.

Als sie halb aufgestanden waren, kam seine Kollegin an den Tisch, zusammen mit der Frau mit dem perfekten Dekolleté.

„Hier", sagte die Kollegin zu ihr, „von dieser Frau habe ich geredet."

Mauerblümchen, dachte die Frau mit dem Dekolleté mitleidig und wiederholte, dass sie von nichts wüsste.

Hellander war überrascht und erfreut, dass er dieses perfekte Dekolleté noch einmal aus nächster Nähe begutachten konnte und musterte es so ausgiebig wie möglich, wobei er bemüht war, dass die Frau es nicht bemerkte, deren Blicke zwischen dem Mauerblümchen und der abgedrehten Polizistin wechselte.

Aber die Kollegin bemerkte es und funkelte Hellander missbilligend an.

Und die vorher niedergeschlagene Frau bemerkte es auch. Das kurzzeitige Leuchten in ihren Augen erlosch. Ihre Schultern erschlafften und sie sank zurück auf die Bank. Erneut war sie niedergeschlagen.

Die Kollegin hatte es bemerkt und schaute sie eine ganze Weile an. Ihre Blicke trafen sich und die beiden hielten den Blick längere Zeit aufrecht.

Dann ging die Kollegin direkt auf die Frau zu. Behutsam ergriff sie ihren Arm und bedeutete ihr, aufzustehen. Langsam und etwas verunsichert richtete die Frau sich auf. Die Kollegin trat dicht an sie heran und schloss sie in die Arme.

Sie legte ihre Arme um die Frau herum, zog sie zu sich und drückte sie an ihre Brust.

Die Sonne im Herzen der Kollegin begann zu leuchten. Unsichtbar strahlte ihre Energie. Kraftvoll und wohltuend. Und die niedergeschlagene Frau spürte etwas in ihrer Brust, so als würde ein trockner Brunnen aufgefüllt werden.

Hellander verfolgte überrascht die Szenerie, während das perfekte Dekolleté von dem verschlafen frisierten Mann wieder an den Tisch geholt wurde. So ein Mist, dachte er kurz, dann ging seine Aufmerksamkeit wieder zu den beiden Frauen über.

Was machte die Kollegin da jetzt schon wieder?

Er sah das Gesicht der niedergeschlagenen Frau und beobachtete ihren Ausdruck.

Die Augen geschlossen schien sie die Umarmung zu genießen. Es sah nach wohliger Wärme aus.

Doch zuckten da nicht Zweifel über das Gesicht? Na klar, was war das hier überhaupt für einer Nummer? Da kommt eine wildfremde Frau und umarmt mich, darf die das? Und … warum lasse ich das zu? Arm in Arm, Körper an Körper, Brust an Brust mit einem fremden Menschen?

Hellander überlegte kurz, wie das wäre bei ihm. Wenn da jemand fremdes kommen würde … Eine fremde Frau. Ach, oder analog zur Situation hier, ein fremder Mann?

Einen Mann so umarmen? Wie wäre das wohl? Eigentlich … So was macht man doch höchstens als Vater mit seinem Sohn …

Apropos … hatte sein Vater das jemals mit ihm gemacht?

Er blickte kurz zurück.

Er konnte sich nicht erinnern.

Schade eigentlich.

Im Grunde sah das gut aus …

Körper an Körper …

Wärme …

Vertrauen …

Sicherheit …

Geborgenheit …

Die Arme der Frau verkrampften sich und die Kollegin drückte sie noch etwas fester an sich.

Ihre Arme verkrampften sich weiter. Kraftvoll drückte sie zu und hielt die Umarmung fest, ganz fest. Es sah aus, als kämpfte die Frau mit aller Kraft gegen etwas, das sie gefangen hielt.

Und am Ende, nach langer, stummer Zeit in dieser spannungsgeladenen Haltung gewann sie den Kampf.

Von einem Moment auf den anderen zerrissen die Ketten, die sie gefesselt hatten. Plötzlich hatte sie in ihrem Brustkorb Platz.

Viel Platz.

Um sich auszudehnen.

Und so viel Luft hereinzulassen, dass Hellander befürchtete, sie platze gleich.

In ihrem Gesicht stand daraufhin etwas Schockiertes und gleichzeitig Freudiges. Und dann etwas Neugieriges, … Entsetztes, … Verschämtes.

Und nach ein paar Augenblicken etwas Verzerrtes, … Jämmerliches, … Sehnsüchtiges, …

Da war wieder der Schmerz, die Sehnsucht von vorhin zu sehen.

Eine starke Sehnsucht.

Eine unfassbare Sehnsucht.

Eine brutale Sehnsucht.

Eine schreiende Sehnsucht.

Sie war so deutlich, dass sie nicht zu übersehen war …
Hellander war dennoch erstaunt, wie gut er sie sehen konnte.
Und noch mehr, sogar fühlen konnte … diese Sehnsucht …
nach Wärme, … Geborgenheit, … Sicherheit, … Aufmerksamkeit … Anerkennung … Halt …

Hellander fühlte sich auf magische Weise verbunden mit
dieser Frau. Um uns, dachte er, ging es doch nie. Es war noch
nie um uns gegangen. Wir haben so vieles nicht bekommen …

Und aus der Sehnsucht erwuchs die Wut.

Ihr Körper spannte sich an bis in die letzten Glieder. Sie
verstärkte die Umklammerung der Kollegin. Sie drückte fester
und fester zu, während sie die Zähne zusammenbiss und
knurrte wie ein vor Hunger wahnsinniger Tiger.

Als die Kollegin fast erstickt war, knurrte die Frau noch
einmal lange und grollend und drückte so stark zu, wie sie nur
konnte. Als wollte sie die Kollegin zerquetschen, zermalmen –
und sich einverleiben.

Eine gefühlte Ewigkeit hielt sie diese Umklammerung,
während sie dabei qualvolle und grollende Laute von sich gab.

Die arme Kollegin, dachte Hellander.

Dann, ganz langsam, löste sich die Umklammerung.

Die beiden Frauen standen dann einfach Arm in Arm da
und warteten, was als nächstes geschehen würde.

Langsam löste sich auch die in den Rücken der Kollegin gekrallte Hand der Frau. So als würde ihr gerade bewusstwerden, was ihre Hand da tat.

Und da musste die Frau kichern.

Ein leises, schelmisches Kichern.

Mit der Zeit wurde das Kichern ein zittriges Lachen. Es wurde lauter und schwoll an zu einem schallenden Gelächter.

Sie löste die Umarmung und die Kollegin musste mit ihr lachen. Auch Hellander spürte, wie sein Bauch leicht vibrierte.

Nach und nach, ganz langsam, entspannte sich die Frau.

Als das Lachen vorüber war, wirkte sie sehr aufgeräumt und klar.

Sie wirkte jetzt auch irgendwie größer, breiter und kräftiger als vorher, bemerkte Hellander.

Und keine Spur mehr von Niedergeschlagenheit.

Mit glänzenden Augen schaute sie die Kollegin an, legte die Hände auf ihre Schultern, drückte einmal beherzt zu. Sie schürzte die Lippen und nickte bedächtig.

Dann schaute sie kurz zu Hellander. Er wusste ihren Blick nicht genau zu deuten, darin lag für ihn eine Mischung aus Ernst, Glück und Dankbarkeit. Aber auch etwas wie … Mitleid? Belächeln? Etwas Gütiges, aber auch … etwas Funkelndes, Herausforderndes … Eine sehr eigenartige Mischung, die ihn verunsicherte.

Ihm war etwas mulmig zu Mute, als die Frau tief Luft holte und dann wortlos zur Tür hinaus ging.

Eine Zeit lang standen er und seine Kollegin still da und blickten in Richtung der Tür. Dann seufzte Hellander, ging nachdenklich zum Tresen und bezahlte. Danach verließen sie das Lokal, ohne sich um die anderen Gäste zu kümmern, die etwas verwirrt miteinander tuschelten.

Auf dem Weg zum Kriminalamt, den sie weitgehend schweigend gingen, fragte die Kollegin neugierig, aber auch etwas verkniffen: „Das war beeindruckend, dieses Dekolleté … dieser Ausschnitt, nicht wahr?"

„Was?", fragte Hellander. „Ach, na ja, so toll fand ich das gar nicht …"

Doch das war eine Lüge …

Der Fall mit der niedergeschlagenen Frau wurde nie richtig geklärt, aber das ist für den Verlauf des Weltgeschehens und für die Beziehung zwischen Kommissar Hellander und seiner Kollegin völlig irrelevant.

Die verlorene Beherrschung

Prinzessin Angelina von Monte Prada polterte los, als sie einmal mehr in ein heftiges Blitzlichtgewitter geraten war. Es ärgerte sie, dass diese Blitzlichter immer wieder bei unpassenden Gelegenheiten erschienen. Zum Beispiel bei Galas oder auf Bällen und Pool-Partys, so wie jetzt. Sie war ausgesprochen gereizt, als sie versuchte, reichlich angetrunken aus dem Pool herauszuklettern.

Sie hatte sich die Kante gegeben, war darüber gestolpert und laut kieksend in den Pool gefallen. Bis dahin war alles einigermaßen erträglich gewesen, aber jetzt war es genug. Die Blitze stachen schmerzlich in den Augen.

Blitzlichtgewitter mochte sie noch nie, aber schon gar nicht hier und jetzt. Und außerdem wollte sie als Prinzessin nicht in solchem Zustand in der Presse landen. Eigentlich wollte sie am Liebsten gar nicht mehr in der Presse landen. Sie versuchte, sich zusammenzureißen, doch es gelang ihr nicht mehr.

Als der nächste Blitz einschlug, verlor sie ihre Beherrschung.

Sie war von einem Moment auf den anderen verschwunden. Wie das genau passiert war, war niemandem klar. Sie war einfach weg. Spurlos.

Krampfhaft und lautstark fluchend irrte sie umher und suchte den ganzen Boden danach ab, während das Blitzlichtgewitter mit unverminderter Härte weiter tobte.

Schließlich bäumte sie sich auf. Dabei brüllte sie wie ein Löwe und ging mit ausgefahrenen Krallen und verzerrtem Gesicht auf die geifernden Fotografen los. Schreiend und um sich schlagend riss sie einem nach dem anderen die Kamera aus der Hand, schleuderte sie in den Pool oder zerschmetterte sie auf dem gekachelten Boden. Ein paar Kacheln gingen dabei zu Bruch, woraufhin der gastgebende König später das Taschengeld seiner Tochter aussetzte.

Sie war außer sich vor Wut, hatte sich regelrecht hineingesteigert in blindwütigen Hass. Wie eine Furie tobte sie um den Pool herum, erschreckte alle Gäste mit ihrem satanischen Blick und plötzlichen, gellenden Schreien.

Die Gäste – die High Society von Monte Prada und weitere Prominenz – standen mit offenen Mündern da und staunten nicht schlecht. Angelina hatte bislang immer die Contenance bewahrt, wenn auch mit merklicher Anstrengung. Doch nun dieser gewaltige Ausbruch!

Das Königshaus war schockiert.

Die Gäste waren konsterniert und verließen nach und nach leicht verstört – aber auch belustigt – die Party.

Als alle Gäste gegangen waren, suchte die Prinzessin noch immer verzweifelt nach ihrer Beherrschung.

Wo war sie hin? Hatte sie ihr jemand geraubt? Hatte jemand den oder die Täter gesehen? Wo hatten sie sie hingebracht? Lebte sie noch?

Auch am nächsten Morgen nach einigen Stunden unruhigen Schlafes war die Beherrschung nicht wieder aufgetaucht. Es war keine Spur zu finden.

Angelina war in der Folgezeit unbeherrscht und aufbrausend, fuhr alle Vasallen, Berater und Familienmitglieder an, fauchte und fluchte, sprach laut aus, was sie von ihnen hielt und verdarb ihnen damit gehörig die Heiterkeit.

Zwar hatte es was, in die dummen, schockierten Gesichter zu schauen, aber auf Dauer würde es ohne Beherrschung sehr anstrengend werden. Sie wollte sie wiederhaben.

Sie pfiff einen ihrer geschmeidigen Berater zu sich und befahl ihm, Spezialisten mit der Suche nach ihrer Beherrschung zu beauftragen, aber schnell. Einstweilen wollte sie sich in die Gemächer ihres Schlosses zurückziehen.

Der Berater ließ sich einschlägig beraten und holte am Ende Verstärkung aus dem Ausland: Kommissar Hellander und seine Kollegin vom Staatlichen Kriminalamt Nord, Abteilung für spezielle Fälle, wurden nach Monte Prada gerufen und machten sich umgehend auf den Weg. Sie hatten gerade nichts anderes zu tun. Und es war verlockend, in Monte Prada zu ermitteln: Sommer, Sonne, Strand, High Society, Prominenz, Mode und Models, Partys, Hubschrauber, Privatjets, Yachten, Schlösser, Agenten, Seen und Museen, Theater, Spielcasinos und was nicht noch alles, was sie in den einschlägigen Zeitschriften über Monte Prada gelesen hatten. Und vielleicht gab es von der Königsfamilie ja am Ende ein kleines Trinkgeld, ach, das wäre schön.

Sie packten ihre Rucksäcke und fuhren mit dem Zug nach Monte Prada.

Im Zug machten sie sich sofort in einem Sechserabteil breit, klappten die Sitze herunter, zogen die Schuhe aus und flezten sich auf die Polster. Die Füße waren extra nicht gewaschen worden, als Abschreckung für andere. Sie wollten ihr Abteil für sich haben. Und in der Tat, alle, die hereinkamen, gingen auch gleich wieder hinaus.

Feiner Trick!

Während der Fahrt standen sie oft im Gang und hielten die Köpfe aus dem Fenster. Zum Glück fuhren sie mit einem alten Zug, bei dem man die Fenster noch aufmachen konnte. Sie hielten ihre Gesichter in den Fahrtwind und der Fahrtwind schnitt eigenartige Grimassen hinein und pustete das Haar lustig nach hinten. Sie hatten viel zu lachen. Toll, so eine Kollegin, dachte Hellander.

Als der Zug im Hauptbahnhof von Monte Prada hielt, stiegen sie aus.

Auf dem Bahnsteig schauten sie sich um. Eine riesige Halle aus Stahl und Glas, Millionen Tauben, große Tafeln mit Leuchtreklame, die für Mineralwasser oder für ein schwarzes, extrem süßes Getränk warben, das angeblich ohne künstliche Konservierungsstoffe hergestellt wurde.

Ansagen aus den Lautsprechern in fremder Sprache und schlechter Qualität, hektische Betriebsamkeit der Fahrgäste, das Rattern der Trolleys auf dem unebenen Pflaster, Gerüche nach Spaghetti, Croissant und Gyros, den Nationalgerichten von Monte Prada, hier und da ein Pulk von Fotografen, die offenbar einen B-Prominenten vom Bahnhof abholten. Kommissar Hellander und seine Kollegin standen einen Moment lang da und sogen die Atmosphäre in sich ein.

Es gab viele Rucksacktouristen, die sich auf den Bahnsteigen und Bänken lümmelten, ein paar Schlipsträger aus der Vorstadt und ein paar Kofferträger aus der Innenstadt.

Hellanders Kollegin trug an diesem Tag auch einen Schlips, einen grünlich schimmernden. Dazu ein kurzärmliges Hemd mit Luftlöchern, schließlich war es ja warm. Durch die Löcher konnte man ein knappes, rosa-farbenes Bikini-Top erahnen. Sie hoffte, bald in den Pool am Tatort springen zu können. Im Gesicht trug sie eine übergroße Sonnenbrille mit silbernem, diamantbesetztem Rand. Die Diamanten waren natürlich nicht echt, bei ihrem Gehalt konnte sie sich so etwas nicht leisten. Aber diesen Sommer trug man halt übergroße Sonnenbrillen, und manchmal ging auch sie ein Stück mit der Mode.

Um das rechte Handgelenk klimperten zwanzig goldenen Armringe – ein wunderbar zeitloses Accessoire.

Ihre Beine schmückte eine hauchdünne, rote Strumpfhose mit silbernen Nadelstreifen.

Hellander trug ein knallbuntes Hawaii-Hemd, dazu eine orange Cordhose. Seine Kollegin fand, das sah ziemlich albern aus. Hellander hingegen fand, er habe sich seiner Kollegin einfach etwas angepasst. Wenn sie das gewusst hätte …

Doch eigentlich beknackt, dachte Hellander. Er hatte es einmal ansatzweise ausprobieren wollen, wie das die Kollegin so macht. Doch er bereute. Das war nichts für ihn.

Die beiden Ermittler wurden vom geschmeidigen Berater der Prinzessin empfangen, der sie gerufen hatte. Er stand am Bahnsteig und hielt ein Pappschild mit „Kommissar Hellander und seine Kollegin" in die Luft.

Sie gingen gemeinsam in ein Café, um einen verlängerten Espresso zu trinken und die Lage zu besprechen.

Der Berater war ein echter Gentleman. Er hielt den Damen höflich die Tür auf – deshalb dauerten die Wege mit ihm immer so lange. Er pflegte seinen Kleidungsstil so sorgfältig wie seine Haut. Und er duftete wie ein richtiger Mann – meinte er.

Er lächelte ständig. Er wusste: Auch für ein adrettes Lächeln sind aller guten Dinge drei: Rasur, Hautpflege und Zahnhygiene. Oft entscheidet das erste Lächeln über Gehen oder Bleiben, weil vom Zustand der Zähne auch auf andere Pflegegewohnheiten geschlossen werden könne, so meinten die Stilberater des Beraters. Laut einer Studie bewerteten 81 Prozent das Aussehen der Zähne als wichtig und pflegten sie entsprechend. Auch der Berater pflegte seine Zähne ausgiebig und trotzdem war Hellanders Kollegin eher nach Gehen zu Mute als nach Bleiben.

Der Kerl war ihr zu glatt. Und schwer verdächtig. Vielleicht hatte er die Beherrschung der Prinzessin gestohlen? Die Kollegin beobachtete ihn argwöhnisch, während er sie in die Problematik einführte und lächelnd mit Hintergrundwissen versorgte.

Der König des Landes war nicht mit politischen Aufgaben betraut, er und seine Familie hatten eher die Aufgaben, für Aufsehen zu sorgen und damit die Medien in Schach zu halten. Die Regierung sollte dadurch ungestört Politik machen können.

Prinzessin Angelina war der Aufgabe eher mäßig gewachsen. Sie konnte mit den Medien zwar ganz gut, war eloquent und ähnlich geschmeidig wie er, der geschmeidige Berater, aber man merkte ihr die Anstrengung gelegentlich an. Mit der verlorenen Beherrschung jedoch hatte sie ein Aufsehen erregt, das zu weit ging. Hellander insistierte, dass man vor Abschluss der Ermittlungen nicht von „verlorener Beherrschung" sprechen konnte. Es könne sich schließlich auch um ein Verbrechen handeln, um eine gestohlene bzw. eine entführte Beherrschung. Ob denn schon Bekennerschreiben eingegangen wären? „Nein", entgegnete der Berater sichtlich genervt von der Belehrung durch den fremden, eigenartig angezogenen Kommissar. Wen hatten ihm seine Berater da nur empfohlen?

Er lächelte trotzdem. Er hatte seine Beherrschung noch. Und die ließ er sich nicht so leicht nehmen, wie die Prinzessin, die Versagerin. Lange Zeit hatte er sich etwas ausgemalt mit der Schönen, aber in diesem Zustand war sie ihm nicht mehr repräsentativ genug, trotz ihres Status'. Wie sie mit ihm umgegangen war! Ihm war die Lust vergangen.

Schlampe.

Er erzählte vom Tathergang. Bei der Pool-Party anlässlich einer wohltätigen Gala für kriegsversehrte Panflöten hatte sie ausgiebig gefeiert, viel getanzt und viel getrunken. Sehr viel. Als das Blitzlichtgewitter sich andeutete, schien ihre Beherrschung aber schon nicht mehr sicher zu sein, sie konnte jeden Moment abhandenkommen, trotz diverser Sicherheitsvorkehrungen. Als sie in den Pool gefallen war, donnerte das Blitzlichtgewitter richtig los. Und schlussendlich hatte sie die Beherrschung verloren – oder sie wurde gestohlen, wie auch immer, sie war halt jetzt weg.

Seitdem war sie unbeherrscht. Aufbrausend. Herrisch. Brutal ehrlich. Verletzend und direkt. Emotional.

Unausstehlich.

Einer Prinzessin unwürdig.

So könne das nicht weiter gehen. „So können wir nicht arbeiten", schloss der Berater seinen Bericht. „Tun Sie etwas. Machen Sie sich auf die Suche nach der verlorenen Beherrschung und bringen Sie sie zurück. Wenn Sie dieses Problem lösen, winkt ihnen eine hohe Belohnung. Wenn Sie versagen, winkt ihnen niemand mehr."

Hellander schluckte. Er hatte munkeln hören, dass hier in Monte Prada bei der Bestrafung von Verbrechern noch mittelalterliche Methoden angewendet wurden. Dies diente der Abschreckung. Nutzte aber nicht viel. Vor allem die öffentlichen Demütigungen wie Teeren und Federn, Steinigen, Vierteilen, Kakerlaken fressen oder am Pranger stehen erfreuten sich großer Beliebtheit – beim Publikum wie bei diversen Freiwilligen.

Als er an ihre bisherige Aufklärungsquote dachte, bestellte er gleich einen Kamillentee on the Rocks. Sie mussten jetzt geschmeidig bleiben, um diesen speziellen Fall zu lösen.

Der Berater musste nun gehen. Er lud sie zu acht in das Schloss ein. Dort stünden ihnen zwei Gemächer zur Verfügung, schließlich konnten die Ermittlungen eine Weile dauern. Essen und Trinken wäre inklusive, Pool-Benutzung kostete 50 Cent. Duschen und Toiletten auf dem Gang.

Dann ging er.

Die beiden Ermittler saßen noch einige Zeit schweigend im Café.

Um sie herum reges Treiben. Ihr Café war vor dem Bahnhof gelegen auf einem Platz mit Springbrunnen, Musikanten und vielen Tauben.

Der Platz wurde gesäumt von mehrstöckigen, alten Häusern und Hotels. Abbröckelnder Putz, verblasste Farben, hohe Fenster, grüne Fensterläden, kleine Balkons mit Blümchen oder keinen, mit Wäsche überm Geländer oder nicht, mit Blick aufs Meer oder ohne.

Über den Platz knatterten Mopeds, jagten Tauben und Touristen vor sich her und verschwanden wieder in engen Gassen mit Kopfsteinpflaster.

Hier und da eine Gruppe japanischer Touristen, hier und da eine Stretch-Limousine und am blauen Himmel immer wieder das Dröhnen von Hubschraubern, die ganz wichtige Prominenz in die Stadt brachten.

„Da", stieß die Kollegin ihren Kollegen an, „da vorne läuft doch diese Schauspielerin, von der ich Ihnen letztens aus der Zeitschrift vorgelesen habe!" Er bestätigte lautlos nickend. Sie war es tatsächlich. Mit drei Bodyguards schlenderte sie über den Platz. Sie trug ein Kleid mit Blumen-Applikationen auf dem Rücken und eine süße Tasche mit sommerlichen Prints, dazu eine lässige Schiebermütze und ihre Lieblings-Boots, wie die beiden aus der Zeitschrift wussten. Alles in dunklen Farben, das lässt die Silhouette schmaler wirken.

„Da", stieß die Kollegin ihren Kollegen ein zweites Mal an. Dort hinten lief doch tatsächlich dieses Mega-Model aus New York, das gerade in allen einschlägigen Blättern auftauchte.

„Wie heißt die doch gleich? Kate Boss oder so, nicht wahr?"

„Ja, irgendwie so."

Im zarten Chiffon-Kleid tänzelte sie über den Platz. Sie trug Sandalen mit Keilabsatz und eine Pilotenbrille in Hornoptik, da hätte man sie fast nicht erkannt.

Nachdem die beiden genug Leute angeschaut hatten, bezahlten sie ihre Getränke, mieteten sich Fahrräder und radelten zum Schloss hinauf. Auf der Landkarte war leider nicht erkennbar gewesen, dass das Schloss auf bestimmt dreihundert Meter Höhe lag und so mussten sie ordentlich strampeln.

Die Vegetation änderte sich auf dem Weg enorm und mit ihr das Klima. Während unten in der Stadt am Meer kaum Bäume wuchsen und ein heißes Meeresklima herrschte, wurde es hier oben zunehmend frösteliger und bewaldeter. Der Weg wurde immer schmaler, führte inzwischen durch dichten, dunklen Wald. Kalte, dichte Nebelschwaden krochen durch die Bäume und durch ihre Speichen. Das Fahren wurde immer beschwerlicher.

Der Wald nahm mehr und mehr vom Licht, es wurde dunkler und unheimlicher.

Hier und da glaubten Hellander und seine Kollegin, ein gelbes Augenpaar und ein Knurren zwischen den Bäumen ausmachen zu können, aber es konnte auch ein Irrtum sein.

Endlich lichtete sich der Nebel und vor ihnen erhob sich das Schloss der Königsfamilie. Ein dunkler Koloss aus grobem Stein. Dicht hinter einer Außenmauer schienen sich dutzende kastenförmige Häuser übereinander zu stapeln. Winzige Fenster ließen vermutlich wenig Licht ins Innere. Bestimmt zwanzig schlanke Türme ragten zwischen den Häuserstapeln wie sauber angespitzte Bleistifte in den Himmel. Hier und da schimmerte fahles Licht aus einem Fenster. Um die Türme wandten sich dichte Nebelschwaden und ein paar Fledermäuse flatterten hektisch über die schwarz gedeckten Dächer. Hellander und seiner Kollegin fiel auf, dass hier nicht ein Geräusch zu hören war.

Absolute Stille.

Das war beeindruckend. Hatten sie so noch nie erlebt. Dicht hinter ihnen knackte ein Ast. Erschrocken wirbelten sie herum, aber im dichten Nebel hinter ihnen war nichts zu sehen.

Sie beeilten sich, ihre Fahrräder ordnungsgemäß anzuschließen – sonst würde bei Diebstahl die Versicherung nicht übernehmen. Dann gingen sie – sich vorsichtig umschauend – auf das meterhohe Portal zu. Eine Klingel oder gar ein Namensschild gab es nicht. „Eigenartig", äußerte Hellander. Sie klopften. Nichts geschah. „Gehen wir rein?", fragte Hellander. Sie schaute ihn an. In ihren Augen lagen Angst und Todesmut zugleich. „Attacke", sagte sie nüchtern.

Die Tür quietschte und knarrte erbärmlich, als sie geöffnet wurde. Offenbar lange nicht mehr geölt worden. Hellander war erstaunt, welch veraltete und ungepflegte Technik hier im bunten Gala-Land zu finden war.

Sie traten ein und standen in einer großen, schummrigen Halle, die nur von ein paar Kerzen an den Wänden schwach beleuchtet wurde. Der Boden war kariert mit schwarzen und weißen Marmorplatten ausgelegt und die Decke wurde von mehreren goldenen Säulen getragen. Mehrere hölzerne Türen führten aus der Halle hinaus. Eine breite Treppe, deren Stufen mit einem purpurnen, staubigen Teppich ausgelegt waren, führte im Bogen nach oben ins Dunkle.

„Hallo?"

Nichts rührte sich.

Sie blieben einen Moment untätig stehen, dann hörten sie leise Schritte auf der Treppe. Eine weibliche Erscheinung kam die Treppe herunter auf sie zu. Auf den letzten Stufen öffnete die Vorzeigedame die Arme und begrüßte die beiden Gäste mit einer leisen, verführerischen Stimme.

Lange schwarze Locken umspielten ihr Gesicht und ihre freien Schultern. Sie hatte enorm weibliche Rundungen und stolzierte die letzten Stufen in einer Anmut und Eleganz herunter, die Hellander den Atem stocken ließ. Sie trug ein langes, silbernes Kleid, das durch geschickte Einschnitte bei jedem Schritt ihre Beine bis zur Hüfte hoch hervorschauen ließ. Der Ausschnitt ihres Kleides reichte hinunter bis zum Bauchnabel, wodurch der Stoff sehr locker fiel. Jede ihrer Bewegungen war ein bezauberndes Spiel mit ihrem Dekolleté. Hellander befürchtete jeden Moment ganz besorgt und lüstern, dass aus ihrem Ausschnitt etwas herausfallen konnte und war drauf und dran hinzueilen, um es festzuhalten. Ihre Zunge strich sanft über ihre leicht geöffneten Lippen.

Ein spitzer Eckzahn lugte heraus und blitzte. Diese Frau war gefährlich.

Und diese Frau war die Verführung in Person. Sie konnte die Männer blenden mit ihrer Schönheit.

Fast alle.

Hellander strich sich den Schweiß aus der Stirn, besann sich und behielt die Nerven. Er beschloss, sich diesmal nicht blenden zu lassen. Aus einer spontanen Eingebung heraus holte er seine Spiegelsonnenbrille aus seinem Rucksack und setzte sie schwungvoll auf.

Der Bann war gebrochen.

Die Brille warf die blendende Verführung auf die Vorzeigedame selbst zurück. Mit großen, lustvollen Augen schaute sie tief in die Spiegel von Hellanders Brille hinein und jetzt verführte sie sich selbst. Ihre Hände begannen, über ihre Hüften und in ihren Ausschnitt zu gleiten, ihre Zunge liebkoste ihre Lippen, dann schwebte sie die Treppe empor in ihr Schlafgemach, um ihrer Lust an sich selbst freien Lauf zu lassen.

Hellander und seine Kollegin sahen sich fragend an. „Eine Zauberbrille", dachte die Kollegin, aber bei ihr wirkte sie nicht so wie bei der Vorzeigedame. Das enttäuscht sie. Sie war geneigt, zu fragen, was er glaube, warum nicht, aber sie verkniff sich die Frage.

Dann ging alles ganz schnell.

Der geschmeidige Berater kam herein, begrüßte sie und wies ihnen ihre Zimmer zu. Ein Butler schaffte das Gepäck hoch in ihre Zimmer, die irgendwo zwischen dem dritten und fünften Stock liegen mussten. Sie wussten es nicht genau, denn der Weg führte verwirrend durch dunkle Gänge, große Säle, führte Treppen herauf und wieder hinunter, so dass sie am Ende kaum mehr wussten, wo sie waren.

Der Butler war ein großer, grobschlächtiger Geselle. Er sah aus, als wäre er aus verschiedenen Teilen von verschiedenen Menschen zusammengesetzt worden. Die Teile passten aber nicht ganz zusammen.

Der Berater lächelte weiterhin sein Lächeln. Demnächst würde er sie holen und zum Tatort führen, bis dahin sollten sie sich etwas frisch machen, wies er die beiden Ermittler an und verschwand zusammen mit dem Butler.

Hellander sah sich in seinem Gemach um. Ein kleiner Raum mit einem großen, reich verzierten Himmelbett. An den Bettpfosten rankten massenweise klebrige Spinnenweben. Ein großer Bauernschrank mit Drachenmuster gab ausreichend Platz für seinen Rucksack. Ein kleines Fenster ließ einen Hauch der Abenddämmerung hindurch, das restliche Licht des Raumes spendete eine Kerze, die auf eine mit Wachs über-laufene Flasche aufgepfropft war. Er steckte den Kopf aus dem Fenster, es ließ ihn gerade so hindurch. Weit unten konnte er zwischen den Gebäudeteilen einen Parkplatz erkennen. Mehrere schwarze Stretchlimousinen und schwere Mercedes-Wagen standen dort herum. Türen klapperten, Menschen stiegen ein und aus, wechselten die Autos und vielsagende Blicke oder verschwanden im Gebäude.

Weiter hinten, auf dem Dach des fünften Stockwerks eines Gebäudes, das fast von einem hohen Turm verdeckt wurde, entdeckte er den Pool. Es war schon fast dunkel, er konnte nicht viel erkennen. Eine vermutlich weibliche Gestalt schlich um den Pool, offensichtlich suchte sie etwas. Ob es die Prinzessin war, die weiter nach ihrer Beherrschung suchte? Ihm fiel der Fall wieder ein, dessentwegen sie ja letztlich hier waren. Wahrscheinlich würde sie dabei sämtliche Spuren verwischen, so ein Mist.

Er ging auf den Gang hinaus. Schummriges Licht von ein paar Fackeln ermöglichte keinen weiten Blick. In der unmittelbaren Nähe seines Gemachs standen diverse Ritterrüstungen zur Zierde herum. Aus dunklen Nischen lugten hier und da steinerne Figuren mit verzerrten Fratzen hervor. An den Wänden hingen schwere Wandteppiche verziert mit Schlachtszenen, Prominenten und altehrwürdigen Vorfahren.

Das Gemach der Kollegin lag direkt nebenan und er wollte sehen, ob sie etwas Besseres bekommen hatte. Er klopfte an und sie ließ ihn herein. Sie hatte inzwischen einen violetten Bademantel und eine schwarz-weiß gestreifte Jogginghose an. Darunter trug sie weiterhin ihren rosafarbenen Bikini. Man könnte ja später noch in den Pool springen. Sie wollte die Duschen aufsuchen, schließlich war sie genau wie Hellander immer noch ganz verschwitzt von der anstrengenden Radfahrt.

Hellander warf einen kurzen Blick in ihr Gemach, es sah genau so aus wie seins, außer dass sie noch einen Schminktisch hatte, wesentlich mehr Platz und ein Tigerfell vor einem Kamin. Romantisch, dachte er.

Dann schloss er sich ihr an auf der Suche nach den Duschen.

Die Duschen und Toiletten waren tatsächlich auf dem Gang, ein paar Meter entfernt von ihren Zimmern. In etwa zwei Metern Höhe, zwischen den Helmen von Ritterrüstungen, ragten zwei Duschköpfe aus der Wand, in Bauchhöhe fanden sie die Drehknöpfe dazu. Weiter hinten in der Biegung des Ganges stand ein Toilettenbecken. Von dort hatte man hervorragende Aussicht in beide Richtungen des Ganges. Alternativ konnte man noch einen Donnerbalken benutzen, der in einer Nische weiter hinten zu finden war: eine steinerne Sitzfläche mit einem runden Loch in der Mitte. Durch das Loch schaute man in die Tiefe, an der entsprechend verzierten Außenwand des Schlosses herunter.

Die beiden Ermittler waren verwundert über die provinziellen Verhältnisse in dieser High-Society-Gegend. Die Kollegin wollte nun aber endlich duschen. Sie hatte mit dieser offenen Dusch-Situation weniger Probleme als Hellander, zog sich aus und stellte sich zwischen die Ritterrüstungen. Hellander sah etwas betreten zu Boden. Die Kollegin drehte das Wasser auf und duschte. Aus der Wand kam nur eiskaltes Wasser. Erschrocken und leicht erregt jauchzte und seufzte sie und trippelte mit den Füßen. „Wollen Sie, ha, ha, ist das kalt, nicht, ha, auch, ha, duschen?", stieß die Kollegin hervor. „Ach, nein", antwortete Hellander. Aber das war gelogen. Prompt bäumte sich sein Geschlechtsteil auf, durchbrach seinen Hosenschlitz, wuchs wie eine Lanze in die Länge und bohrte sich in das Visier der Ritterrüstung neben der Kollegin. Es schepperte. „Autsch", fluchte Hellander vor Schmerz und Scham. Die Kollegin hielt den Atem an. Das mit dem Geschlechtsteil von Hellander hatte sie ja bereits erlebt, aber es war immer wieder faszinierend und auch etwas bedrohlich. Aber auch belustigend. Er hatte wohl wieder gelogen.

„Äh, doch", sagte er verlegen, schließlich fühlte er sich schmutzig und wollte wirklich duschen. Er drehte sich etwas weg, zog sich auch aus und stellte sich dann unter die zweite Dusche. Sein Geschlechtsteil beruhigte sich langsam.

Seine Dusche war angenehm warm.

„Weichei", dachte die Kollegin und drehte den Kalt-Knopf bei ihm auf. Er schien es gar nicht zu bemerken und jodelte fröhlich beim Haare waschen. Sie beobachtete heimlich sein Geschlechtsteil. Jetzt baumelte es ganz harmlos und lustig da unten rum, während er sich mit geschlossenen Augen und dem ganzen Kopf voller Schaum in seinem Haar rubbelte.

Als der ganze Gang unter Wasser stand, beendeten sie das Duschen und trockneten sich ab. Hellander ärgerte sich, dass er seine Badelatschen zu Hause vergessen hatte. Genauer gesagt hatte er sie bewusst zu Hause gelassen, für eine Rucksack-Zugreise fand er so etwas zu spießig. Seine Kollegin hatte ihre Plateau-Badelatschen dabei.

In ihren Gemächern zogen sie sich ihre Ermittlungs-kleidung an. Hellander warf sich in seinen schwarzen Spezial-einheitsanzug. Erschüttert stellte er fest, dass er die falsche Hose eingepackt hatte, die enge. Sein Bauch war wieder dicker geworden, so ein Mist. „So eine Scheiße", brüllte er lautstark und bei diesem Anfall wurde der Hosenknopf abgesprengt und flog pfeilschnell aus dem Fenster hinaus. Kurz darauf bekam irgendjemand im Gebäude gegenüber einen Tobsuchtsanfall. Eine Frau. Prinzessin Angelina? Hatte sie den Knopf gerade durchs Fenster an den Kopf bekommen?

Beinahe.

Der Knopf hatte ihr Fenster durchschlagen und war auf ihre rechte Pobacke geklatscht – just in dem Moment, als sie sich ihre Hose hochziehen wollte. Das zeckte!

Sie war gerade beim Umziehen gewesen, jetzt sprang sie mit halb hochgezogener Hose in ihrem Zimmer umher, schimpfte, fluchte, und ging am Ende die Wände hoch an die Decke. Dort oben sah sie die ganzen Spinnweben, die das Gesinde wieder nicht weggemacht hatte, so eine Schweinerei, sie wurde rasend vor Zorn und wütete in ihrem Gemach herum. Mit der Zeit war schon fast alles in ihrem Zimmer zu Bruch gegangen. Die Vasallen des Königs lieferten ihr jedoch immer wieder Material zur Zerstörung für ihre Tobsuchtsanfälle.

Hellander zwängte seinen Kopf wieder durch das Fenster und konnte in einiger Entfernung gegenüber durch ein kleines Fenster den Schatten der tobenden Prinzessin sehen.

Er dachte nach. Bisher war es ruhig gewesen. Auch am Pool hatte die Prinzessin offenbar Ruhe bewahrt. In dem Moment, wo sie seinen Knopf abbekommen hatte, war sie ausgerastet. Wenn einem die Beherrschung verloren oder gestohlen wird, was passiert dann eigentlich genau? Mal laut, mal leise …? Oder war die Beherrschung gar nicht wirklich weg? Oder hatte die Prinzessin noch eine Ersatzbeherrschung im Schrank? Oder war sie zwischenzeitlich unter Drogen, ruhiggestellt, eingesperrt in einer Gummizelle? Interessant, dachte er und kräuselte die Stirn. Er wollte diese Themen mit seiner Kollegin besprechen.

Er ging zu ihr hinüber. Dass sein Hosenknopf nicht mehr da war, hatte er ganz vergessen, aber einstweilen hielt der Bauch seine Hose fest. Die Kollegin kicherte.

Als Ermittlungskleidung trug sie einen Judo-Anzug im Blümchen-Design über ihrem rosafarbenen Bikini, einen breiten schwarzen Ledergürtel mit großer kreisförmiger

Schnalle im Mercedes-Stern-Look, braune Wildlederstiefeletten, einer der letzten Schreie aus den Achtzigern, und weinrote Stulpen. Auf dem Rücken hatte sie ihr Samurai-Schwert geschnallt. Man konnte ja nie wissen. Dazu klimperten wie gehabt ihre zwanzig goldenen Armringe am rechten Unterarm.

Hellander erzählte ihr von seinen Beobachtungen und Gedanken. Sie wollten sich dann gleich auf die Spurensuche begeben, ohne auf den geschmeidigen Berater zu warten. Ob das gefährlich war? Vielleicht liefen hier noch mehr solche Gestalten frei herum wie der Butler oder die Vorzeigedame. „Ach", sagte die Kollegin. „Attacke."

Sie schlichen mit einer Fackel, die sie von der Wand gerissen hatten, durch die dunklen Gänge, stiegen Treppen auf und ab, durchquerten große verlassene Hallen, geheimnisvolle Spiegelsäle, vermoderte Folterkeller und Weingewölbe. Zwischendurch trafen sie den König.

„Sind Sie von der Presse?", herrschte er die beiden an.

„Nein", antwortete die Kollegin, „wir sind …"

„Dann kein Interesse", wurden sie vom König unterbrochen und er verschwand.

Kurz darauf kam die Königin vorbei. „Der ist immer so", bemerkte sie kopfschüttelnd und folgte ihm. Sie war sichtlich genervt.

Hellander und seine Kollegin gingen ab diesem Zeitpunkt weniger unauffällig durch die Gänge. Schließlich waren sie dem Königspaar begegnet und hatten offenbar seinen Segen. Doch sie hielten die Ohren steif. Immer wieder hatten sie den Eindruck, kleine Geräusche oder gar Bewegungen in den herumstehenden Ritterrüstungen wahrzunehmen.

Nach ein paar weiteren Biegungen machte es „Buh!"

Die Kollegin stieß einen spitzen Schrei aus, Hellander einen stumpfen. Ihre Anspannung war höher gewesen, als man so gedacht hatte. Aber es war nur der geschmeidige Berater, der hinter einer Ritterrüstung hervorgesprungen war und sie erschreckt hatte.

Sehr lustig.

Nach dem Austausch einiger Floskeln führte er sie dann zum Abendessen in die große Speisehalle.

Gute Idee, fanden die beiden. Jetzt, wo er es sagte, merkten sie, dass sie Hunger hatten.

An einer langen Tafel saß die ganze königliche Sippschaft und ihre Vasallen.

Für Hellander und seine Kollegin rückten alle etwas zusammen und sie konnten ein paar Brocken des Abendessens erheischen. Gyros mit Spaghetti an Knoblauchsoße. Das Lieblingsgericht des Kochs. Er machte es jeden Tag.

Die Prinzessin war nicht anwesend.

Die Stimmung am Tisch war ausgelassen. Alle lächelten und waren total gut drauf. Der Rotwein lief in Strömen und alle lachten laut über die beknacktesten Witze. Die Unterhaltungen drehten sich vor allem um die Trends der Woche, wie zum Beispiel den knallbunten Miami-Style, Blümchen-Blusen mit kräftigen Tönen und romantischen Raffungen und natürliche Holzaccessoires. Luftige Hängerchen, die in blütenreinem Weiß Sommerfrische zum Anziehen darstellten, waren ein weiteres Thema.

Dann unterhielten sie sich über diese eine Schauspielerin, deren Namen sie vergessen hatten, die jetzt wieder mit ihrem Ex herumflirtete. Nein, so was!

Dann ging es um diese eine Sängerin, die jetzt endlich wieder happy war. Nach ihrer Fehlgeburt war es ihr lange echt schlecht gegangen. Jetzt konnte sie wieder lachen und das in jeder Lebenslage. Sie hatte einfach immer riesigen Spaß. Auch sie trug neuerdings Blümchen-Kleider als Ausdruck ihres positiven Lebensgefühls. Letztens hatte sie Urlaub hier in Monte Prada gemacht und sich im Meer ausgetobt. Dabei war sie dieser Hotelerbin begegnet, wie hieß die doch gleich? Ach, Namen konnten sie sich alle nicht merken. Wozu auch.

Dann drehte sich das Gespräch um die Prinzessin. Hellander und seine Kollegin lauschten aufmerksam. Aber viel Verwertbares gab es nicht. Man zerriss sich das Maul über sie, wie sie sich benähme, wie unschicklich, wie profan, wie unsittlich und einer Prinzessin unwürdig. Dann ging es wieder um den neuesten Beach-Look, Schwangerschaften von Schauspielerinnen und Verwandten, und so weiter.

Als sie bemerkten, dass Hellanders Kollegin einen Judo-Anzug mit Blümchen-Prints trug, drehten sich alle Köpfe zu ihr und kurz hatte sie die volle Aufmerksamkeit auf ihrer Seite. Jetzt hätte sie etwas Schlaues sagen können, ihr fiel aber nichts Passendes ein. Die Aufmerksamkeit ebbte ab. Schließlich hatte sie nur gegähnt.

Die Gespräche und die zwanghaft gute Laune waren für die beiden nach einiger Zeit sehr anstrengend. Die Kollegin ahnte, dass es für manche Menschen schwer sein musste, die Beherrschung festzuhalten. Ihr ging es gerade genauso. Ihr Kollege schien damit weniger Probleme zu haben und hielt sein Lächeln aufrecht. Bald aber dankten sie beide für das Essen und den ausgesprochen netten Abend und machten sich aus dem Staub.

Sie gingen zum Pool, Spuren sichern.

Der Pool war in eine der Dachterrassen vor dem Festsaal eingelassen. Die Terrasse wurde gesäumt von einer etwa einen Meter hohen Balustrade. Dass da noch keiner betrunken runtergestürzt war, das wunderte die beiden. Aber vielleicht war das auch schon passiert und es wurde totgeschwiegen? War vielleicht die Beherrschung der Prinzessin über die Brüstung in die Tiefe gefallen? Am nächsten Morgen wollten sie unten danach suchen.

Das Becken war vielleicht zehn mal zwanzig Meter groß. Das Wasser war ruhig und klar. In den Seiten waren rote Scheinwerfer eingelassen, die das Wasser in ein unheimliches Blutrot tauchten. Das war das einzige Licht hier, außer ein paar Sternen am Himmel und einigen Fenster in den oberen Stockwerken, die beleuchtet waren.

Hier musste es passiert sein.

Die Vasallen des Königs hatten inzwischen jedoch jegliche Spuren der Party beseitigt und geflissentlich aufgeräumt. Die Liegestühle standen in Reih und Glied, der Boden war geleckt – damit hatten die Vasallen Stunden verbracht. Danach mussten sie alle erbrechen.

Für die beiden Ermittler war schnell klar, dass hier weder Spuren noch die Beherrschung zu finden war.

Also beschlossen sie, in den Pool zu springen.

Schließlich wollte die Kollegin ihren rosa Bikini nicht umsonst angezogen haben. Hellander hatte leider keine Badehose an, so sprang er nach kurzem Zögern einfach nackt in den Pool, es war ja schon dunkel und sonst keiner da.

Hellander machte einen Köpper, seine Kollegin wie üblich eine Bombe. Es spritzte gewaltig, die ganze Umgebung war nass und der Pool halb leer. Es war zwar sowohl im Pool als auch draußen vergleichsweise kalt, trotzdem planschten sie eine Weile wild herum, stukten sich unter, spritzten sich mit Wasser nass und so Sachen halt.

Durch ihr unbedarftes Planschen waren sie eine Weile unaufmerksam.

Das war leichtsinnig. Langsam näherte sich Gefahr.

Während die beiden lustig im Pool tobten, erklommen drei schwarz gekleidete Ninja-Fighters die Mauern zur Dachterrasse und waren gerade dabei, die Balustrade zu überwinden, als die Kollegin sie bemerkte. Sie erkannte, wie die drei ihre Kleidung und besonders ihre zwanzig goldenen Armringe im Visier hatten – zwanzig ideell sehr wertvolle Erbstücke.

Hektisch sprang die Kollegin aus dem Becken und zog ihr Samurai-Schwert, das sie im Gegensatz zu ihrer Kleidung auch für den Sprung ins Wasser nicht abgelegt hatte. Die Ninjas zogen ihrerseits ihre Schwerter und die Klingen schepperten gegeneinander. Zum Glück wusste die Kollegin einigermaßen, wie man mit solch einem Ding umging, kurz zuvor hatte sie einen Volkshochschulkurs besucht. Wie lange dieses Wissen ausreichen würde, die drei in Schach zu halten, wusste sie nicht. Sie rief laut um Hilfe.

Vor allem aber hatte sie gelernt, im Kampf durch die Luft zu fliegen. So konnte sie den sausenden Klingen ausweichen und dadurch Zeit gewinnen.

Einen Moment lang schaute Hellander fasziniert zu, wie seine Kollegin und die schwarzen, vermummten Gestalten durch die Luft flogen und gelegentlich ihre Schwerter gegeneinander schlugen, dann sprang er aus dem Becken, um zu Hilfe zu eilen. Er hatte da eine spontane Idee.

„Stellen Sie mir eine Frage!", rief er ihr zu. „Was?", fragte die Kollegin ungläubig. „Ach, nichts!", antwortete er. Und nach dieser Lüge schoss sein Geschlechtsteil in die Länge und peitschte dem nächsten Ninja ins Gesicht, der daraufhin die Orientierung verlor, mit dem Kopf gegen die Balustrade fiel und bewusstlos liegen blieb. „Okay", frohlockte Hellander, „so kann man das auch sinnvoll einsetzen!"

Die Kollegin hatte das im Eifer des Gefechts gar nicht bemerkt und schrie: „Wollen Sie mir nicht endlich mal helfen?" „Nein", antwortete Hellander. Und wieder schoss sein Geschlechtsteil in die Länge, als es eben gerade dabei gewesen war, sich zu beruhigen. Hellander lenkte es zwischen die Beine des zweiten Ninjas und traf ihn genau im Schritt. Er jaulte auf, schaute Hellander erbost an und schrie „Ey, bist Du schwul oder was?" Diese Ablenkung nutzte seine Kollegin und versetzte ihm einen ordentlichen Tritt. Er stöhnte laut auf und sackte zu Boden. Dann musste sie aber schnell den Kopf einziehen, denn die Klinge des dritten Ninjas sichelte über sie hinweg. Ein paar ihrer blonden und ein paar ihrer roten Strähnen mussten dabei ihr Leben lassen. Sie hob ihr Schwert und verteidigte sich nach Kräften, aber der Ninja war gut.

Verdammt gut.

Und während sie ihre Klingen kreuzten, kletterten schon die nächsten schwarzen Ninja-Fighters über die Mauer. Hellanders Geschlechtsteil schmerzte, das konnte er jetzt nicht mehr einsetzen.

Unschlüssig, was zu tun sei, stand er da und musste zusehen, wie die anderen Ninjas die Balustrade überwanden und seine Kollegin in die Ecke drängten. Es sah schlecht aus. Ihr Volkshochschulwissen hatte ausgedient.

Dann vollführte der Ninja eine schwungvolle Bewegung und das Schwert der Kollegin flog in hohem Bogen über die Balustrade den Abgrund hinab. Sie war entwaffnet.

Mit dem Rücken gegen die kalte Wand gepresst stand sie da, die Hände hoch, völlig außer Atem hob und senkte sich ihre Brust, auf die der Ninja die Spitze seines Schwerts gesetzt hatte. Hinter seiner schwarzen Maske grinsend spitzelte er ein bisschen mit seiner Klinge an ihrem Bikini-Oberteil herum – und das war sein Fehler.

Während er nur die Brüste der Frau im Auge hatte, hatte er den Blick fürs Wesentliche verloren – für die nahende Gefahr. Der geschmeidige Berater hatte den Hilferuf der Kollegin gehört und die Armee der Ritterrüstungen aus dem ganzen Schloss zusammengetrommelt. Während die Ninja-Fighters ihren Sieg sicher glaubten und sich auf die zwanzig goldenen Armringe freuten, wurden sie umzingelt von den lebendig gewordenen Eisenfiguren.

Hellander gruselte sich, als er daran dachte, dass er zwischen zwei solchen Gestalten vorhin geduscht hatte, aber zum Glück gehörten sie ja zu den Guten. In wenigen Sekunden hatte die übermächtige Armee der Ritterrüstungen die Ninjas überwältigt und der Spuk war vorbei.

Die Eisenfiguren schafften die Ninjas hinfort und warfen sie in die Kerker des Schlosses, dann war wieder alles ruhig.

Die Kollegin atmete erleichtert auf und schenkte dem geschmeidigen Berater zum Dank eine Umarmung. Als ihr bewusst wurde, dass sie gerade halbnackt den schmierigen, ewig lächelnden Berater umarmt hatte und der seinen Unterleib leicht an ihren drückte, lief sie los und sprang erneut mit einer Arschbombe in den Pool. Eine enorme Flutwelle erfasste den geschmeidigen Berater und riss ihn mit. Nach Luft schnappend wurde er in den Festsaal geschwemmt. Daraufhin musste er sich erst einmal abtrocknen gehen.

Blöde Kuh.

Als die Kollegin den geschmeidigen Berater umarmt hatte, war für einen kurzen Moment ein Schmerz in Hellanders Brust aufgekeimt.

Er wischte dieses Gefühl schnell beiseite und sprang ebenfalls in den Pool. Inzwischen war nur noch ganz wenig Wasser darin, es reichte gerade noch bis zu den Knien. Das machte keinen Spaß mehr, also kletterten sie aus dem Becken, trockneten sich ab, ließen sich auf zwei Liegen nieder und schauten schweigend in den inzwischen klaren Sternenhimmel.

„Da, eine Sternschnuppe", flüsterte die Kollegin.

Sie lagen noch eine Weile schweigend da. Der leichte Wind kitzelte ihre nackte Haut und wohlige Schauer durchliefen ihre Körper.

Nach kurzer Zeit fröstelten beide, es war eigentlich saukalt, aber zu schön, um es zu beenden.

Doch nach dem ersten Niesen, standen sie auf, zogen sich an und gingen auf ihre Zimmer. Sie wünschten sich eine gute Nacht, dann fielen sie in einen tiefen Schlaf.

In dieser Nacht träumte Hellander zum ersten Mal von seiner Kollegin. In seinem Traum flog sie nackt in Zeitlupe durch die Luft und vollführte geschmeidige Bewegungen mit ihrem Samurai-Schwert.

In dieser Nacht träumte auch die Kollegin zum ersten Mal von ihrem Kollegen. Sie träumte von einem Kampf und seinem Geschlechtsteil, das er todesmutig in diesem Kampf einsetzte. Dann wurde es vom Schwert eines Ninja durchtrennt, Blut spritzte.

Schreiend wachte sie auf.

Alles nur ein Traum. „Puh", stieß sie aus.

Apropos Schwert dachte sie, zog sich ihren Morgenmantel mit Tigeroptik über, schlüpfte in ihre rosa Fellpuschen und verließ das Zimmer, um hinunter zu gehen und es zu suchen.

Es musste ja am Boden unter der Dachterrasse liegen. Mit einer Fackel in der Hand schlich sie durch die dunklen, muffigen Gänge.

Nach langer Zeit, in der sie durch dunkle Gänge und große Hallen gelaufen war, fand sie endlich den Ausgang zum Hof.

Ihr Schwert steckte fest in einem Felsbrocken. Sie versuchte, es heraus zu ziehen, aber es gelang ihr nicht, so sehr sie sich auch bemühte. Es steckte zu fest. Wie kam denn so etwas? Würde man es je wieder herausziehen können? Nur wie? Und wer würde wohl dazu in der Lage sein? Hellander? Der geschmeidige Berater? Hoffentlich nicht …

Frustriert ließ sie von ihrem Schwert ab und schaute sich um. Inzwischen war der Himmel zugezogen und ein Gewitter donnerte heran. Als die ersten Regentropfen fielen und binnen Sekunden ganze Kübel voll Wasser herunterfielen, beschloss die Kollegin, wieder hineinzugehen. Beim gleichmäßigen Rauschen des Regens konnte sie ganz gut einschlafen.

Am nächsten Morgen duschten die beiden wieder im Gang, während sie die Ritterrüstungen argwöhnisch betrachteten. Die Kollegin schielte unauffällig zu Hellanders Geschlechtsteil hinüber. Alles noch dran, zum Glück. War ja auch nur ein Traum gewesen.

Auch Hellander schielte ab und zu mal verstohlen zur Kollegin hinüber. Wie oft er sie jetzt eigentlich schon nackt gesehen hatte, fragte er sich. Erstaunlich, für eine Arbeitskollegin. Aber eigentlich hatte er sie noch gar nicht wirklich gesehen, er traute sich ja immer nicht, richtig hinzuschauen.

Die Kollegin traute sich. Aber Frauen machen so etwas ja bekanntlich geschickter als Männer, und so bemerkte er es nicht.

Sie genossen ein ausgiebiges Frühstück, das sie auf dem Dach des höchsten Turmes einnehmen durften. Der Turm ragte bis über die dichte, graue Wolkendecke und so hatten sie einen herrlichen Blick über die Wolkenberge, hatten blauen Himmel und strahlende Sonne. Sie sonnten sich noch ein Weilchen, dann machten sie sich wieder an die Arbeit.

Beim Frühstück hatten sie alles mit dem geschmeidigen Berater besprochen. Sie wollten heute Zeugen befragen. Sie durften über den Hubschrauber des Königs verfügen, der auf einem der Türme seine Landeplattform hatte.

Mit dem Hubschrauber flogen sie im ganzen Land umher, von Prominenz zu Prominenz, und sammelten Zeugenaussagen. Am Ende des Tages waren die beiden reichlich geschafft vom vielen Fliegen, von der Blasiertheit der befragten Prominenz und ihrem glamourös inszenierten Persönlichkeitsschauspiel. Mein Gott, hatten die Probleme: Zu welcher Gala gehe ich heute, welches Kleid ziehe ich an, welches Accessoire muss sein? Hellander und seine Kollegin mussten ständig Stilberater spielen, nur so konnten sie gelegentlich eine Frage zum Fall einstreuen.

Letzten Endes war das Unternehmen aber verschwendete Zeit gewesen. Sie hatten nichts wirklich Sachdienliches herausgefunden. Die meisten hatten nichts gesehen, hielten die Königsfamilie ohnehin für bekloppt, die Prinzessin für gestört, wo sie doch früher so adrett und nett gewesen war, den Fall für irrelevant und die beiden Ermittler für schlecht gekleidet. Aber der Kollegin machte das nichts aus. Hellander war sich nicht ganz einig. Schließlich hatte er sich inzwischen wieder normal angezogen.

Nur wenige hatten etwas gesehen. Diese eine Pop-Diva erzählte ihnen, während sie mit Pilates-Übungen ihren Body stählte, dass sie direkt neben der Prinzessin in den Pool gesprungen sei. Natürlich nicht betrunken, wie diese. Doch sie wurde durch das Blitzlichtgewitter abgelenkt und hatte erst dann wieder hingeschaut, als die Beherrschung verschwunden war. Sie hatte noch ein paar Geräusche gehört und ein paar Schatten gesehen, möglicherweise hatte eine Gruppe von schwarzen Ninjas die Beherrschung entführt und war über die Balustrade geflohen. Diese Ninjas sind verdammt schnell, so schnell kann man manchmal gar nicht gucken. Und sie können fliegen — und wer schaut schon zum Himmel, wenn gerade Prominenz betrunken in den Pool fällt.

Ein berühmter Künstler sagte aus, er habe die Beherrschung eindeutig im Pool ertrinken sehen. Sie habe noch etwas gestrampelt, dann sei sie weg gewesen. „Komische Sache. Aber so war es", sagte er.

Und so weiter.

Das Abendessen mit der Königsfamilie war ähnlich ergiebig und wieder sehr ermüdend. Sie machten auch keine Anstalten mehr, aus Höflichkeit über die albernen Witze am Tisch zu lachen. Das trug ihnen den einen oder anderen missbilligenden Blick zu.

Am späteren Abend saßen die beiden Ermittler frustriert bei einem Gläschen Rotwein am Kamin im Zimmer der Kollegin und resümierten ihre bisherigen Ermittlungserfolge. Keine Spuren, keine brauchbaren oder glaubwürdigen Zeugenaussagen. Sie sahen sich schon fast auf dem Scheiterhaufen.

Frustriert und ohne Plan für den nächsten Tag gingen sie zu Bett.

Wieder erwachte die Kollegin nachts aus einem Alptraum. Sie konnte sich aber an nichts Konkretes erinnern. Irgendwas mit Ninjas und Pilates.

Nachdem sie sich eine Weile wach im Bett herumgewälzt hatte und draußen wieder ein Gewitter tobte, zog sie ihren Morgenmantel mit Tigeroptik über, schlüpfte in ihre rosa Fellpuschen und verließ das Zimmer, um etwas spazieren zu gehen.

Als sie nach längerem Spaziergang durch die dunklen Gänge an einer Kellertreppe vorbeikam, glaubte sie, von unten Schreie zu hören.

Vorsichtig stieg sie die Treppe hinab, tief in die Kellergewölbe des Schlosses hinab. Bestimmt zwanzig Meter unter der Oberfläche trat sie in einen vermoderten Gang. Der Boden war bedeckt mit einer undefinierbaren weichen Masse aus Staub, toten Tieren, Asche und Rattenkot. Ihre rosa Fellpuschen waren bald ganz ungeschmeidig grau.

Die Wände waren überwuchert mit Moos und Spinnweben, von der Decke tropfte es. In den Jahren hatten sich bereits einige Stalaktiten gebildet.

Die Schreie wurden lauter.

Unheimliche Schreie, mal wütend, mal gequält, mal voller Angst, dann wieder monströs. Es schienen mehrere Personen zu sein, so unterschiedlich klangen die Stimmen.

Weiter hinten gingen einige Türen vom Gang ab. Alle bestanden aus grobem Holz mit rostigen Beschlägen.

Die Kollegin tastete sich an die erste Tür heran und öffnete sie. Es quietschte erbärmlich. Jeder, der sich im Raum dahinter aufhalten würde, musste das gehört haben.

Der Raum dahinter war dunkel. Nichts zu sehen. Nur ein Schnaufen war zu hören. Ein lautes Einatmen. Dann wurde es ganz hell, heiß und windig. Bevor sie die Augen schließen musste, konnte sie im aufflammenden Licht die Umrisse eines riesigen Drachen erkennen. Er spie einen großen Feuerball aus, dessen Hitze und Druckwelle die Kollegin aus dem Raum herausdrückte, durch die Tür an die gegenüberliegende Wand des Ganges. Stöhnend schälte sie sich von der Wand und stieß die Tür zu.

Das war knapp gewesen.

Noch einige Zeit hörte sie das Fauchen und Schaben des Drachen.

Sie dachte daran, umzukehren. Was würde hier noch alles auf sie warten? Särge mit Vampiren und Zombies würden sie jetzt nicht mehr überraschen.

Doch die Neugier führte sie weiter den Gang entlang.

An dessen Ende stand sie vor einer weiteren Tür. Diese allerdings war mit Leder verkleidet. Durch ein kleines Fenster hindurch konnte sie in einen Raum blicken, dessen Wände mit weichem Stoff und weißem Leder ausgekleidet waren.

Inmitten des Raumes erkannte sie Angelina, die Prinzessin. Mit verzerrtem Ausdruck und geballten Fäusten lief sie wutschnaubend im Kreis umher und fluchte lautstark. Die Beherrschung hatte sie offenbar immer noch nicht wiedergefunden. Und wie ihr Kollege schon vermutet hatte, sperrte man sie also öfter ein.

Die Prinzessin trug einen türkisfarbenen Jogginganzug und auf dem Kopf einen kegelförmigen, spitz zulaufenden Hut mit einem weißen Schleier an der Spitze, der lustig um den Hut herumwedelte. So ein Hut, wie ihn Prinzessinnen in Märchen und Burgfrauen früher bei Playmobil halt so trugen, dachte die Kollegin, wer hätte das gedacht? Der Hut saß schon recht schief und letztlich fiel er vom Kopf herunter. Das brachte Angelina noch einmal richtig in Fahrt. Sie sprang auf dem Hut herum und trat ihn unter wütenden Schreien breit. Einige Zeit starrte sie konsterniert auf den zerstörten Hut. Plötzlich schrie sie laut und hektisch. Panik schien sie ergriffen zu haben.

Sie warf sich in eine Ecke des Raumes und blieb dort ängstlich zitternd liegen. Doch nach dem nächsten Atemzug verfinsterte sich ihr Blick wieder. Sie raffte sich auf und schritt zur Raummitte, trat den zerstörten Hut aus dem Weg und begann, wieder im Kreis zu laufen.

„Okay", freute sich die Kollegin, „lerne ich die Prinzessin mal kennen und kann die Ermittlungen voranbringen." Schließlich hatten sie das Opfer noch gar nicht vernommen.

Sie öffnete die Tür und sagte: „Hallo".

Konsterniert starrte die Prinzessin die Kollegin an. „Was wollen Sie denn?", bellte sie.

„Sie zum Verlust Ihrer Beherrschung befragen", antwortete die Kollegin nüchtern.

Verblüfft verstummte die Prinzessin und runzelte ungläubig die Stirn.

„Ich bin mit meinem Kollegen beauftragt worden, Ihre Beherrschung wiederzubeschaffen. Dazu müssten wir aber wissen wie sie abhandengekommen ist. Die Befragung der Zeugen war nicht sonderlich ergiebig."

„Abhandengekommen," äffte sie die Kollegin nach, „haha, sie war einfach weg! Verschwunden ist sie. Spurlos. In Luft aufgelöst. Abgehauen. Genau, einfach abgehauen. Hat mich im Stich gelassen." Der Ton verschärfte sich. „Hat mich im Stich gelassen! Hat mich allein gelassen, diese blöde Beherrschung. Allein gelassen, im Pool, mit diesen verdammten Paparazzi. Dreckskerle! Allein gelassen mit meiner miesen, schlechten Laune …"

„Schlechte Laune?" Die Kollegin lachte. „Das ist beschönigend ausgedrückt, oder?"

„Ja," gurgelte die Prinzessin gedehnt, „oh ja, ganz bestimmt! Es ist Wut. Es ist Rage. Hass. Es ist Hass. Abgrundtiefer Hass! Ab-grund-tie-fer Hass!"

Sie zischte. Ihre Hände ballten sich zu Fäusten, die Arme verkrampften, ihre ganze Haltung nahm etwas verzerrtes, monströses an.

„Mordlust?", fragte die Kollegin mit einem leichten Lächeln auf den Lippen.

„Oh, jaaa," röchelte Angelina, „jahaa, Mordlust, Mord-Lust … Geben Sie mir ein Maschinengewehr und ich schieße, hier, da, ich schieße, ich schieße … Es rattert … Ich metzele sie alle nieder!"

„Wen?"

„Alle. Alle! Die ganze Mischpoke!"

„Die Paparazzi?"

„Die zuerst. Alle!"

„Dann? "

„Dann laufe ich durch's Schloss und ballere alle nieder. Dabei zappeln sie dämlich wie Marionetten. Ja, Marionetten. Sind doch ohnehin alles Marionetten, Puppentheater, alles Theater hier im Schloss! Alle spielen Theater. Spielen Schlossbewohner. Spielen Königsfamilie. Spielen Diener. Spielen Berater. Spielen Eltern, spielen Vater und Mutter, dass ich nicht lache! Wäwäwä, immer schön lieb sein, Kind, immer schön benehmen, immer schön gute Miene zum blöden Spiel. Keiner ist echt. Keiner sieht einen. Keiner ist da. Keiner ist normal. Und ich spiele mit … Muss mitspielen, spiele Tochter, spiele Prinzessin, spiele Prominenz, weil man das halt so macht, war ja schon immer so, ist man ja hineingeboren, dann ist das so, kann man sich ja nicht aussuchen. Ist Schicksal. Aber mich hat keiner gefragt. Interessiert ja sowieso keinen, ist halt so, alle spielen Theater, weil sie glauben, es zu müssen! Keiner traut sich aus der Deckung, alle sind beherrscht, werden beherrscht, lassen sich beherrschen! Lassen sich unterdrücken, unterdrücken sich selbst, ja, drücken sich selbst runter, immer tiefer, bis sie nicht mehr da sind, nur noch ihre Hülle ist da, geformt von ihrer Rolle, in die sie gepresst wurden, in die sie sich haben pressen lassen, ihre Rolle in diesem absurden Theater, keiner ist mehr da. Es ist erbärmlich. Jämmerlich. Widerlich. Ekelhaft"

Sie holte kurz Luft.

„Alle, alle, ich könnte alle niedermetzeln, macht ja nichts, ist ja eh keiner mehr da, nur die sterbliche Hülle ist noch da, sind ja eh schon alle tot, alles Zombies, Untote, wie im Horrorfilm, ich knalle alle ab, alle!"

Sie machte eine kurze Pause und holte tief Luft.

„Alle?", fragte die Kollegin leise. „Mich auch?"

Angelina zuckte unmerklich zusammen und schaute mit verkniffenen Augen auf. Ihre Blicke trafen sich und sie schauten sich beide lange schweigend an. Die Augen der Prinzessin entspannten sich dann etwas. „Weiß nicht genau …", murmelte sie und schwieg dann wieder.

„Nun," brach die Kollegin das Schweigen, „ich finde, die schlechte Laune steht Ihnen ganz gut. Gefällt mir. Sympathischer als der Rest da oben."

Nach kurzer Zeit fügte sie hinzu: „Wollen Sie Ihre Beherrschung eigentlich wirklich zurückhaben?"

Angelina stutzte. Nach einigem Zögern: „Gute Frage …"

Sie begann, nachdenklich im Kreis zu laufen. Während sich langsam ein ungläubiges Lächeln auf ihr Gesicht schlich, murmelte sie mehrfach: „Gute Frage … Verdammt gute Frage …"

Nach ein paar Runden wurde sie wieder ernst und kam zum Stehen.

„Es nervt, ehrlich gesagt. Ich möchte auch mal wieder gute Laune haben. Nicht immer so aufgebracht sein. Nicht den Leuten ständig ins Gesicht schreien wollen. Und es nervt vor allem, dass ich die Einzige bin, die ihre Beherrschung verloren hat. Man wird gemieden. Belächelt. Komisch angeschaut. Verachtet. Bemitleidet. Man fühlt sich so einsam … Also man fühlt sich ja sowieso die ganze Zeit einsam hier, das merke ich jetzt besonders, aber wenn man dann noch so anders ist, fühlt man sich doppelt einsam."

Nach einer kurzen Pause fuhr sie nüchtern fort: „Nun ja, es wäre einfacher mit Beherrschung. Wieder die alte sein … Wieder in meine Rolle zu schlüpfen, da weiß ich, was ich habe … Wobei, … nein, … das ist doch auch Mist …"

„Verstehe", murmelte die Kollegin nachdenklich. „Nun, ich sehe spontan zwei Möglichkeiten." Sie hielt einen Moment inne, dann fuhr sie fort. „Entweder, wir suchen weiter nach Ihrer Beherrschung und versuchen, Sie Ihnen zurück zu bringen." Sie legte eine kleine Pause ein. „Oder wir versuchen, dafür zu sorgen, dass auch den anderen Ihre Beherrschung abhandenkommt."

Die Prinzessin stutzte bei diesem überraschenden Vorschlag und starrte die Kollegin mit roten Augen an. Eine Weile dachte sie darüber nach, dann zog langsam ein süffisantes Lächeln über ihr Gesicht. „Interessante Idee."

Diese Frau war clever. Die Prinzessin war beeindruckt.

„Aber wie soll das gehen?", fauchte sie dann wieder schlecht gelaunt.

„Mal sehen", antwortete die Kollegin. „Wir lassen uns was einfallen. Ich lasse Sie jetzt in Ruhe weiter machen."

Daraufhin verließ sie den Raum, ging zurück auf ihr Zimmer und dachte noch eine Weile über ihren Plan nach, der so spontan aus ihr herausgepoltert war, dass es sie selbst überraschte.

Am nächsten Tag wollte sie alles mit ihrem Kollegen besprechen. Sie hatte eine Idee für ein interessantes Experiment. Sie hatte da mal was gehört …

Am nächsten Morgen besprach sie alles mit dem Kommissar. Der war zuerst sehr skeptisch. Aber er vertraute seiner Kollegin. Sie hatte zwar sehr eigenartige Methoden, aber genau die führten ja immer wieder zu interessanten Ergebnissen.

Im Anschluss an das Frühstück stellten sie ihr Projekt vor. Die ganze Sippschaft und ihre geschmeidigen Vasallen wurden aufgefordert, sich in einer halben Stunde geschlossen im Seminarraum 2 einzufinden, dort würden sie den Fall zum Abschluss bringen wollen. Alle sollten in Freizeit-Kleidung antreten.

Die Königsfamilie war erstaunt. Das klang ganz aufregend nach Hercule Poirot: Alle zusammen in einem Raum und der Kommissar würde diverse Szenarien vortragen, die Verdächtigen würden reihenweise nervös werden und am Ende war es die unverdächtigste Person. Aber wer war das in diesem Fall? Die Prinzessin selbst? Der Gärtner? Die Ninjas? Oder der Tischnachbar? Sie schauten sich verunsichert um.

Kommissar Hellander und seine Kollegin bereiteten alles vor. So machten sie sich in ihren Gemächern schnell zurecht. Die Kollegin warf ihren Judo-Anzug im Blümchen-Design über und nahm ihre lange schwarze Peitsche mit. Hellander zog einen grauen Jogging-Anzug an. Dann entrümpelten sie den Seminarraum. Das Mobiliar wurde entfernt und der Boden mit Gummimatten und Teppichen ausgelegt.

Kurze Zeit später hatte sich die ganze Sippschaft mit ihren geschmeidigen Vasallen versammelt. Als Special Guest stand die Prinzessin in der Ecke, leicht aufgebracht beim Anblick der anderen, nervös mit den Füßen trippelnd, aber dennoch erstaunlich ruhig. Vermutlich hatte man ihr ein paar Pillen gegeben, dachte Hellander. Neugierig – aber leicht spöttisch – beäugten die Versammelten sie, die beiden Kollegen und das ganze Szenario.

Was sollte das hier alles?

Die Kollegin forderte zum Tanz auf: Alle sollten sich frei und ausgelassen zur Musik bewegen, so wie es ihrer aktuellen Stimmung entspräche. Dabei sollten sie ausgiebig und tief durchatmen.

Die Kollegin drehte ordentlich an der Anlage und lautstark dröhnte die Musik in Dolby-Surround-Sound aus den Boxen. Sie hatte eins ihrer alten Lieblingsstücke angeworfen: voluminöse Trommelrhythmen, gelegentlich bis zur Unkenntlichkeit verzerrte Gitarren, dazu ein Gesang, der von hoher Opernarie über wütendes Schreien reichte bis hin zu einem tiefen Röcheln, bei dem einem allein vom Zuhören schlecht wird. Im Hintergrund war ein griechisch-orthodoxer Männerchor mit monotonen Beschwörungsformeln zu hören. Dazu ab und zu ein paar fiese Elektro-Piepser.

Die Königsfamilie verzog das Gesicht und sah sich befremdet an. Doch die Kollegin ließ unmissverständlich ihre schwarze Peitsche knallen. Damit hatte sie den richtigen Nerv getroffen. Autoritäres Auftreten wirkte hier sehr gut.

Die versammelte Menge ließ sich daraufhin eingeschüchtert dazu herab, sich zur Musik zu bewegen.

„Sie müssen mitmachen", flüsterte die Kollegin Hellander ins Ohr, „als Vorbild!"

Hellander fühlte sich etwas überrumpelt. So war das nicht abgesprochen gewesen …! Doch – leider – klang es plausibel, eine Art Vorturner zu haben … Es musste wohl sein …

Nun ja, „sich zur Musik bewegen", das hieß normalerweise Tanzen. Er bewegte sich leicht tänzelnd und versuchte dabei, gewissenhaft zu atmen. Er ahnte, dass es aber hier nicht um gut aussehendes Tanzen ging, also baute er ein Paar Kanten in seinen Tanz mit ein. Hier mal eine Zuckung, da mal eine unerwartete Pause. Okay, bisschen debil, aber eigentlich ganz lustig.

Einige der langhaarigen Vasallen gingen erstaunlich elanvoll an die Sache heran. Ihnen gefiel die Musik. Sie zogen ihre Haargummis ab, begannen ihre Köpfe zu wedeln und ihr langes Haar umher zu werfen. Dazu grölten sie belustigt mit.

Der König und die Königin wippten verkniffen und steif im Takt und verlagerten ihr Gewicht vom rechten auf das linke Bein und zurück, was beim Tempo der Musik recht lustig aussah.

Sie hielten ihre Beherrschung ganz doll fest.

Nach einiger Zeit ließ sich auch der geschmeidige Berater der Prinzessin dazu herab, den die Kollegin für den härtesten Brocken gehalten hatte. Er steckte wiederum seine geschmeidigen Beraterkollegen an, die ihm in nichts nachstehen wollten. Sie stellten sich breitbeinig in die Mitte des Raums und begannen in betont übertriebener Manier Luftgitarre zu spielen und wütende Heavy-Metal-Gitarristen zu imitieren. Das war doch zur Abwechslung mal eine lustige Sache, den Affen zu machen, wie diese ganzen Heavy-Deppen mit ihren langen Haaren.

Aber wie die Kollegin erhofft und erwartet hatte, wurde aus dem Spaß an der Luftgitarre bald Ernst.

Hellander baute ein paar mehr Ecken und Kanten in seine Bewegungen ein. Mit der Zeit aber verselbstständigten sich seine Körperteile und es kamen ein paar Grimassen hinzu. Als er bemerkte, dass sich seine Bewegungen verselbstständigten, wurde es ihm langsam peinlich. Aber aufhören wollte er auch nicht, er sollte ja als gutes Beispiel voran gehen …

Der geschmeidige Berater spielte immer härtere Luftgitarre, seine Gesichtszüge entglitten langsam zu einer wütenden Fratze. Er knurrte und das Knurren wurde immer lauter bis er anfing zu röcheln.

Der König wurde nervöser und stampfte mit dem rechten Bein auf dem Boden herum. Als er merkte, dass seine Frau ihn verächtlich und pikiert aus den Augenwinkeln ansah und sie ihm dann mit dem Ellbogen in die Rippen boxte, stampfte er noch energischer auf den Boden. Er bekam plötzlich Spaß daran, seine Frau zu provozieren. Immer doller trat er in den Boden und schielte mit spitzbübischer Miene zur Königin herüber.

Die langhaarigen Vasallen warfen weiter ihre Köpfe um sich, die langen Haare wirbelten wie Peitschen durch die Gegend, was die Tanzenden daneben immer aggressiver machte, weiter angestachelt durch das Knallen der Peitsche der Kollegin.

Einige Onkel und Tanten, Cousins und Cousinen aus der Königsfamilie hüpften noch etwas planlos umher, immer noch nicht genau wissend, was sie hier eigentlich sollten.

Der Koch, der Gärtner und der Hubschrauberpilot begannen, den Chauffeur umherzuschubsen, der es mit betonter Lässigkeit und Teilnahmslosigkeit hinnahm, was ihm aber zunehmend schwerer fiel. Seine Miene verfinsterte sich zusehends. Bald würde das Monster zum Vorschein kommen …

„Atmen!", rief die Kollegin und Hellander atmete tief ein. Beim Ausatmen kugelten seine Arme durch die Luft und die Zunge flog aus seinem Mund heraus. Er schämte sich seiner komischen Bewegungen und hatte das Gefühl, rot anzulaufen. Aber er konnte nicht mehr aufhören, sich wie ein Vollidiot zu benehmen. Und mit jeder idiotischen Bewegung stieg die Schamröte weiter in sein Gesicht, doch es war beinahe zum Zwang geworden, er musste so verrückte Sachen machen. Bald war ihm, als wäre es die Scham selbst, die ihn antrieb, sie selbst, die die Bewegungen skurriler und skurriler werden ließ, um sich damit am Leben zu halten.

Der ganze Raum schien mittlerweile dramatisch aufgeladen zu sein. Die Spannung war zum Greifen.

Als erstes verlor die Königin die Beherrschung.

Mit einem markerschütternden Schrei packte sie den König und schüttelte ihn, schrie ihn an, er solle sich endlich benehmen, wie lächerlich er sich hier aufführe und überhaupt.

Sie tobte.

Sie stampfte auf dem Boden herum, die Haltung gebeugt, die Arme angewinkelt, die Hände zu Fäusten geballt, das Gesicht verzerrt. Sie beschimpfte ihren Mann, überhäufte ihn mit Hasstiraden, die sich in all den Jahren angesammelt hatten und sich in diesem Moment Bahn brachen.

Der König brüllte zurück, aber als sie sich an die Gurgel gehen wollten, klatschte die Peitsche der Kollegin vor ihnen auf dem Boden und sie ließen von einander ab. Nase an Nase standen sie sich gegenüber und beschimpften sich, die Fäuste drohend gehoben, das Haar zerzaust.

Wie viele Jahre hatten sie sich selbst und gegenseitig beherrscht und unterdrückt, wie viele Jahre die scheinheilige Fassade aufrechterhalten um des lieben Friedens willen. Aber das funktionierte in diesem Moment nicht mehr – und es würde auch nie wieder so funktionieren wie früher. Unstillbare Wut kochte in ihnen und dunkle Rauchschwaden hüllten sie ein.

Wer von den langhaarigen Vasallen in seiner Trance zuerst angefangen hatte zu schreien, wusste nachher niemand, aber es war auch egal. Der Beherrschung entledigt, rannten sie wild umher, peitschten die anderen mit ihren langen Haaren, rissen sich ihre Hemden vom Leib und brüllten laut wie Tarzan, King Kong und Godzilla zugleich.

Die geschmeidigen Berater, allen voran der geschmeidige der Prinzessin, röchelten lautstark, dann verloren auch sie ihre Beherrschung. Als wäre ein uraltes, grollendes Monster aus den dunkelsten Tiefen des seelischen Ozeans emporgestiegen, gerufen vom dunkler Magier, um die Welt zu unterjochen, bogen und wandten sie sich krampfhaft und hasserfüllt kreischend. Würgend und zuckend warfen sie sich auf den Boden, Übelkeit überkam sie, sie steckten sich ihre Finger in die Hälse, spuckten und spieen, gaben monströse Laute von sich, die ihnen die Tränen in die Augen trieben.

Ohne dass er sich dagegen hätte wehren können, war der geschmeidige Berater überrannt worden, mitgerissen von einer Woge aus Sehnsucht, Enttäuschung, Schmerz und Wut, die aus längst vergangenen Tiefen seiner Seele hervorgeschossen war. Es erschütterte ihn, was da in ihm schlummerte und sein Lächeln war ihm für längere Zeit vergangen.

Die Musik stampfte weiter unerbittlich und mittlerweile war jede Beherrschung aus dem Raum gewichen.

Alle rannten, sprangen umher oder wälzten sich am Boden wie kleine Kinder, Furien oder Satan persönlich, sangen, röchelten oder jubelten, brüllten oder heulten, schrien sich gegenseitig oder die Wand an.

Die Prinzessin stand in der Ecke und traute ihren Augen nicht. Eine vulkanartige Entladung war im Gange. Sie fühlte sich auf einmal ganz verbunden mit ihrer Familie und ihren Vasallen und warf sich hinein in die Menge.

„Atmen!", rief die Kollegin hinein in die Menge und ließ ihre Peitsche knallen.

Nachdem Hellander gerade einen tiefen Atemzug genommen hatte, kam aus der Mitte seiner Brust ein ohrenbetäubender und lang anhaltender, tiefer Laut. Eine Mischung aus Tarzanruf – und Hilfeschrei.

Der Ton kam wie von selbst aus ihm heraus, er konnte gar nichts dagegen tun. Mit weit auf gerissenen Augen hörte er, was er noch nie zuvor von sich gehört hatte.

Und dieser Ton wollte nicht verklingen

Die Kollegin traute ihren Augen und Ohren nicht.

Mit solch einem Erfolg hatte sie nicht zu rechnen gewagt. Alle hatten die Beherrschung verloren.

Die Kollegin riss sich zusammen, einer musste noch etwas Überblick behalten.

So weit so gut, dachte sie, doch was nun folgen sollte, wusste sie selbst nicht. So weit war ihr Plan nicht gegangen. Ob sie das Ganze stoppen konnte? Hatten alle jetzt dauerhaft ihre Beherrschung verloren? Würden sie hier lebend herauskommen? Vor allem, wenn die Königsfamilie am Ende ihre Beherrschung oder einen Teil davon wieder fand, sich für ihr Verhalten schämte und sie verantwortlich machte für diese „peinliche Nummer"?

Unschlüssig stand sie da. Auch Hellander war ja ausgerastet. So hatte sie ihn noch nie gesehen.

Was sollte sie tun?

Hellander stand immer noch mit ungläubigen, weit geöffneten Augen da und atmete schwer. Er spürte, wie sich seine Hände in Bewegung setzten und sich langsam auf sein

Gesicht zu bewegten. Er ließ es geschehen. Als seine warmen Hände seine Wangen berührten, kamen die Tränen.

Er schloss die Augen doch er konnte den Strom der Tränen nicht mehr aufhalten. Diese flossen einfach aus ihm heraus. Er konnte nichts dagegen tun. Es war einfach da.

Er fühlte sich wie ein kleines Kind.

Ein kleines, unschuldiges Kind.

Tief traurig.

Erschüttert.

Allein.

Verlassen.

Die Musik beruhigte sich. Sie schwenkte um ins Meditative. Alle wurden ruhiger und das Geschrei wurde mehr und mehr abgelöst durch lautes, erschöpftes Wimmern.

Die Spannung war langsam aus dem Raum gewichen und hatte einer gelösten, nahezu greifbar dichten Atmosphäre Platz gemacht. Der warme Regen nach dem Gewitter.

Dann erblickte der König die Kollegin.

Mit einer Mischung aus blindem Hass, tiefer Trauer, Verunsicherung und unstillbarer Begierde in den roten Augen starrte er sie an, während sich sein Brustkorb mit jedem Atemzug hob und senkte.

Das Herz rutschte der Kollegin in die Hose.

Die Königin sah die Begierde und knurrte ihren Mann an. Der warf ihr einen vernichtenden Blick zu, dann wandte er sich wieder der Kollegin zu. „Verschwinden Sie", zischte er, „aber schnell, bevor ich mich vergesse!"

Was immer der König damit meinte, sie ließ es sich nicht zweimal sagen. Sie packte Hellander am Kragen und zerrte ihn aus dem Raum. Jener war noch ganz benommen, aber langsam begriff er die Lage.

Sie hasteten in ihre Gemächer und warfen ihre Klamotten in die Rucksäcke.

Der Weg nach draußen führte sie noch einmal in die Nähe des Seminarraums 2.

Gespannte Stille war zu hören, gelegentliche Urlaute oder ein Schluchzen oder Knurren. Vermutlich hatten sie einen Teil ihrer Beherrschung wiedererlangt.

Aber nur einen Teil.

Der andere Teil blieb für immer verloren.

Sie beeilten sich, den Ausgang zu finden. Dabei liefen sie durch den Innenhof mit dem Felsblock, in dem das Schwert der Kollegin steckte. Hellander erkannte es und im Vorbeirennen zog er es völlig unbekümmert heraus, so als sei nichts gewesen. Die Kollegin hob die Augenbrauen. War sie nur zu blöd gewesen oder was hatte Hellander Besonderes an sich? Egal, schnell raus hier, dachte sie.

In diesem Moment wurde ihr bewusst, dass sich das ganze Klima um die Burg herum verändert hatte.

Das mit Wolken verhangene, neblig feuchte, gruselige Wetter hatte sich gewandelt. Die Wolkendecke war aufgebrochen, die Sonne schien durch ein paar Löcher, ein frischer, aber starker Wind ließ abwechselnd warme und kalte Böen das Haar verwehen.

Noch ein letzter Blick an den Mauern empor, dann verließen sie rennend das Schloss, schwangen sich auf ihre Fahrräder vor den Toren und schossen den Hang hinab in die Stadt.

Unten angekommen gaben sie in Windeseile ihre Fahrräder ab, liefen zum Bahnhof und stiegen in den nächsten Zug, der Monte Prada verließ.

Schweigend standen sie im Gang ihres Waggons und schauten aus dem Fenster, während der Zug so durch die Gegend fuhr.

Als sie die Grenze passiert hatten, trafen sich ihre Blicke. Schweigend schauten sie sich eine ganze Weile in die Augen. Die Kollegin schaute Hellander mit einem Verständnis an, das für ihn fast unerträglich war. Und doch so schön. Irgendwas war anders nach dieser Session im Seminarraum 2. Er spürte eine angenehme Schwere, als wären seine Innereien ein Stück tiefer gesunken. Sein Bauch fühlte sich zwar etwas dicker an als sonst, aber auch entspannter. Es schien, als ginge seine Atmung viel tiefer als vorher.

Er ahnte, dass sich etwas Grundlegendes in ihm verändert hatte. Da hatte sich etwas geöffnet, was er noch nicht richtig fassen konnte. So als gäbe es etwas mehr Spielraum, ein Hauch mehr Freiheit, ein Stück mehr Lebendigkeit.

Er umarmte seine Kollegin. So etwas hätte er sich früher nie getraut.

Er spürte ihre Wärme, ihre Atmung, ihren Körper, ihre Energie, die ihn durchströmte. Er genoss es, ohne weiter darüber nachzudenken.

Eine ganze Weile standen sie so im Gang, dann lösten sie sich von einander und schauten wieder schweigend aus dem Fenster.

In den nächsten Tagen verfolgten sie aufmerksam die einschlägige Berichterstattung über Monte Prada. Nach einer kurzen Phase des medialen Aufruhrs wurde es still um die Königsfamilie. Nach dem Besuch zweier ausländischer Gestalten wären alle irgendwie verrückt geworden, konnte man lesen. Die Familienmitglieder und ihre Vasallen hatten sich zurückgezogen, gaben keine Interviews mehr und nahmen kaum noch am öffentlichen, gesellschaftlichen Leben teil. Das lag auch daran, dass sie auf Grund ihres neuerdings aufbrausenden Temperaments als Partyschrecks galten und nicht mehr eingeladen wurden.

In den Zeitungen erschien nun wesentlich mehr über Politik und die Politiker des Landes. Das schmeckte denen gar nicht und sie dachten über einen Plan nach, die Aufmerksamkeit wieder von sich abzulenken.

Der Fall mit der verlorenen Beherrschung konnte nie geklärt werden, das ist aber für den Verlauf des Weltgeschehens und für die Beziehung zwischen Kommissar Hellander und seiner Kollegin völlig irrelevant.

Die Kinder des Dämons

Kommissar Hellander saß am Schreibtisch seines Büros im Staatlichen Kriminalamt Nord. In steifer Haltung starrte er die Bleistifte an, die vor ihm auf dem Tisch lagen, ohne sie wirklich wahrzunehmen. Denn in Gedanken war er ganz woanders.

Wo genau, das war ihm auch nicht bewusst.

In seinem Kopf wirbelte es wild umher, Gedanken flogen von einem Ende zum anderen, vermischten sich mit anderen, drehten sich im Kreis, donnerten und blitzten, verfärbten sich von dunkelschwarz zu feuerrot und zurück. Er hatte schlechte Laune. Wahnsinnig schlechte Laune. Dazu rumorte es in seinem Bauch, sein Hals fühlte sich geschwollen an und er hatte Lust, zu brechen.

Das tat er dann auch: Er zerbrach den roten Bleistift. Der war dann natürlich kaputt und das ärgerte ihn. Ruckartig stand er auf und fluchte laut. Er mochte Bleistifte.

Er musste raus hier.

Schnaufend verließ er sein Büro und stampfte mit schweren Schritten die Gänge entlang. Nach ein paar Minuten kam ihm Herr Meier-Schulze entgegen und dieser begrüßte ihn wie üblich mit einem betont freundlichen Lächeln. Hellander spürte, wie sich die Höflichkeit auf sein Gesicht stülpen wollte, so als wäre sie eine Maske. Seine Gesichtsmuskulatur zeigte sich heute allerdings etwas widerwillig. Doch diese eigenartige Maske schien außerordentlich kräftig und routiniert zu sein und er lächelte zurück, was sich ausgesprochen verzerrt anfühlte.

Als Herr Meier-Schulze außer Sichtweite war, fiel diese lächelnde Maske schlagartig von ihm ab. Daraufhin schmerzten die Muskeln seines Gesichts, als hätte er Muskelkater, so anstrengend war das eben gewesen. Eine solche Maske war ihm vorher noch nie aufgefallen. Interessant, dachte er gereizt.

Der Gedanke an die Existenz einer solchen Maske vertiefte seine schlechte Laune. Als dann Frau Hellermann um die Ecke stolzierte und ihm zuzwinkerte, spürte er, wie sich schon wieder diese Maske übers Gesicht zwängte und wie er mit gefühltermaßen völlig entstelltem Lächeln an ihr vorbei ging. Frau Hellermann trug an diesem Tag mal wieder einen weit aufgerissenen Ausschnitt, der betörend viel zeigte. Für einen Moment lang blitze vor Hellanders geistigen Auge ein Bild auf, wie er mit weit aufgerissenem Maul schreiend in diesen Ausschnitt hineinsprang und sich an ihren Brüsten festbiss.

Auch diese Fantasie erschwerte ihm das Lächeln und schnell drückte er dieses Bild beiseite. Als die Frau hinter der nächsten Ecke verschwunden war, holte er tief Luft und spürte, wie sich die Maske wieder löste. Jetzt hatte er wirklich Muskelkater im Gesicht.

Er atmete noch einmal tief durch, dann ging er zurück in sein Büro.

Beim Gang um seinen Schreibtisch stieß er mit dem Knie gegen das Tischbein und musste laut jaulen vor Schmerz. Wutentbrannt schlug er mit der Faust auf den Tisch. Musste das denn immer wieder passieren und besonders dann, wenn er ohnehin schon schlechte Laune hatte? Unwillkürlich bahnte sich ein gellender Schrei seinen Weg aus ihm heraus, der ihm selbst in den Ohren schmerzte.

Schon stand seine Kollegin in der Tür und fragte missmutig, aber auch besorgt, was denn los wäre, sie könnte so nicht arbeiten. Er antwortete, er habe schlechte Laune. Wahnsinnig schlechte Laune. Auf ihren fragenden Blick hin setzte er an, die schlechte Laune zu begründen: „Weil … nun ja, … äh, … weil …"

Er wusste es nicht. Er hatte keine Ahnung, woher seine mörderisch schlechte Laune und sein dicker Hals herrührten. Er konnte erneut einen Brechreiz in seinem Hals spüren und röchelte. Er hatte das Gefühl, als ob in ihm ein Pulverfass stecken würde – mit brennender Lunte. Aber er hatte keinen Schimmer, wer das Pulverfass dort hingebracht und die Lunte angezündet hatte.

Die Abteilung für spezielle Fälle am Staatlichen Kriminalamt Nord – ihre Abteilung – hatte einen neuen Fall – das war den beiden Ermittlern mit einem Schlag klar.

Schon begannen sie mit Ermittlungen in eigener Sache und gingen auf Spurensuche. Dazu begaben sie sich zuerst in die jüngste Vergangenheit. Die Kollegin übernahm die Befragung.

Ob er mit dem falschen Bein aufgestanden oder einem Vollidioten begegnet wäre? Hellander verneinte. Ob er einen fiesen Traum gehabt oder im Lotto verloren hätte? „Nein, nein!", wehrte Hellander gereizt ab. Ob der Kaffee kalt geworden oder das Konto leergeräumt worden wäre? Die Kollegin suchte und fragte weiter, doch die Suche blieb erfolglos.

Keine Spuren, keine Indizien zu finden.

„Hm …", murmelte die Kollegin nach einer Weile nachdenklich. „Vielleicht kommt Ihre Wut gar nicht von was Aktuellem …"

„Von was denn sonst?", krächzte Hellander heiser und kniff die Augenbrauen zusammen.

„Von früher, zum Beispiel. Aufgestaute Aggression, oder so'ne Sachen", mutmaßte sie. „Lange angesammelt. Immer unterdrückt. Immer Deckel drauf. Doch jetzt ist das Fass voll und läuft über. Irgendwas hat sich bei Ihnen geöffnet, oder irgendwie wurde das Fass geöffnet. Oder irgendwas hat in das Fass ein kleines Loch reingebohrt … Und jetzt kommt es raus …"

„Sie haben vielleicht Ideen", spottete der Kommissar. „Sehr kreativ …"

„Wieso?", entgegnete die Kollegin. „So läuft das oft. Und Sie gehören ja nun nicht zu den Leuten, die ihrer Laune freien Lauf lassen und sich so richtig raustrauen. Sie sind ja nicht immer ganz ehrlich, nicht wahr? Da wird sicher viel weggemacht und runtergeschluckt. Und damit angesammelt und aufgestaut. Da möchte ich ja selbst manchmal laut schreien, wenn ich das mit ansehe."

„Hm?" Was wollte diese Frau? War die bekloppt? Was sollte das bedeuten? Als er gerade etwas Abfälliges sagen wollte, erinnerte er sich plötzlich an die Szenen vorhin im Gang. Was war da los gewesen? Das mit dieser Maske? Meinte sie etwa sowas? Was war da gewesen? Er hatte schlechte Laune, diese aber genau genommen hinter einer freundlichen Maske versteckt. Und wenn er kurz zurückblickte: so etwas machte er tatsächlich öfter. Meinte sie sowas mit „nicht raustrauen" oder „nicht ganz ehrlich"? Aber war das schlimm? Machte man das nicht so? Muss man denn jedem mit seiner schlechten Laune auf den Sack gehen?

Und dennoch, ihn beschlich das unbehagliche Gefühl, dass das, was die Kollegin sagte, unter Umständen, so ein ganz kleines bisschen vielleicht, gar nicht mal ganz so blöd war. Dieses unbehagliche Gefühl vertiefte seine schlechte Laune. Und verwirrte ihn dazu.

„Und warum mache ich sowas?", fragte er mit einer Mischung aus Resignation und Angriffslust.

„Weil … Das ist vielleicht ein ganz altes Verhaltensmuster. Das geht bestimmt weit zurück, weit zurück in die Kindheit."

„Ach kommen Sie!", stöhnte Hellander verächtlich. „Kommen Sie jetzt mit diesem Kindheitsgedöns? Machen Sie jetzt einen auf Hobby-Psychologin? Meine Kindheit war eigentlich ganz in Ordnung, hätte echt schlimmer sein können."

„Bestimmt", sagte die Kollegin nüchtern, aber das reichte ihr nicht.

„Na was!? Wenn Sie so was meinen: Ja, meine Eltern haben sich damals getrennt, aber das machen doch viele mit. Klar, war das eine blöde Zeit, aber was soll's. Natürlich gibt's da

Leute, die einen ganz schönen Schaden davon mitnehmen, aber bei mir war das nicht so schlimm. Hab's ganz gut überstanden."

„Hmhm", summte die Kollegin versonnen. „Da war bestimmt eine Menge los bei Ihnen, damals. Haben Sie vielleicht gar nicht so mitgekriegt, vielleicht waren Sie auch noch zu klein dafür. Oder haben vieles verdrängt, was jetzt unsichtbar ist, sie aber trotzdem bestimmt und behindert."

„Ach, Quatsch, ich weiß doch, was ich verdränge."

„Ach?", fragte die Kollegin trocken und belustigt und zog die Augenbrauen in die Höhe. „Das, was Sie wissen, meine ich aber nicht, sondern das, was Sie nicht so genau wissen. Die vielen Verletzungen von früher, die halt doch irgendwelche Spuren hinterlassen haben, von denen Sie gar nichts wissen. Also, was Sie nicht bewusst wissen. Aber es steckt noch irgendwo in Ihnen drin. Irgendwas in Ihnen drin weiß das alles noch sehr gut."

„Irgendwas in mir drin?"

„Ja. Irgendwo bleibt was hängen. Irgendwo tief und verborgen in Ihnen drin. Der Körper merkt sich sowas. Körpergedächtnis. Irgendeine Anspannung, eine Blockierung, eine Haltung, eine Angst, eine Entzündung, eine Verstopfung, eine Einstellung, was weiß ich. Und das wirkt dann lange Zeit, ohne dass man's so richtig merkt. Lässt Sie etwas so oder so machen, und Sie wissen gar nicht, warum Sie das immer so machen und nicht ander. Ihre Muster, ihr Verhalten, ihre Verhaltensmuster. Wirkt sozusagen aus dem Schatten heraus. Ja, so was meine ich. Ihre Schattenseiten, die dunklen Seiten, die man nicht sieht oder nicht sehen will, die nicht sein dürfen."

Die Kollegin steigerte sich regelrecht hinein und nahm eine monsterähnliche Haltung ein. „Quasi Schattenwesen in Ihnen drin. Ihre Monster, Ihre Dämonen, aus der Vergangenheit, die unbemerkt Ihr Leben bestimmen."

„Hoh, »Die Dämonen der Vergangenheit«", wiederholte Hellander übertrieben dramatisch, so als wäre es der Titel einer gruseligen Geschichte.

„Hm."

Was die Kollegin so sagte, klang in seinen Ohren wie schon tausendmal gehört – und doch nie richtig verstanden. Und eigentlich auch bekloppt. Menschen mit Dämonen drin, mit Verhaltensmustern oder so Störungen und so, das waren doch andere, das war doch nicht er!

Und doch ...

Vielleicht war ja eben doch was dran?

Nur ... was ...?

Nun ja, irgendwo, dachte er, musste das ja alles herkommen, dieses undefinierbare Pulverfass, diese rasend schlechte Laune, die ihm nun so grundsätzlich und allumfassend erschien. Seine komische Maske, die ihm vorhin aufgefallen war.

Und war da nicht noch so die eine oder andere Marotte? Und wo kamen die vielen Selbstzweifel her? Und – na ja – die ein oder andere Mutlosigkeit ...? Und – oha ... – sein manchmal durchdrehendes Geschlechtsteil ...?

Und wo kam das alles her, was da letztens in Monte Prada aus ihm rausgebrochen war? Diese Schreie, diese Tränen ...?

Eine ganze Weile herrschte Stille.

Dann schlug die Kollegin vor, sich das Ganze doch mal genauer anzusehen. In Hellander regte sich Widerstand: Wollte er sich „das Ganze" wirklich genauer ansehen? Und doch verströmte die Kollegin dabei eine so natürliche und selbstverständliche Atmosphäre, die den ganzen Schrecken darüber im Wind zerstreute. So, als mache das doch jeder jeden Tag.

Und sie packte das Ganze einfach an wie einen speziellen Spezialfall – ihre Abteilung.

So wollten sie einfach zu einem möglichen Tatort gehen.

Und so begaben sich mitten hinein in seine Kindheit.

Leider war es dort total vernebelt.

Es war kaum die eigene Hand vor Augen zu sehen. Nur schemenhaft waren seine Eltern zu erkennen, sein älterer Bruder und ein paar verschwommene Dämonen. Aber der Nebel war zu dicht. So konnten sie nicht arbeiten.

Sie verließen Hellanders Kindheit und kehrten zurück in sein Büro, um die Lage zu besprechen.

„Sehen Sie", sagte die Kollegin, „ich denke, da ist so einiges verdrängt."

„Vielleicht habe ich's ja einfach nur vergessen", wehrte er sich.

„Ich schlage vor, für die weiteren Ermittlungsarbeiten gehen wir direkt an die Schauplätze Ihrer Kindheit, vielleicht kommen Ihnen vor Ort Erinnerungen und wir finden die Heimat Ihrer Dämonen."

„Interessante Idee", sagte Hellander, wusste aber nicht genau, was er davon halten sollte. Sein Geschlechtsteil meldete sich, blieb aber in der Länge konstant. Zum Glück, dachte Hellander, denn alles andere hätte ihn vollends in Rage gebracht.

„Italien", sagte er gedankenverloren.

„Italien?"

„Ja, da war ich mal. Früher, als Kind."

„Also gut", sagte die Kollegin zögernd, „fangen wir in Italien an."

Sie packten ihre Sachen und fuhren mit dem Zug nach Italien.

Hellanders Laune besserte sich im Laufe der Fahrt ein wenig. Er musste an die letzte Zugfahrt denken, als sie sich mehr oder weniger auf der Flucht aus Monte Prada befanden. Diesmal waren sie eher die Verfolger – die Verfolger seiner Dämonen, richtige Geisterjäger!

„Übrigens", fiel ihm da ein, „apropos »Dämonen«, da fällt mir ein Gedicht ein, das mir meine Oma früher als Kind öfter erzählt hat. Ich weiß es noch heute auswendig."

„Ach, und wie geht das Gedicht?", fragte die Kollegin neugierig.

„So", sagte Hellander stolz und begann vorzutragen:

Der Dämon

Ein alter Schrank im alten Haus,
ein Dämon sprang aus ihm heraus!
Seit Jahren und Millionen
Musst' er darinnen wohnen.
Verbannt dort rein für lange Zeit,
verdarb es ihm die Heiterkeit.

So wurd' er langsam wirklich bös',
stieg nun heraus mit viel Getös'.
Das Ende der Verbannung war
nach langer Zeit nun endlich da!
Befreit von einem Vollidiot,
weiß der denn gar nicht, was nun droht?

So hässlich war der Dämon, mies,
und bleckte seine Zähne fies.
Das Fürchten lehren wollte er,
mit der Visage gar nicht schwer.
Der arme Mann, der ihn befreit,
der fragt sich, war das wohl gescheit?

Ein Geisterjäger zu der Zeit,
der gönnte sich 'ne Kleinigkeit.
Er saß gemütlich im Café
und nippte an sei'm Roibusch-Tee.
Entspannt war er, das ist wohl klar,
denn wusste nichts von der Gefahr.

Der Dämon, grässlich laut er schreit,
verbreitet Angst und Schrecklichkeit.
Die Leute, die erschraken sehr,
das ist hier echt 'ne Grusel-Mär.
Sie stoben weg nach hier und dort,
genauso war's, ich geb' mein Wort.

Und weiter ging der Dämon um
und machte viel Brimborium.
Nach ein'ger Zeit doch musste er,
der Harndrang quälte ihn so sehr.
Der Dämon ging auf's nächste Klo,
erleichtert war er dann und froh.

Die Leute riefen „Polizei!
Den Geisterjäger holt herbei!"
Der Geisterjäger kam dann her
im Panzer echt vom Militär.

Er schoss den Dämon nieder, dusch!
Als der sich grad' die Hände wusch.

Am nächsten Tag den ganzen Dreck,
die Klofrau musste's machen weg.
Dämonenblut klebt wirklich krass,
geht echt nur ab mit Schwamm ganz nass.
Der Geisterjäger, der war stolz,
Belohnung gab's, 'ne Menge Holz.

Am Ende war der Dämon weg,
so keiner mehr bekam'n Schreck.
Nach dieser irdischen Tortur
für alle war's Erlösung pur!
Doch warte nur, mein lieber Mann,
die Kinder des Dämons komm' noch dran.

„Respekt", sagte die Kollegin. „Ich kann keine Gedichte mehr von früher auswendig, da ist nicht viel hängen geblieben. Aber ... schon etwas eigenartig, Ihre Oma ..."

Dann dösten die beiden ein bisschen. Eine Weile später waren sie in Italien.

Am Bahnhof setzen sie sich erst einmal in ein Straßencafé und bestellten einen verlängerten Espresso und eine Pizza. Die Sonne schien fröhlich und es war ordentlich warm.

Die Kollegin fragte Hellander scheinbar beiläufig, ob ihm ihr neuer Hut gefalle, aber Hellander verkniff sich eine Antwort und tat so, als hätte er wahnsinnig viel mit seiner Pizza zu tun.

Seine Kollegin hatte einen neuen Hut auf dem Flohmarkt erstanden. Es war ein grauer Wildlederhut mit grüner Krempe, langen bunten Federn und einem Fuchsschwanz, der permanent vor ihrer Nase herumtanzte. Dass sie das nicht nervte, wunderte sich Hellander.

Seine Kollegin aber ließ nicht locker und fragte erneut. Hellander versuchte auszuweichen und antwortete nur, vermutlich müsste der Hut andersherum aufgesetzt werden, damit der Puschel hinten und nicht vor dem Gesicht herum wedeln würde.

Sein Geschlechtsteil prickelte, blieb aber konstant in der Länge. Knapp an der Lüge vorbei, dachte er. Glück gehabt.

Doch die Kollegin wollte sehr gerne mal wieder sein verlängertes Geschlechtsteil sehen und versuchte es erneut. Sie fragte ihn, nachdem sie den Hut umgedreht hatte, ob er ihm jetzt gefalle. Hellander biss sich auf die Lippen. Er wollte seine Kollegin ungern die Wahrheit sagen, vermutlich wäre sie wahnsinnig enttäuscht und sauer, denn der Hut schien ihr wirklich gut zu gefallen und sie schien sehr viel Wert auf ihr Äußeres bzw. ihr „Dressing" zu legen. Sein lügensensitives Geschlechtsteil ging ihm aber langsam auf die Nerven. Er dachte über eine Therapie nach, um das Problem irgendwie in den Griff zu bekommen. Aber wie findet man einen guten Therapeuten? Freunde fragen? Er hatte zwar munkeln hören, dass es dieser Tage durchaus en vogue war, eine Therapie zu machen, um seinen Mindstyle zu optimieren, aber trotzdem sprach man irgendwie nicht darüber.

Seine schlechte Laune kam ihm zur Hilfe. „Geht so", grummelte er. Was er recht gewagt fand, nachdem es ihm herausgerutscht war.

Letztlich war aber auch das eher halbseiden. Der Hut war hässlich. Sein Geschlechtsteil wuchs also doch ein Stück in die Länge. Langsam bohrte es sich seinen Weg aus dem Hosenschlitz und schob sich unter der Tischplatte entlang. Doch kurz bevor es auf der anderen Seite vor der Kollegin hervorgucken konnte, hielt das Wachstum an. Es war ja nur eine halbseidene Lüge.

So blieb es der Kollegin verborgen – sie bemerkte nur seine steife Haltung. Sie wunderte sich. Ob er die Wahrheit gesagt hatte? Leicht verschnupft verschränkte sie die Arme vor der Brust und schwieg die nächste Zeit. „Der Hut ist großartig", dachte sie kopfschüttelnd, „und dieser Banause erkennt das nicht".

Hellander war zwar erleichtert, dass sein Geschlechtsteil nicht aufgefallen war, und dass er es endlich mal geschafft hatte, ein Stück die Wahrheit zu sagen, war aber gleichzeitig darüber enttäuscht, dass er es nicht richtig geschafft hatte. „Mein Gott, das kann doch nicht so schwer sein", haderte er mit sich. Und überhaupt, die ganze Situation war bescheuert.

Er hatte immer noch schlechte Laune.

Nach einiger Zeit des Schweigens beschlossen sie, die Ermittlungen fortzuführen und nach den Erinnerungen und den Dämonen zu fahnden.

Direkt gegenüber vom Straßencafé begann die Via Monumentale, eine große Prachtstraße mit vielen Autos, vielen Motorrollern und Menschen, mit Springbrunnen, Palästen, Statuen, Straßenhändlern, Marktständen, Eisdielen, Cafés, Trattorias und Tauben.

Am Piazza della Fontana mit seiner riesigen Fonte della Grandezza bogen sie rechts ab in die Via Acciottolato, eine kleine Seitenstraße mit Kopfsteinpflaster und viel Schatten. Die grünen Fensterläden der oberen Stockwerke waren geschlossen, um die Wärme nicht hinein zu lassen. Ab und zu war eine Wäscheleine über die Straße gespannt und ein paar weiße Hemden baumelten lustig in der leichten Brise, die durch die schmale Gasse zog. Sie passierten die Villa Luca und die Villa Toni und gingen dann über die Ponte Botticelli, die über einen der vielen Kanäle der Stadt führte. Auf dem Kanal stakste gerade ein Boot entlang mit ein paar Touristen an Bord.

Nach der Via Cinquecento bogen sie ab in die Viale Fanciullezza, staunten über die prachtvolle Basilika Santa Mamma della Gina mit ihrer reich ausgestatteten Capella Elaia Piccola, zogen weiter durch die Via Passato und bogen dann ein in die Via Maledetta.

Die kleine Straße wurde immer enger und dabei spürte auch der Kommissar eine gewisse Enge in seinem Körper. „Alles in Ordnung?", fragte die Kollegin.

„Weiß nicht, " antwortete Hellander, „fühlt sich komisch an."

Ihm war sehr mulmig zu Mute.

Der Himmel über der Straße hatte sich verdunkelt und es brach Kälte herein. Ein eisiger Wind kam auf und ließ die beiden frösteln.

„Hier waren Sie früher schon einmal?"

„Weiß nicht …, vielleicht, glaub' schon, kann es nicht so genau sagen."

Sie gingen noch ein paar Schritte, in nur wenigen Metern war eine Kreuzung mit einer anderen Straße zu sehen. Eilig schritten sie darauf zu.

Dann sahen sie ihn.

Auf der Kreuzung stand der Dämon.

Ein bläulich schimmerndes, Ekel erregendes Monster mit riesigen, faulig triefenden Zähnen und langen Dornen auf dem Rücken.

„Hässlich war der Dämon, mies – und bleckte seine Zähne fies." Hellander musste an das Gedicht von seiner Oma denken und war erschüttert. Der Dämon sah genau so aus, wie er ihn sich immer vorgestellt hatte. „Hätte nicht gedacht, dass dieses Gedicht mal wahr werden würde", keuchte er fassungslos. „Eine Weissagung!"

Der Dämon brüllte und Hellander und seine Kollegin wichen ein paar Schritte zurück. Im Hintergrund war Geschrei zu hören, vermutlich liefen die Leute davon und rannten in wilder Panik durch die Straßen. Auch der Kommissar und seine Kollegin wollten fliehen, doch es ging nicht mehr. Sie waren starr vor Schreck.

Speichel troff aus dem stinkenden Maul des Dämons und langsam kam er auf sie zu.

Ihre Herzen rutschten einen Stock tiefer, dann blieben sie stehen.

Als der Dämon nur noch einen Meter entfernt war und Hellander seinen fauligen Atem riechen konnte, trafen sich ihre Blicke. „Das ist also einer von meinen Dämonen", dachte er schockiert. „Eine meiner Schattenseiten … Kein Wunder, dass ich die bisher immer verdrängt habe … Die Kollegin hatte also Recht …"

Hellander und der Dämon starrten sich an.

Doch je länger sie sich in die Augen schauten und Hellander dem Blick standhielt, desto mehr spürte der Dämon, dass er an Kraft verlor.

Da ergriff er die Flucht und rannte davon.

Hellander und die Kollegin holten endlich wieder tief Luft. „Hinterher", keuchte Hellander.

Die beiden nahmen die Verfolgung auf.

Der Dämon war in die Via Evasione abgebogen und die beiden Ermittler rannten hinterher. Sie jagten den Dämon durch die Straße, bogen ab in die Via Prossima, vorbei an der Iglesia Santa Maria Sacrale und der Iglesia Santa Ira, fegten über die Ponte Persecuzione, hinein in die Via Odio, über die Piazza Collera in die Via Ribrezzo. In der Via Mercato war an diesem Tage Markt und die Straße war voll mit Ständen und Menschen. Nach Hilfe schreiend stoben die Menschen auseinander als der Dämon durch die Straße polterte. Sie stolperten über Kisten und Fässer, fielen hinein in die Marktstände, die reihenweise zusammenbrachen. Sirenen heulten im Hintergrund, aber die Polizei kam durch das Chaos nicht hindurch.

Hellander und seine Kollegin waren dem Dämon immer noch dicht auf den Fersen. Vorne war er abgebogen in eine Straße, in der es ebenso voll war. Schweiß rann an ihnen herab und sie schnauften laut.

Nachdem sie das Getümmel des Marktes endlich hinter sich gelassen hatten, ging die Jagd weiter durch kleine Seitenstraßen, bis sie wieder eine große Straße überqueren mussten, den Corso Grido. Der Dämon sprang in großen Sätzen über die Autos hinweg, die Autofahrer erschraken und stiegen in die Bremsen. Quakende Hupen, Blech schepperte, wildes Geschimpfe und Gezeter. Hellander und seine Kollegin schlängelten sich durch die stehenden Autos, rollten über Motorhauben und rannten dem Dämon in die Via Repressione hinterher.

In der Via Furto Aggravato schnappte sich der Dämon ein herumstehendes Motorrad und die beiden Verfolger auch. Mit den knatternden Rädern ging die Jagd weiter durch die Via Bramosia, die Via Nostalgia, über die Piazza Demone, vorbei am Palazzo Isolamento, über steile Treppen, durch schmale Gassen, im Flug über umherstehende Autos und so weiter.

Vor der großen Basilika Santa Maria Conclusione in der Via Con Me trat der Dämon plötzlich in die Bremsen, kam ins Schleudern und rutschte am Boden einige Meter bis vor die

Treppen hinauf zur Kirche. Grauer Rauch stieg von den Schleifspuren auf. Mit wütendem Geschrei sprang er die Stufen hinauf und verschwand durch das große Portal im Innern der Kirche.

Hellander und seine Kollegin hielten an und hechteten ihrerseits die Stufen hoch. Als sie kurz vor dem Tor standen, bemerkten sie, dass die Nacht und mit ihr die Dunkelheit hereingebrochen war. Geistesgegenwärtig zückte die Kollegin ihre Mag-Lite aus der Handtasche und öffnete die große Holzpforte.

Im Inneren der Kirche war es finster. Nur vereinzelt schimmerte ein wenig Licht durch die hohen Fenster im Seitenschiff der Basilika.

Der helle Strahl der Mag-Lite durchschnitt die Dunkelheit wie ein Schwert. Die Batterien waren ganz neu.

Leise schlichen sie vorwärts zwischen den Bankreihen hindurch durch das Hauptschiff in Richtung Altar. Rücken an Rücken schritten Sie voran, sich immer wieder um die eigene Achse drehend, um alles im Blick zu haben, sofern das bei dieser Dunkelheit möglich war.

Die Basilika war enorm hoch, selbst mit ihrer hellen Stablampe konnten sie kaum die großen Spitzbögen ausmachen, die das Deckengewölbe trugen. Ein paar Fledermäuse flatterten aufgeregt umher.

Sie lauschten angestrengt, aber es war nichts vom Dämon zu hören. Nur ihr eigener Atem.

In den Seitenschiffen der Basilika waren kleine Kapellen eingelassen. Durch die schummrige Beleuchtung und das Schlaglicht der Taschenlampe wirkten die Skulpturen in den Kapellen fratzenhaft und Furcht erregend. Immer wieder zuckten die beiden zusammen, denn sie vermuteten für einen Augenblick den Dämon dort sitzen, bereit zum Sprung.

Im Querschiff der Basilika angekommen wandten sie sich der rechten Seite zu. Dort betraten sie dann die kleine Capella Storia di Famiglia. Ein modriger Geruch lag in der Luft. Hellander und seine Kollegin schauten sich an. Hier waren sie ganz nah dran, fühlten sie. Mit der Taschenlampe leuchtete die Kollegin die Fresken an den Seitenwänden der Capella an. Ein Bild hatte es ihr besonders angetan.

„Der heilige Franziskus entsagt der Welt", flüsterte Hellander.

„Hä?", fragte die Kollegin.

„Das ist das Thema von diesem Fresko", erklärte Hellander leise.

„Ach."

„Der Vater verlangt von seinem Sohn Franziskus das Geld, das dieser für den Aufbau eines Gotteshauses besorgt und weitergegeben hat. Das gab er ihm dann auch, »und warf ihm auch sein Kleid hin, und floh also nackt zum Herrn, und zog die Kutte an«, heißt es in der Legenda Aurea."

„Ach."

„Das Gemälde muss so etwa aus dem 15. Jahrhundert stammen. Die Darstellungsweise ist realistisch, so hat man im 13. Jahrhundert beispielsweise noch nicht gemalt. Hier sehen Sie, die Räumlichkeit wird besonders durch die landschaftliche Darstellung im Mittel- und Hintergrund und die perspektivische Verkürzung bei der Stadtmauer erzeugt."

„Spezialwissenschaften oder Kunstgeschichte?"

„Kunstgeschichte."

„Respekt."

„Grundkurs, erstes Semester."

„Hilft uns aber nicht weiter, oder?"

„Weiß nicht."

„Gibt uns dieses Motiv Hinweise auf Ihr Verhältnis zu Ihrem Vater? Hat er auch viel von Ihnen verlangt?"

„Weiß nicht so genau. Ja, schon. Er hatte halt so seine Vorstellungen. Aber ich konnte mich natürlich nie ganz lossagen."

„Hm, wobei, was heißt »vom Vater lossagen«, der Franziskus sagt sich ja nicht nur von seinem Vater los, der ihn offenbar gar nicht versteht, er trennt sich da ja auch von seinem vorherigen Leben, von dem, was er wollte, seinem Traum … seinem Selbst … und führt dann ein ganz anderes Leben, was er gar nicht so wollte, was gar nicht seins war …"

Die Kollegin kam in Fahrt: „»Zog die Kutte an« … er legt sich 'ne neue Haut zu. Einen Deckmantel, könnte man meinen … 'ne Fassade … Er versteckt sich. Und führt ein total eingeschränktes Leben … By the way, was hat denn die Mutter von dem Franziskus dazu gesagt?"

„Keine Ahnung. Kommt in dieser Geschichte nicht vor … Hatten Mütter im fünfzehnten Jahrhundert viel zu sagen? … Hat sich vielleicht nicht getraut …"

„Pst!", zischte die Kollegin plötzlich. Sie tippte Hellander an und zeigte zum Boden.

Sie hatte bemerkt, dass die Steinplatte unter ihren Füßen lose war.

Ihre Blicke begegneten sich und sie nickten einander verschwörerisch zu.

Beide knieten sich leise nieder. Ja, hier hatte jemand die Steinplatte gelöst, man konnte es von Nahem deutlich erkennen. Die Kollegin holte ihre Nagelfeile aus dreifach gehärtetem Stahl aus ihrer Handtasche und hebelte die Platte hoch.

Ein bestialischer Gestank nach Fäulnis und Gedärm trat ihnen entgegen. Unter der Platte tat sich ein Schacht auf mit einer schmalen Treppe, die hinunter in die Tiefe führte.

„Attacke", forderte die Kollegin. Zögernd, aber todesmutig stiegen sie die Stufen hinab.

Die schmale, glitschige Treppe führte hinab in die unterirdischen Gewölbe der alten Basilika. Spinnenweben bedeckten die Wände des schmalen Schachts, es roch feucht und vermodert. Hier war lange nicht mehr geputzt worden.

Nach einigen Metern verbreiterte sich der Schacht. Die Wände endeten – doch die schmale Treppe führte weiter hinunter in die Dunkelheit. Eine schmale, freie Treppe. Keine Wand, kein Geländer, nichts zum Festhalten.

Vorsichtig stiegen die beiden Ermittler haltlos Stufe um Stufe weiter hinab. Nach einigen Metern und einer gefühlten Ewigkeit erreichten sie den staubigen Boden. Die Kollegin leuchtete den Raum mit ihrer Lampe aus.

Sie erkannten es sofort.

Sie standen mitten im Zuhause des Dämons. Es sah exakt so aus, wie es bei einem Dämon zu Hause aussieht.

Hellander und seine Kollegin waren angewidert. Hellander umso mehr, denn er spürte, dass er in gewisser Hinsicht auch in seinem eigenen Zuhause war. Besser gesagt, in seinem eigenen Inneren … Das war ein unangenehmer Gedanke.

In diesem Moment fegte ein Luftzug durch den Raum und zwei Sekunden später folgte ein dumpfer Knall.

„Die Tür", rief Hellander aufgeregt. „Er war die ganze Zeit oben! Jetzt ist er rausgegangen, hinterher!"

Die beiden hechteten die schmale Treppe hinauf zurück in die Capella Storia di Famiglia und rannten weiter in Richtung der Tür.

Hellander stieß dabei mit dem Knie gegen eine der Bänke und jaulte laut auf. Sie mussten pausieren. Hellander rieb sich knurrend das Knie vor Schmerz.

Da hörten sie wispernde Stimmen und schlurfende Schritte.

Hellander und seine Kollegin hatten vergessen, die Steinplatte in der Kapelle wieder zu schließen.

Das war ein Fehler gewesen.

Sie waren herausgekommen: Die Kinder des Dämons.

Mindestens zwanzig faulige Dämonen waren aus der Tiefe emporgestiegen, schlurften langsam wie Zombies auf die Ermittler zu und kreisten sie ein.

Hellanders Herzschlag verlangsamte sich dramatisch. Die Kollegin jedoch reagierte prompt. Lächelnd zog sie ihr Oberteil aus, darunter kam ein hautenges, oliv-grünes Tank-Top zum Vorschein. Aus ihrer Handtasche holte sie etwas Öl und rieb damit ihre Haut ein, so dass sie im fahlen Licht glänzte, als wäre sie schweißnass. Ihr Hut vom Flohmarkt verschwand in der Handtasche und wurde durch ein schwarzes Stirnband ersetzt. Dann kramte sie ihre Kalaschnikow aus der Handtasche und stellte sich breitbeinig in die Mitte des Kreises, den Finger am Abzug. „Hasta la vista, Baby", sagte sie.

„Frau Kollegin", hauchte Hellander, „wollen Sie ein Massaker anrichten? Wir sind in einer Kirche …!"

„Ja, und?"

„Da macht man so was nicht …, da verhält man sich respektvoll und leise …"

„Woher wissen Sie das?"

„Von meiner Mutter, glaube ich."

„Aha." Die Kollegin hielt den Finger am Abzug gespannt. Das Lächeln auf ihren Lippen entgleiste und sie schaute ihren Kollegen ungläubig an.

Der sah sich ängstlich um.

Die Kinder des Dämons schlurften langsam und unaufhaltsam auf sie zu. Der Kreis wurde enger und enger.

Angespannt wagte Hellander einen genaueren Blick auf die Dämonen. Er hielt die Luft an, als er im Licht der Stablampe erkannte, dass diese Monster allesamt irgendwas von ihm selbst hatten.

Der eine grinste so seltsam schief, wie er selbst manchmal grinste.

Ein anderer lief so, wie er lief.

Beim nächsten versteifte sich das faulige Geschlechtsteil, brach durch die morsche Hose und ragte nun beinahe einen Meter lang in die Höhe.

Ein anderer zappelte so bekloppt herum, wie er letztens im Schloss von Monte Prada.

Der daneben bewegte sich total steif und verkrampft.

Bei einem weiter links verwandelte sich ständig das Gesicht. Mal sah es aus wie Hellanders Gesicht, mal wie das seines Vaters, dann wie das seiner Mutter. Und dann wieder eine entstellte Dämonenfratze.

Der nächste hatte die Augen weit aufgerissen wie im Schockzustand. Ihm stand pure Angst im Gesicht und er zitterte.

Ein anderer sah ganz jämmerlich aus und die Tränen liefen an ihm herab.

Der daneben schaute Hellander mit schmalen Augen durchdringend an und lächelte sadistisch.

Hellanders Blick blieb bei ihm hängen, angespannt und steif, unfähig, sich weiter zu bewegen. Ein Gefühl von Beklemmung lähmte ihn.

Unvermittelt machte dieser Dämon einen Satz nach vorne und rief laut „Buh!"

Durch den Schock dehnte sich Hellanders Brustkorb blitz-artig um ein Vielfaches, und das damit verbundene Einatmen erzeugte einen Sog, der sämtliche Dämonen mit sich riss. So, als hätten sie nur aus Schall und Rauch bestanden, waren die Dämonen allesamt verdampft und mit der dichten, modrigen Luft der Umgebung in Hellanders weit geöffneten Rachen verschwunden.

Die Kinder des Dämons waren weg.

Der Kommissar schluckte ungläubig, die Augen vor Ekel und Entsetzen geweitet.

Fassungslos drehte er sich steif zu seiner Kollegin. Abgesehen davon, dass diese eben beinahe erstickt war, starrte sie ihn konsterniert an und ließ ihre Maschinenpistole sinken.

„Okay", hauchte sie langsam und gedehnt. In ihrem Blick lag ebenfalls Entsetzen, gemischt mit Erstaunen, Erkenntnis, Besorgnis, Mitgefühl … und Enttäuschung.

Sie packte murrend ihre Maschinenpistole wieder ein.

Hellander versuchte vorsichtig, wieder normal zu atmen. Ein Atemzug nach dem anderen.

Was war das gerade gewesen? Hatte er diese ganzen Dämo-nen aufgesaugt? Die waren jetzt alle in ihm drin? Oder war es nur eine Fata Morgana gewesen?

Mulmig war ihm zu Mute. Sehr mulmig. Er zitterte. Und einen schlechten Geschmack hatte er im Mund. Er war wie benommen.

Plötzlich hörten sie draußen einen lauten Knall. Das holte die beiden Ermittler wieder zurück ins Hier und Jetzt. Sie schauten sich an und nickten sich zu. Dann pirschten sie leise zur Tür.

Als sie draußen waren, atmeten die beiden erst einmal tief durch. Hier draußen war die Luft frisch und klar.

Sie schauten sich um.

Wohin der Dämon gegangen sein konnte?

Es war schnell zu erahnen.

Unweit der Basilika stand ein kleines Toilettenhäuschen. Davor stand ein Panzer mit rauchendem Kanonenrohr. Die Kollegin nahm Hellander am Arm und die beiden liefen schnellen Schrittes zum Toilettenhaus. Und dort war klar zu erkennen, was geschehen war.

Der Dämon war beim Hände waschen niedergestreckt worden. Der ganze Raum war mit klebrigem Blut bespritzt.

Angeekelt verließen sie das Toilettenhäuschen. Aus den Seitenstraßen hörten sie die Jubelrufe der Bevölkerung. Offenbar wurde der Geisterjäger augelassen gefeiert.

In die Via Con Me kehrte Stille ein.

Hellander und seine Kollegin setzten sich auf die Stufen vor der Kirche und verschnauften.

Er versuchte, einigermaßen zur Tagesordnung überzugehen. „Hätte nicht gedacht, dass dieses Gedicht quasi Wahrheit wird", sinnierte Hellander. „Zwischenzeitlich hatte ich gedacht, dass ich der Geisterjäger bin. Dabei war es ein anderer …"

„Tja …"

„Aber jetzt ist der Dämon tot, und das ist doch gut so."

„Hm, also ich hätte ihn gerne lebend gehabt. Jetzt können wir ihn nicht mehr befragen! Wir wissen im Grunde genau so viel, wie vorher."

„Hm, stimmt."

„Aber vielleicht ist das auch gar nicht so wichtig. Wir haben ihn gesehen! Sie haben ihn gesehen. Und ihm in die Augen geschaut. Respekt." Die Kollegin schürzte die Lippen. „Sie sind nicht davongelaufen."

„Haha", witzelte Hellander, „ich wäre gerne. Aber ich konnte gar nicht. Meine Beine haben nicht mitgemacht."

„Schlau von ihren Beinen", murmelte die Kollegin. Nach einer Weile fügte sie hinzu: „Und wir haben die Kinder des Dämons gesehen … und … na ja … äh, die sind … jetzt … in Ihnen drin …"

Hellander wurde etwas übel.

„Haben Sie eigentlich noch schlechte Laune?", fragte die Kollegin nach einer Weile des Schweigens.

„Ja. Ganz schön. Das nervt voll. Und dieser eklige Geschmack im Mund … Ich könnte kotzen."

„Ich sehe schon, sie haben einen richtig dicken Hals. Oh, so gesehen, haben wir uns quasi den aktuellen Tatort noch gar nicht genau angesehen!" Die Kollegin betrachtete seinen Hals und schlug dann vor: „Wenn Sie ohnehin kotzen könnten, dann tun Sie das doch einfach mal. Tief durchatmen und den Finger in den Hals stecken, Sie wissen ja sicher, wie das geht."

Hellander zögerte. Aber er wusste ja um die Cleverness der Kollegin. Nach einigem Zögern riss er seinen Mund weit auf, atmete tief durch, steckte sich den Finger in den Hals und kitzelte am Gaumenzäpfchen. Schon musste er laut würgen.

Er bäumte sich auf, bog sich auf den Treppen, würgte und hustete. Die Kollegin feuerte ihn an.

Nach ein paar Versuchen würgte er mit einem lauten Grollen seinen halben Mageninhalt heraus.

Auf allen Vieren starrte er auf die Chose, die jetzt vor ihm auf den Treppenstufen lag.

Kotze.

Und? Hatte er was anderes erwartet?

Na ja, hätten jetzt nicht diese komischen Dämonen gleich mit herauskommen können?

Er schloss die Augen.

In diesem Moment spürte er eine erstaunlich große Erleichterung. Die Erleichterung breitete sich mit jedem Atemzug in seinem ganzen Körper weiter aus. Eine Zeit lang verweilte er auf seinen Knien und folgte den einzelnen Atemzügen von oben nach unten und wieder zurück.

Erschöpft und ernst setzte er sich dann zurück auf die Stufen neben die Kollegin, ein paar Tränen rollten seine Wangen hinab. Die Kollegin legte ihren Arm auf seine Schulter.

Er fühlte sich mit einem Mal wie befreit. Er konnte entspannt und ruhig atmen. Da war auf einmal so viel Platz. Im Bauch, im Hals, in seiner Brust, in seinem ganzen Körper. Es war ein gutes und wohltuendes Gefühl. Er hielt die Augen weiter geschlossen und genoss diesen Zustand. Ein Lächeln zeigte sich auf seinem Gesicht.

Dabei erschienen ihm vor seinem geistigen Auge noch einmal die Kinder des Dämons. Wie bescheuert die alle ausgesehen hatten. Er stellte sich vor, wie sie gerade fröhlich in ihm herumtanzten. Blieben die jetzt für immer in ihm drin? Oder … waren sie am Ende schon lange drin … und hatten sich nur mal kurz draußen gezeigt …? Waren einfach mal an die Oberfläche gekommen und hatten kurz „Hallo" gesagt?

Bei diesem Gedanken begann sein Zwerchfell zu vibrieren.

Das Vibrieren war nicht zu stoppen und es wuchs zu einem ausgelassenen Lachen heran.

Er genoss es und lachte weiter und weiter.

Seine Kollegin musste unwillkürlich mitlachen. Und es war ein schönes, befreites Lachen. Ein Lachen, das aus dem ganzen Körper kam. Ein Lachen, das locker war, offen – und heilsam.

Eine ganze Weile saßen beide lachend und kichernd auf der Treppe.

Irgendwann ließ das Lachen nach und Hellander seufzte laut und zufrieden.

Zusammen saßen sie noch eine ganze Zeit lang schweigend nebeneinander und genossen einen Zustand der inneren Ruhe.

Als es langsam zu kühl wurde, standen sie auf und schlenderten durch die nächtlichen Straßen.

Die schlechte Laune war weg.

Der Fall mit der schlechten Laune, dem Pulverfass und dem Dämon konnte nicht wirklich geklärt werden, aber das ist für den Verlauf des Weltgeschehens und für die Beziehung zwischen Kommissar Hellander und seiner Kollegin völlig irrelevant.

Der versperrte Blick

Kommissar Hellander saß an einem kleinen Tisch eines Straßencafés auf dem Rathausplatz und nippte an einem verlängerten Espresso. Der Kaffee war heiß. Hellander war auch heiß. Es waren bestimmt 25 Grad und er war unpassend angezogen mit seinem schwarzen Hemd und seiner karierten

Bundfaltenhose. Eine Schweißperle lief über seine Stirn. Das kitzelte. Er kräuselte die Stirn.

Das Straßencafé war gut gefüllt, fast alle Tische waren besetzt. Neben Hellanders Tisch stand ein etwas größerer, an den sich gerade schnaufend ein Mann setzte. Der verschränkte die Arme und wippte ungeduldig mit dem Fuß.

„Mann, Mann, Mann", hörte man ihn nach kurzer Zeit zischen. „Das dauert …"

Die Kellnerin kam vorbei und fragte ihn freundlich, was er wünsche.

„Ist das hier'n Wunschkonzert?", murmelte er eher zu sich selbst ohne aufzublicken. „'n Kännchen Kaffee", schob er schroff hinterher. Die Kellnerin hob die Augenbrauen und verließ seinen Tisch.

„'n Kännchen Kaffee", dachte Hellander, wie altmodisch.

Griesgrämig starrte der Mann ins Nichts. Oder war da was? Hellander folgte seinem Blick. Da stand ein Blumenkasten mit frisch gepflanzten Blumen, farbenfroh und üppig. Ein paar Bienen summten herum und bestäubten die Blüten. Aber das schien den Mann nicht zu interessieren.

Ein paar Kinder hüpften vorbei und quiekten vergnügt. Der Blick des Mannes heftete sich kurz an die Kinder. Sein Blick verfinsterte sich. Er verschwurbelte die Lippen und schüttelte verständnislos den Kopf. Dann starrte er wieder ins Nichts.

Auch Hellanders Blick folgte kurz den Kindern. Etwas wehmütig dachte er an früher, als er ein Kind und auch einfach so unbekümmert durch die Gegend gesprungen war. Wo war nur diese Unbekümmertheit geblieben?

Die Kellnerin kam, stellte wortlos das silberne Tablett mit dem Kännchen Kaffee auf den Tisch und ging.

„Wie unfreundlich", murmelte der Mann mit empörtem Blick zu Hellander. Dann beugte er sich vor und goss sich Kaffee in die Tasse.

Vor den Tischen des Cafés baute sich ein Mann auf, band sich ein Akkordeon um und begann zu spielen. Zwanghaft versuchte er, gute Laune zu verbreiten, doch kaum jemand hörte richtig zu. Nach den ersten Takten der Musik, verdrehte der Mann an Hellanders Nachbartisch die Augen und schnaufte genervt. „Auch das noch", zischte er zu Hellander gewandt. „Kann man hier nicht mal seine Ruhe haben?", fragte er.

Hellander wusste nicht, ob er sich jetzt wirklich angesprochen fühlen sollte.

„Na ist doch so, oder nicht?" Der Mann schaute Hellander an und wartete auf irgendwas.

Kann man hier nicht mal seine Ruhe haben, dachte Hellander, pustete kurz durch seine angespannten Lippen und zuckte mit den Schultern.

„Sag ich doch", bestätigte der Mann, lehnte sich wieder zurück und verschränkte erneut die Arme vor der Brust, ohne den Blick von Hellander abzuwenden.

Hellander zog den Kopf etwas ein, vermied weiteren Blickkontakt und nippte wieder an seinem verlängerten Espresso. Von diesem Mann wollte er sich jetzt kein Gespräch aufdrängen lassen.

Er schaute sich in der anderen Richtung um. Eigentlich ganz nett hier. Sommerstimmung. Draußen sitzen. Ein paar Vögel zwitscherten. Duft nach Blumen, Sonnencreme und Kaffee.

Trotzdem hatte Hellander das Gefühl, nicht ganz da zu sein, das alles nicht wirklich aufnehmen zu können. Er wusste, dass es schön war, aber er meinte, es nicht richtig fühlen zu können. Gedanken kreisten in seinem Kopf. Gedanken an die

Arbeit, an morgen, an gestern, an Dämonen und jetzt auch daran, wie er sich diesem Mann gegenüber verhalten sollte. Freundlich lächeln? Ignorieren? Aufstehen und gehen? Etwas unruhig rutschte er auf seinem Stuhl hin und her.

Er versuchte, sich auf seinen Kaffee zu konzentrieren. Doch als er mit seiner Konzentration beim Kaffee angelangt war, war die Tasse auch schon leer.

Blöd.

Als er ausgetrunken hatte, strich er sich über seinen Bauch und stieß einen langen, lauten, tiefen Seufzer aus. Wo der auf einmal herkam, wusste er nicht, aber es tat verdammt gut, einfach mal laut zu seufzen. In seinem Hals spürte er einen leichten Brechreiz, woraufhin er sich einen Finger in den Hals steckte und dreimal ordentlich würgte – ein heißer Tipp der Kollegin.

Daraufhin fühlte er sich etwas leichter und besser, lehnte sich in seinem Stuhl zurück und streckte die Beine aus.

Sein Tischnachbar schaute ihn völlig konsterniert an und schüttelte mit zusammen gekniffenen Lippen den Kopf. Ob er denn noch alle Tassen im Schrank hätte, fragte er den Kommissar. Hellander schaute hinüber und antwortete – überrascht über sich selbst – mit einer Gegenfrage: Ob er sonst keine Probleme hätte?

Der Mann am Nachbartisch behauptete, nein, er hätte keine sonstigen Probleme.

Hellander nahm das einfach mal ernst. Er musterte den Mann eine Zeit lang, während der ihn weiter mit unverhohlener Fassungslosigkeit anschaute. Hellander war der Ansicht, der Tischnachbar hatte sehr viele Probleme, die dieser nur nicht sah. Und, sinnierte er weiter, es gab noch viel mehr, was der Mann nicht sah. Irgendetwas oder irgendjemand musste dem armen Mann den Blick versperrt haben! Was mochte das sein? Wie konnte das passieren?

Das roch nach einem neuen Fall. Und das änderte die Perspektive, Hellanders Interesse war geweckt. Er wollte schnell seine Kollegin rufen und sich mit ihr des Falles annehmen.

Er verließ kurz seinen Tisch und rief sie an. Sie möge sofort herkommen und sich den Mann mal genauer anschauen. Dann setzte er sich wieder an seinen Tisch und tat so, als wäre nichts gewesen.

Nur wenige Minuten später kam die Kollegin von der anderen Seite des Platzes auf ihn zu. Mit einem Kopfnicken deutete er ihr an, um wen es sich handelte.

Die Kollegin nickte unauffällig und setzte sich zu dem Mann mit dem versperrten Blick. Sie zeigte ihm ihren Dienstausweis und sagte, sie sei vom Staatlichen Kriminalamt Nord und müsse ihm jetzt ein paar Fragen stellen.

„Was soll das? Hab' ich was verbrochen?", fragte der Mann verwirrt. Vor „Staatlichem Kriminalamt Nord" schien er jedoch reichlich Respekt zu haben.

„Routineuntersuchung", antwortete die Kollegin beiläufig. „Tragen Sie Kontaktlinsen?"

„Hä?", hauchte der Mann irritiert.

„Ich muss mir mal Ihre Augen anschauen", sagte die Kollegin und fixierte seine Augen. Der Mann schien überrumpelt und verunsichert.

„Machen Sie sie mal ganz weit auf, die Augen, ganz weit. Ja, gut, noch mal, so weit auf, wie Sie können."

Nachdem sie ihm eine Zeit lang in die Augen geschaut hatte, hob die Kollegin ihren Zeigefinger vor das Gesicht des Mannes.

„Folgen Sie bitte mal mit ihren Augen meinem Finger", forderte sie ihn auf.

„Ohne den Kopf zu bewegen", schob sie nach.

Sie bewegte ihren Finger vor seinem Gesicht und er bemühte sich, mit dem Blick ihrem Finger zu folgen. Das schien gar nicht so einfach zu sein und der Mann machte ein angestrengtes Gesicht. In seinem Ausdruck lagen Entrüstung und Protest, doch er folgte. Die Kollegin bewegte den Finger immer wieder so weit zur Seite, dass er mit den Augen bis in den äußersten Winkel gehen musste.

Langsam schien der Mann wütend zu werden.

„Tief durchatmen", empfahl die Kollegin und machte weiter. Der Mann schien mit sich zu kämpfen, was der Schwachsinn hier sollte, doch er folgte und atmete tief durch.

Das muss doch langsam in den Augen wehtun, dachte Hellander beinahe besorgt, während er die Sache unauffällig aus den Augenwinkeln beobachtete und dabei selbst das Gefühl hatte, Muskelkater in den Augen zu bekommen.

Nach gefühlten fünf Minuten klappte die Kollegin den Finger ein.

„Vielen Dank. Noch einmal tief durchatmen, das war's erstmal", sagte sie abschließend. Sie legte dem Mann kurz die Hand auf die Schulter und stand langsam auf. Dann ging sie zu Hellanders Tisch. In diesem Moment kam die Kellnerin vorbei und die Kollegin bestellte zweimal verlängerten Espresso.

Der Mann am Nachbartisch schaute verblüfft und wusste offenbar nicht, was er sagen sollte.

„Kniffliger Fall", flüsterte die Kollegin, „scheint echt versperrt zu sein, der Blick."

Aus den Augenwinkeln schielte Hellander noch einmal verstohlen zu dem Mann hinüber. Der starrte nun in die Gegend mit einer Mischung aus Verwunderung, Wut, Verunsicherung … und noch etwas, was Hellander nicht so recht zu deuten wusste. Seine Augen erschienen etwas gerötet.

Der Kaffee wurde gebracht und beide tranken schweigend.

Die Musik des Akkordeonspielers drang wieder an Hellanders Ohr. Der Mann gab sich echt Mühe, für Stimmung zu sorgen, aber trotz der sommerlichen Atmosphäre schien es ihm nicht zu gelingen. Die Leute nippten eher gelangweilt an ihren Getränken und schenkten dem Musiker keine sonderliche Aufmerksamkeit.

Nach dem Kaffee waren die beiden Ermittler ziemlich aufgedreht.

„Kommen Sie, wir tanzen", sagte die Kollegin plötzlich, stand auf und hielt ihrem Kollegen die Hand hin. Dieser war überrascht und wusste nicht, ob das jetzt so angebracht wäre. Auf der anderen Seite brachte er es nicht fertig, zu widersprechen, stand leicht ferngesteuert auf und ließ sich auf die freie Fläche zwischen den Tischen führen. Die Kollegin brachte die beiden in Tanzposition und begann zu tanzen. Hellander machte etwas ungelenk mit, das Ganze schien ihm nicht geheuer. Das ist doch jetzt peinlich, oder? So was macht doch hier sonst niemand … Und sich derart ins Rampenlicht zu stellen, wie kommt das denn rüber? Und außerdem hatten sie doch gerade mit einem Fall zu tun, oder?

Der Kollegin schien es egal zu sein. Vergnügt machte sie ohne großes Zutun von Hellander ein paar Drehungen. Die Kollegin hatte ein silbernes Paillettentop an, dessen Pailletten dabei lustig hin und her rasselten. Ihr Haar hatte sie mal wieder hoch geknüllt und fixiert mit ein paar Stäbchen vom Chinesen. Dazu trug sie einen selbst gebastelten Rock aus bunten Krepppapierstreifen, was bei ihren Drehungen ein farbenprächtiges Feld um sie herum entstehen ließ. Und es sah sehr luftig aus. Hellander beneidete sie. Er war viel zu warm und adrett angezogen. Warum konnte er nicht auch mal etwas unkonventioneller rumlaufen? Muss ja nicht gleich so extrem sein, wie die Kollegin … Das hatte er ja schon einmal ansatzweise ausprobiert, aber es hatte sich gar nicht gut angefühlt, erinnerte er sich. Verwirrend.

Der Akkordeonspieler hatte eigentlich gerade aufhören wollen, zu spielen, da ja eh keiner zuhörte. Nun aber, da Hellander und seine Kollegin tanzten, glaubte er wieder an seinen Erfolg. Schließlich schienen doch tatsächlich immer mehr Leute langsam aus ihrem Dornröschenschlaf zu erwachen und immerhin ein bisschen mit den Füßen zu wippen.

Hin und wieder konnte Hellander Blicke der anderen Gäste aufschnappen. Da war von vergnügtem Lächeln über belustigtes Gelächter bis hin zu stirngerunzeltem Kopfschütteln alles dabei.

Erstaunt nahm Hellander zur Kenntnis, dass ihn das eher anspornte. Das war zwar irgendwie verrückt, aber warum nicht auch mal was Verrücktes machen? Warum denn immer so zurückhaltend? Guckt ruhig, ihr Schnarchnasen …

Der Mann vom Nachbartisch wedelte mit der flachen Hand vor seinem Gesicht und fragte, ob Hellander noch alle Tassen im Schrank hätte. Seine Kollegin antwortete vergnügt mit nein, er hätte nur Gläser zu Hause in seinem Schrank. Deshalb müsste sie dort ihren Kaffee auch immer aus dem Glas trinken, fügte sie an und lachte ausgelassen über ihren Scherz.

Danach war die Luft etwas raus und so setzten sie sich wieder an ihren Tisch.

An einem anderen Tisch saß ein kleines Mädchen mit einem roten Kleid, vielleicht vier oder fünf Jahre alt. Sie war dabei, einen verlängerten Orangensaft zu trinken mit einem Strohhalm, durch den sie immer wieder in den Saft hineingeblubbert hatte. Die Eltern meckerten immer wieder herum, dass man das nicht mache, aber es half nichts. Ob sie denn noch ganz bei Trost wäre und von wem sie dieses Verhalten denn hätte, von ihnen bestimmt nicht, und solche Sachen hatten sie sie gefragt. Das kleine Mädchen wusste darauf keine Antwort. Sie hatte nur mit großen Augen den beiden Ermittlern beim Tanzen zugeschaut.

Nun, da die beiden aufgehört hatten, übernahm das Mädchen. Die Kleine sprang auf, hüpfte und tanzte um die Tische herum. So schnell konnten die Eltern gar nicht reagieren und schnappten mit weit aufgerissenen Augen nach Luft.

Dann nahmen sie die Verfolgung auf.

Sie rannten um die Tische, dem kleinen Mädchen hinterher, mit bösen Blicken und keifenden Stimmen. Sie solle sofort aufhören und schön artig sein, jetzt aber gleich herkommen, sich hinsetzen, sonst könne man nie wieder mit ihr in ein Café gehen. Und das Taschengeld würde auch gestrichen. Mit Stubenarrest wurde gedroht.

„Genau!", rief ein Familienvater von einem anderen Tisch, nicht weit entfernt, „Sie müssen Grenzen setzen!" In dem Moment sprangen seine beiden Kinder auf und hüpften kieksend dem Mädchen hinterher. Vater und Mutter hasteten fluchend ihren Kindern nach.

„Spaßbremsen!", lästerte die Kollegin.

Der Mann mit dem versperrten Blick schaute dem Treiben kopfschüttelnd zu.

Die Kleine mit dem roten Kleid hüpfte munter umher und ignorierte das Gekeife. Sie tanzte schließlich nur ein bisschen umher, währen ihre Eltern gerade ein Geschrei verursachten, was den meisten Gästen auf die Nerven ging, zumal die bei ihrer Verfolgungsjagd nicht gerade zimperlich waren. Als sie mal wieder in die Nähe von Hellander und seiner Kollegin kamen, rissen sie einen Tisch um. Der entkoffeinierte Milchkaffee ging scheppernd zu Boden, die Gäste am Tisch sprangen wutentbrannt auf und nahmen ihrerseits die

Verfolgung der Eltern auf. Was das denn solle, wer ihnen denn dieses Verhalten beigebracht hätte, was sie eigentlich für Rabeneltern seien, und sie sollten sofort herkommen und den entkoffeinierten Milchkaffee bezahlen.

Hellander und seine Kollegin beobachten beiläufig das Geschehen und unterhielten sich über den aktuellen Fall. Was wohl den Blick des Mannes so versperrt hätte, fragte Hellander. Seine Kollegin dachte laut darüber nach, wie man die Sperre wohl auflösen könnte.

Währenddessen freute sich die Menge der Gäste und der umherschlendernden Touristen über das tanzende Mädchen und die dreifache Verfolgungsjagd und klatschte Beifall. Davon regelrecht angestachelt spielte der Akkordeonspieler wie wahnsinnig weiter. Er glaubte nun mehr denn je an seinen Erfolg, jubelte ihm doch die ganze Menge zu wie noch nie. Er bog und wandte sich, schnitt irrsinnige Grimassen, jauchzte seinerseits und brach am Ende erschöpft zusammen.

Niemand nahm davon Notiz, alle schauten gebannt auf die Verfolgungen.

Das kleine Mädchen aber merkte, dass es nun keine Musik zum Tanzen mehr hatte. Enttäuscht setzte sie sich an ihren Tisch zurück und schlürfte weiter an seinem inzwischen verkürzten Orangensaft. Völlig außer Atem stießen die Eltern dazu und mussten erst einmal tief Luft holen, bevor die Schimpftiraden starten konnten. Aber dann wussten sie gar nicht mehr, was sie sagen sollten und blieben mit offenen Mündern vor ihrem Kind stehen. Die anderen Verfolger hatten inzwischen aufgeschlossen und standen ihrerseits mit offenen Mündern am Tisch und schnauften laut und erschöpft. Just in dem Moment, als der Vater dem Kind die Ohren langziehen wollte und der Verfolger dem Vater, erklang ein gellender Schrei über den ganzen Platz.

Eine Frau hatte den zusammengebrochenen Akkordeonspieler entdeckt und vor Schreck ganz laut geschrien. Alle Blicke wandten sich ihr zu. Die Frau rannte zum Akkordeonspieler, warf sich auf die Knie und begann Mund-zu-Mund-Beatmung.

„Ein Arzt! Ein Arzt!", rief sie verzweifelt.

Der Akkordeonspieler öffnete die Augen und blickte in die tränenweichen Augen der Frau, die ihn beatmet hatte. Er hatte die Szenerie von ganz oben beobachtet, wie die Frau sich über ihn gebeugt und sich um ihn gekümmert hatte. Er war fast im Licht gewesen, er hatte es sehen können. Es war zum Greifen nah gewesen. Aber die Frau hatte ihn zurückgeholt. Einen Moment lang war er sich nicht sicher, ob das gut war oder schlecht. Aber als er in ihre Augen blickte, war diese Frage nicht mehr wichtig. Er hatte sich unsterblich verliebt.

Die Frau strahlte vor Glück. Auch sie hatte sich unsterblich verliebt. Beide richteten sich auf und umarmten sich kräftig und innig.

Die Menge wandte sich langsam ab. Ach, das übliche Liebesgedöns halt, dachten sie.

Die beiden streichelten sich sanft. Es kribbelte und ihnen lief ein Schauer nach dem anderen über den Rücken und durch ihre Geschlechtsteile hindurch. Sie rieben ihre Unterleiber aneinander, immer stärker, immer heftiger. „Guck mal!", sagte das kleine Mädchen mit großen Augen. „Guck weg!", herrschten ihre Eltern es an. „Das ist nichts für Dich", behaupteten sie. Aber warum eigentlich nicht? Da waren Emotionen, knisternde Energie und Erotik, über den ganzen Platz spürbare Zuneigung und Liebe. Etwas, das es zu Hause lange nicht mehr gegeben hatte.

Die beiden Verliebten fuhren sich wild durch die Haare und ließen sich zu Boden gleiten. Da schaute die Menge wieder auf und frohlockte. Ob sie gleich Zeugen eines ganz und gar schamlosen Vorgangs werden würden? „Hättet ihr wohl gerne", dachten sich die beiden, standen auf, gingen Hand in Hand ins Rathaus am Platz und heirateten auf der Stelle.

Die Menge wandte sich ab. Ach, das übliche Liebesgedöns halt, dachten sie enttäuscht.

Bei dem Trubel hatten die Eltern des Mädchens mit dem roten Kleid ganz vergessen, worum es eigentlich gegangen war. Sie wunderten sich, dass sie völlig außer Atem am Tisch standen und ihr Kind vor ihnen saß und ganz unschuldig dreinblickend in seinen Orangensaft hineinblubberte. Etwas verwirrt zahlten die Eltern ihre Getränke, packten ihr Kind an der Hand und gingen. Bei den Verfolgern der Eltern war ebenfalls die Luft raus. Sich am Kopf kratzend machten sie sich von dannen. Aus Protest zahlten sie hingegen ihren entkoffeinierten Milchkaffee nicht. „Haben wir ja auch nicht getrunken", rechtfertigten sie sich.

Inzwischen war ein Mann zum Platz gekommen, der ein Klavier auf Rändern vor sich herschob. Er postierte das Klavier neben den Tischen des Straßencafés, setzte sich auf einen Klappstuhl und schlug lateinamerikanische Rhythmen an. Das kam allgemein ganz gut an. Nicht zuletzt, da es die meisten sehr originell fanden, dass da jemand sein Klavier durch die Gegend schiebt. Gitarren, Bongos oder Akkordeon, das kannte man. Aber Klavier?

Währenddessen hastete die Kellnerin durch die Gegend, um vor dem Schichtwechsel noch ihre letzten Kunden zu bedienen. Als sie ein Tablett mit diversen Tassen jonglierend in die Nähe der beiden Ermittler kam, rutschte sie auf dem zu Boden gegangenen entkoffeinierten Milchkaffee aus und kam ins Straucheln. Als sie rasant nach vorne stolpernd versuchte, ihr Tablett fest zu halten, blieb sie mit dem Fuß am Bein von Hellanders Stuhl hängen, wodurch sie diesen unter Hellander wegriss. Hellander stürzte daraufhin ächzend zu Boden, rollte einmal über die Seite und blieb auf dem Rücken neben dem Stuhl der Kollegin liegen.

Die Kellnerin verhedderte sich in den Beinen des Stuhls und das Tablett glitt ihr aus der Hand. Panisch hechtete sie hinterher und stolperte dabei über ihre eigenen Beine, während das Tablett krachend zu Boden ging. Sie schlug unsanft auf dem Tisch des Mannes mit dem versperrten Blick auf und rollte durch ihren Schwung einmal herum, fegte das Kännchen Kaffee vom Tisch, schlang Halt suchend die Arme um den Hals des Mannes und verdrehte ihm dabei richtig den Kopf.

Am Ende landete sie mit einem Ruck auf seinem Schoß.

Verblüfft schauten sie sich an.

Die Kollegin sprang auf und beugte sich zu Hellander herunter. „Alles in Ordnung?"

Hellander war durch den Sturz kurz der Atem weggeblieben. Er horchte kurz in sich hinein und ächzte: „Äh ja, glaube schon."

Etwas verwundert nahm er den veränderten Blickwinkel wahr.

Er schaute zur Kollegin auf.

Ja, so war es wirklich.

Er schaute zu ihr auf …

Aber sie, sie schaute nicht auf ihn herab – was er im ersten Moment durchaus erwartet hatte.

Sie schaute ihn einfach an. Seine Augen. Ihn.

Er hatte das Gefühl, als hätten sie sich noch nie in die Augen gesehen – und schon gar nicht auf diese Weise.

Ihr Blick war fest, aber nicht eindringlich, wie er es öfter empfunden hatte. Ein bisschen besorgt, vielleicht.

Aber vor allem irgendwie auch …

Hm …

In ihrem Blick lag so … viel …

Er hätte das Wort kaum aussprechen können, und selbst es zu denken fiel ihm gerade schwer …

Liebe.

Oder so was.

Es war kaum auszuhalten.

Liebe …

Nicht dieses romantische, erotische Dings, es war irgendwie so eine andere Art, … so umfassend … so grundsätzlich … so erfüllend …

Unerträglich…

Liebe, das war doch was für andere! Das waren doch immer die anderen, die so was hatten, die so was bekamen… Was hatte er damit zu tun?

Er wurde wütend.

So eine Art von … Liebe? Was sollte das denn jetzt? Was sollte dieser Blick? So was hatte er doch gar nicht verdient … Das war ja beinahe aufdringlich … Seinetwegen Begierde, verliebt sein, Sex und so. Aber so eine komische Art … Liebe …

Beklopptes Wort.

Was ist das hier? Was geht in der Frau vor? Geht da was vor oder hatte er nur einen Knick in der Optik? Oder einen versperrten Blick?

Die Kollegin legte sanft ihre Hand auf Hellanders Brust und schaute nun wirklich besorgt. War da eine Träne am Rand von Hellanders Augen?

Er spürte die Wärme ihrer Hand, die sich langsam in seiner Brust ausbreitete. Diese Wärme … sie war so ungewohnt, beinahe unglaublich. So gut … Unfassbar …

Und so als würde die Hand auf seiner Brust seinen Atem anziehen, holte er tief Luft in ihre Richtung und hob sie damit etwas an.

Als er dann das nächste Mal Luft in den Brustkorb holte, drückte sie etwas dagegen. Dann ließ ihr Druck abrupt nach. Dabei schien sich die Wärme noch ein Stück weiter auszubreiten und tiefer zu dringen.

Als er erneut Luft holen wollte, drückte sie fester gegen seinen Brustkorb. Er wusste nicht, was das sollte, aber er ließ nicht locker und versuchte, gegen ihren Widerstand tief Luft zu holen, während ihr Widerstand langsam nachließ. Beim folgenden Atemzug das gleiche Spiel. Auch bei den nächsten zwei Atemzügen. Wie ein kleiner Wettkampf: Atem gegen Druck.

Auch beim kommenden Atemzug hielt sie kräftig dagegen und er versuchte, stark einzuatmen, und presste seinen vorderen Brustkorb mit aller Kraft gegen ihre Hand.

Als sie diesmal abrupt ihre Hand wegnahm, war Hellander verblüfft. Luftmassen schossen plötzlich in seine Brust. Sein Brustkorb hatte sich beeindruckend geweitet und scheinbar doppelt so viel Volumen wie vorher.

Da war auf einmal so viel Platz. Er konnte damit viel mehr Luft holen als je zuvor.

Seine Augen weiteten sich.

Das war überraschend. Beinahe schockierend. Ungewohnt. Befremdlich.

Doch so befreiend.

So erfrischend.

Wieder holte er tief Luft und genoss verwundert das Gefühl der Weite.

So entspannend.

So friedvoll.

So endlos.

So zeitlos.

Wieder holte er Luft.

So lustvoll.

So lebendig.

Er spürte seinen Körper auf dem Boden, den Boden auf der vollen Breite seines Rückens, der mit jedem Atemzug breiter zu werden schien. Das fühlte sich gut an.

Und ... lustig, hier so am Boden zu liegen.

Und diese lustige Frisur der Kollegin, einfach so hoch geknüllt und Stäbchen vom Chinesen reingesteckt. Total beknackt und total lässig.

„Alles in Ordnung?", fragte die Kollegin erneut und lächelte.

„Ja", sagte Hellander bestimmt und war überrascht über die ungewöhnliche Tiefe in seiner Stimme.

Dann nahm er ihre Hand, die bis eben auf seiner Brust geruht hatte, richtete sich auf und sagte: „Kommen Sie, wir tanzen."

Der Mann am Nachbartisch sah die Kellnerin, die auf seinem Schoß saß und ihm gerade den Kopf verdreht hatte, mit großen Augen an. Mit verdrehtem Kopf sieht man vieles anders. Die Frau schaute ihn ebenfalls an, etwas verschämt und verunsichert.

Er lächelte.

Sein Gesicht war entspannt und Neugier und Freude lagen in seinem Blick.

Er nahm einen tiefen Atemzug und sagte: „Kommen Sie, wir tanzen!"

Die Kellnerin zögerte kurz. Aber da dieser Mann mit einem Mal so anders wirkte, ließ sie sich testweise darauf ein. Behutsam half er ihr auf die Beine, führte sie galant auf die freie Fläche zwischen den Tischen. Die beiden schlossen die Augen, lauschten einen Moment lang der Klaviermusik und begannen zu tanzen.

Daneben glitten Hellander und seine Kollegin über die Tanzfläche. Dieses Mal führte Hellander. Die Bewegungen flossen aus ihm heraus. Er machte sich keinen Kopf darüber, ob die Schritte jetzt korrekt waren oder nicht. Es war egal. Wird schon.

Und er genoss es, seine Kollegin im Arm zu halten, spürte ihre Wärme mit der Hand auf ihrem Rücken, ihre Hand in seiner, jeden einzelnen Finger, manchmal ihre warme, weiche Brust an seiner, manchmal seinen Fuß auf ihrem, dann mussten sie beide lachen.

Und Takt für Takt füllte sich die Tanzfläche zwischen den Tischen, mehr und mehr Gäste und umherstehende Touristen ließen sich ermuntern, ebenfalls das Tanzbein zu schwingen.

Der Klavierspieler spielte und spielte, bis ihm nach längerer Zeit die Finger schmerzten. Dann beendete er sein Spiel, stand auf und verbeugte sich. Es gab eine Menge Applaus. Und die eine oder andere Spende. Das war ein lukrativer Tag für ihn.

Hellander und seine Kollegin setzten sich verschwitzt und glücklich an ihren Tisch. Sie tranken zusammen noch ein kühles Wasser, lehnten sich in ihren Stühlen zurück und genossen schweigend das Treiben auf dem Platz.

Der Mann, der den versperrten Blick gehabt, und die Frau, die ihm den Kopf verdreht hatte, waren nicht mehr zu sehen.

Als die beiden Ermittler ausgetrunken hatten, stand die Kollegin auf und sagte, sie müsse jetzt zurück ins Amt, sie hätte noch etwas zu tun. Hellander hingegen beschloss, für heute Feierabend zu machen. Genug ermittelt.

Er stand ebenfalls auf und die beiden standen sich dicht gegenüber. Am liebsten hätte er seine Kollegin einfach in den Arm genommen, aber er wagte es nicht. Er berührte nur sanft ihren Arm und sagte: „Das war schön … mit Ihnen zu tanzen!"

„Ja", erwiderte die Kollegin, „das fand ich auch."

Sie lächelte ihn an und er schaute etwas versonnen zu Boden.

Dann ging sie.

Er schaute ihr noch etwas hinterher, dann schlenderte er über den Platz, setzte sich an einen Brunnen und sog das Rauschen des Wassers in sich auf, bis es dunkel und langsam zu kühl wurde. Dann machte auch er sich auf den Heimweg.

Der Fall mit dem versperrten Blick konnte nicht geklärt werden, aber das ist für den Verlauf des Weltgeschehens und für die Beziehung zwischen Kommissar Hellander und seiner Kollegin völlig irrelevant.

Harmonieleere

Kommissar Hellander saß gemütlich in seinem Sessel im Wohnzimmer und nippte an einem Glas Rotwein. Es war Freitag, früher Abend, und er freute sich auf einen geruhsamen Feierabend zu Hause. Keine Action. Er wollte einfach ausruhen, dasitzen, ein oder zwei Glas Rotwein trinken, etwas entspannte Musik hören, aus dem Fenster starren und nichts tun müssen.

Da klingelte das Telefon.

Er überlegte eine Zeit lang, ob er überhaupt rangehen sollte. Aber wenn es Herr Müller war mit einem wichtigen Fall? Er schleppte sich zum Telefon und hob ab.

„Kommissar!", flötete die Kollegin. „Schön, dass Sie da sind!"

„Äh, ja", wusste Hellander nur zu entgegnen. Er war überrascht, dass seine Kollegin ihn anrief, nach Feierabend. Der Stimme nach ging es nicht um einen Fall.

„Was verschafft mir die Ehre?", fragte er einerseits neugierig, andererseits etwas skeptisch.

„Kommissar, haben Sie heute Abend schon was vor?"

„Äh, na ja, nicht direkt …", antwortete er etwas unschlüssig, doch das war streng genommen eine Lüge. Sein Geschlechtsteil versteifte sich und bohrte sich durch seinen Hosenschlitz. Er verkrampfte sich und biss sich auf die Zähne. Zum Glück konnte ihn hier keiner sehen …

„Prima! Wie wär's? Eine gute Freundin von mir ist in der Stadt, die macht so Sachen im Musikmilieu. Die hat noch zwei Freikarten übrig für heute Abend, für die »Rocking Radio Party« im »Fan Club«. Die machen da halt so Disco und Live-Musik. Da spielen nachher »Die Jungs«, kennen Sie die?"

„Äh, nö?"

„Das sind die mit dem Song, äh, Dings, der läuft doch gerade dauernd im Radio." Sie pfiff die Melodie.

„Ach", sagte Hellander. Der Song kam ihm bekannt vor. Im lokalen Radiosender lief er derzeit öfter. Müssen zumindest hier in der Stadt bekannt sein. Aber das war eigentlich nicht so seine Musik-Abteilung. Ein Pop-Song, eingängig, harmonisch, melodisch, tut keinem weh. Ein bisschen langweilig, eher unspektakulär, fand er. Und vermutlich eher interessant für die jüngere Klientel.

„Das ist eher was für Jüngere, oder?"

„Ach, egal", antwortete die Kollegin, „wird bestimmt ein Spaß. Bissel tanzen, bissel Konzert … Wie gesagt, eine Freikarte ist noch übrig. Meine Freundin ist vermutlich eh die ganze Zeit beschäftigt, so Musik-Business halt, die Leute kennen doch da jeden. Und alleine wird das nur halb so spaßig. Ich dachte daher an Sie. Haben Sie Lust, mitzukommen?"

„Äh", stammelte Hellander, „na ja, eigentlich keine schlechte Idee …"

Sein Geschlechtsteil wuchs ein Stück in die Länge. Er war sich nicht ganz einig. Einerseits hatte er sich so sehr auf seinen geruhsamen Feierabend gefreut, den er sehr gut gebrauchen konnte. Er fühlte sich nach der Arbeitswoche ausgelaugt und ruhebedürftig. Andererseits fühlte er sich geschmeichelt, dass seine Kollegin ihn anrief, um mit ihm etwas zu unternehmen. Das hätte er ja so nicht erwartet. Zwar gingen sie oft zusammen tagsüber einen Kaffee trinken, aber abends ausgehen, das war eine andere Abteilung. Da konnte man ja fast nicht nein sagen …

„Also, Lust auf die Aktion?", fragte die Kollegin noch einmal zur Sicherheit.

Nun ja, dachte Hellander, Treffen mit der Kollegin war schon interessant, aber musste es ausgerechnet solch ein Event sein? So Disco und so? Hatte er schon längere Zeit nicht mehr. Und mit der Kollegin? Wie würde das wohl sein? Hm. Aber nein sagen? Sie wäre bestimmt schwer enttäuscht, sie schien sich richtig darauf zu freuen. Sie wäre sicher verstimmt oder gar sauer …

„Och, ja", antwortete er und wunderte sich ein bisschen, wie das so aus ihm herausrutschte, während sein Geschlechtsteil noch ein paar Millimeter weiter wuchs. Es schien sich auch nicht ganz einig zu sein, sein Geschlechtsteil.

„Schön!", freute sich die Kollegin. „Also, dann treffen wir uns so um acht vor dem »Fan Club«, da kommt meine Freundin dann auch hin. Da kriegen wir dann die Karten von ihr. Also bis nachher!"

„Bis nachher", bestätigte Hellander etwas geschwächt, dann legten sie auf.

Ach, herrje, dachte er. Muss das jetzt eigentlich sein? Nun ja, jetzt habe ich zugesagt. Etwas grummelig wartete er, dass sich sein Geschlechtsteil wieder beruhigte. Mann, dachte er, dieses Geschlechtsteil, das macht mich noch fertig. Was soll das eigentlich immer? Geht das bald mal vorbei? Bin ich echt zu blöd, das in den Griff zu bekommen? Warum kommt das immer wieder? Weil … weil ich nicht so recht die Wahrheit sage? Ist das so schwer? Aber, was ist eigentlich die Wahrheit? Zu sagen, was gerade ist? Meine Herren. Warum das alles?

Er seufzte.

Uneins mit sich selbst schlurfte er ins Schlafzimmer und überlegte, was er jetzt anziehen sollte. Er entschied sich nach kurzem Überlegen für Jeans und ein lockeres, kurzärmeliges Hemd. Das geht immer. Dann schleppte er sich ins Bad und besah sich im Spiegel. Drei-Tage-Bart. Rasieren? Um bei der jüngeren Klientel nicht so aufzufallen? Ach, nein, Drei-Tage-Bart sieht besser aus.

Als er kurz vor acht beim »Fan Club« angelangt war, schaute er sich nach der Kollegin um. Der Platz vor dem Eingang war gut gefüllt mit Menschen. Erstaunlich gemischtes Publikum, dachte er. Jugendliche, aber auch ein paar Leute, die so sein Alter sein konnten. Weiß man bei Leuten seines Alters ja heute nicht mehr so genau. Er fühlte sich etwas erleichtert, dass er vielleicht doch nicht so auffallen würde wie befürchtet.

Dann entdeckte er die Kollegin und steuerte auf sie zu. Sie hatte die Haare knallrot gefärbt und mal wieder konfus hochgesteckt. Dazu trug sie eine schwarze Lederhose mit Schlag und Fransen, ein viel zu großes Batik-Hemd und ihre rote Schärpe. Er wusste nicht ganz genau, wie er das finden sollte. Es war nicht völlig beknackt, aber ein bisschen schon. Hoffentlich fragt sie nicht danach, dachte er.

Sie unterhielt sich mit einer Frau, das musste wohl ihre Freundin sein. Die sah irgendwie ähnlich aus. So eine Art Kollegin der Kollegin, dachte er und schmunzelte.

Er ging zu den beiden herüber und begrüßte sie mit einem schlichten „Hallo". Er hatte kurz über einen originellen Spruch nachgedacht, aber ihm war keiner eingefallen. Er bewegte sich gefühltermaßen auf unsicherem Terrain. Schon früher fand er es immer etwas komisch, in Discos und Clubs zu gehen, sich mit Freunden und deren Freunden zu treffen. Rumstehen, sich mit originellen Sprüchen übertreffen, Bier trinken, weil man das halt so macht, bei ohrenbetäubender Musik anderen Leuten unverständliches und sinnloses Zeug in die Ohren brüllen, ab und zu mal tanzen, sehnsüchtig schmachtend geschmeidige Frauen beobachten, die einen offenbar überhaupt nicht wahrnahmen, frustriert nach Hause torkeln, weil man wieder keine Frau abgeschleppt hat, was alle anderen doch so bravourös und mühelos hinbekommen.

Und jetzt, nach längerer Zeit der Abstinenz, befürchtete er, dass er auch noch dabei aus der Übung gekommen sein könnte. Und dann die Kollegin, die ihn anlächelte und ihm zuzwinkerte. Wer hätte das gedacht, ein Abend mit der Kollegin. Wie das wohl kommt, ihr bei lauter Musik sinnlose Sachen ins Ohr zu brüllen?

Die Kollegin stellte ihn kurz ihrer Freundin vor. Die grüßte ihn fröhlich, dann wandte sie sich wieder der Kollegin zu und redete weiter. Sie schien ein paar Anekdoten aus dem Musik-Milieu zum Besten zu geben. Hellander wusste nicht recht, wie er sie finden sollte, aber er war durchaus beeindruckt von dem, was sie so alles erzählte, wo sie überall gewesen war und wen sie so alles getroffen hatte. Doch die Kollegin unterbrach sie nach einiger Zeit. „Mensch, Katrin, du plapperst. Du erzählst immer von tausend anderen Leuten, die ich nicht kenne, erzähl doch mal was von dir, wie's dir geht!"

Hellander war einmal mehr verblüfft von der direkten Art der Kollegin. Die Freundin einfach so abzuwürgen, krass. Aber die nahm es gelassen. „Ach, mir geht's gut!" Und nach einer kurzen Pause fügte sie hinzu: „Na gut, ihr beiden, ich muss dann mal rein, hier, die beiden Freikarten, wir sehen uns dann drinnen, bis denne!"

Die Kollegin schmunzelte, als die Freundin gegangen war und sie den verwirrten Blick ihres Kollegen sah. „Ach, ich mag sie wirklich gerne. Aber wenn sie im Anekdoten-Fieber ist, dann nervt sie ein bisschen."

Hellander hob die Augenbrauen.

„Na, dann?", hob die Kollegin an und deutete zum Eingang.

Nach dem Kartenabreißen und dem Sicherheitscheck kamen sie in eine grell beleuchtete Vorhalle. Aus der Haupthalle dröhnten schon die Bässe der Musik herüber. Hellander fummelte in seiner Hosentasche herum, ob er ein paar Taschentücher dabei hatte, um sich ein paar Knöllchen davon in die Ohren zu stecken. Zum Glück hatte er welche dabei. Die waren zwar steinhart, weil er sie offenbar mal wieder mitgewaschen hatte, aber es würde schon gehen.

Die beiden schlenderten dann den Leuten hinterher in die düstere Haupthalle. Die Halle war sehr lang gestreckt und schmal, ganz hinten war die Bühne zu erkennen, auf der

Roadies gerade noch dabei waren, die letzten Instrumente aufzustellen und Scheinwerfer und Geräte zu justieren für den großen Auftritt von den „Jungs" nachher.

Am vorderen Rand der Bühne stand ein DJ an seinem Pult, der die dröhnende Musik auflegte. Er hatte gerade eine basslastige, monoton-technoide Phase.

Vor der Bühne wurde getanzt. Hier, im vorderen Bereich, standen die Leute herum an einigen Stehtischen und nippten an ihren Bierbechern.

„Bierchen?", fragte die Kollegin und deutete zur Theke, die direkt neben dem Eingang startete und sich ziemlich lang an der Schmal- und Längsseite der Halle entlang zog.

Sie arbeiteten sich zur Theke vor und trafen dort tatsächlich die Freundin der Kollegin, die sich gerade mit einem etwas älteren Mann unterhielt. Der stand lässig an die Theke gelehnt und schien eifrig aus dem Nähkästchen zu plaudern.

Die Freundin winkte die beiden zu sich und stellte den Mann vor. „Übrigens, das ist der Manager von den »Jungs«!"

Ein paar Begrüßungsfloskeln folgten. Die Freundin erzählte, dass die beiden bei der Polizei seien und scherzte, dass der Manager sich ja benehmen solle, während sie mal woanders hinmüsste. Der Manager johlte. „Na", hob er zu den beiden Ermittlern gewandt an, „wenn die Polizei hier ist, kann ja nichts schief gehen!" Er reichte ihnen zwei Bier herüber und prostete ihnen zu.

„Klar, alles im Griff", scherzte Hellander, dem nichts Besseres einfiel, aber irgendwas musste man ja sagen. Die Kollegin grinste nur.

„Na", fragte der Manager, „was macht ihr denn so bei der Polizei? Mord? Drogen? Sitte? Oder macht ihr Verkehr?" Er lachte sich fast kaputt über diese Doppeldeutigkeit.

Hellander lachte verkniffen mit.

„Abteilung Spezialfälle", antwortete er dann wahrheitsgemäß.

„Ach", prostete der Manager scheinbar wissend, „alles klar, na, dann kann ja echt nix schief gehen."

Nach ein paar Schlucken Bier fing er an zu erzählen.

„Das wird ein starker Abend heute, sag ich euch, ihr werdet Spaß haben." Dabei legte er den Arm um die Kollegin.

Was der sich erlaubt, dachte Hellander gereizt. Ob ihr das gefällt?

Die Kollegin wiederum legte ihm die Hand auf die Schulter, legte den Kopf schief und sagte lächelnd „Bestimmt!" Dann drehte sie sich tänzelnd einmal um die eigene Achse und elegant hatte sie sich aus der Umarmung des Managers befreit.

„Sag ich euch!", fuhr der ungerührt fort. „Meine Jungs sind echt gut drauf, heute. Na ja, eigentlich sind sie ja immer gut drauf, dafür sorge ich ja. Die halten zusammen, meine Jungs, super harmonisch. Gehen zusammen durch dick und dünn. Aber das ist ja eh kein Problem, das machen wir schon, dafür sorge ich ja. Bin ja der Manager. Ein guter Manager muss sich um seine Jungs sorgen, ist doch klar, oder?" Er schaute Hellander mit einem Ausdruck von Erwartung und Selbstverständlichkeit an. Hellander schaute zurück und wackelte mit dem Kopf, was bedeuten sollte, dass es da keinen Zweifel geben könnte. Er schielte zur Kollegin hinüber. Die wandte sich gerade dezent kopfschüttelnd ab. Vermutlich hatte sie gerade ihr Gehör abgeschaltet.

„Na, sag ich ja", fuhr der Manager fort. „Für sie sorgen. Den Rücken freihalten. Die sollen ihre Musik machen, ihren Job. Und sich nicht ablenken lassen durch irgendwelchen anderen Quatsch. Ich sag dir, musste ich denen aber auch erst mal beibringen. Flausen im Kopf, ich sage dir. Aber im Profi-Geschäft musste dich konzentrieren. Hab' denen beibringen müssen, wie's im Business läuft. Klar, Mann, sind ja noch jung. Die werden noch richtig groß, richtig groß! Das kriegen wir hin, sind ja schon was geworden, aber das ist erst der Anfang."

Hellander schaute sich um. Eigentlich ein bisschen zu düsterer und heruntergekommener Laden für eine Band, die ganz groß im Kommen ist. Aber was tut man nicht alles für den Erfolg, für den Weg nach ganz oben?

„Konzentrieren, sage ich! Und zusammenhalten, da geht nichts drüber. Und nichts dazwischen! Da muss Harmonie herrschen, sonst läuft da nix. Das ist das Wesentliche! Und das läuft. Das geht klar. Da muss man auch mal über was wegsehen. Sich konzentrieren und fokussieren. Ich sag ja, die hatten Flausen im Kopf, hier von wegen super kreativ sein und so. Klar, logisch, gute Sache, aber ich sag ja, wenn Du Erfolg haben willst?"

Wieder sah er Hellander erwartungsvoll an. Ihm rauchte langsam der Kopf. Bestimmt hatte der Mann Recht, war ja irgendwie vom Fach, wenn auch etwas sonderbar und aufgedreht. Ohne eine Antwort abzuwarten, redete er weiter.

„Da muss man auch mal drüberstehen. Kann nicht jede Kleinigkeit ausdiskutieren. Da muss man mal 'ne Ansage machen. Show must go on! Ich musste denen erstmal zeigen, wo's lang geht. Nun ja, läuft ja, hab' ich schon gesagt, nicht wahr? Anyway, ist echt 'ne grandiose Truppe, läuft alles super harmonisch zusammen, ha, das ist ja sogar doppeldeutig, haha, die machen Musik vom Feinsten, ah, ihr wisst ja!"

Und damit schloss er für den Moment und schaute Richtung Eingang.

„Ach", rief er dann, tippte Hellander an und deutete Richtung Eingang. „Da hinten sind ja zwei meiner Jungs!"

Hellander folgte seinem Blick und sah zwei junge Männer, von denen einer einen Gitarrenkoffer trug. Etwas missmutig sahen sie aus, fand er. Ohne ein Wort miteinander zu wechseln, bahnten sie sich ihren Weg durch die Menge.

Kommen Musiker nicht normalerweise hinten im Backstage-Bereich rein? Superstars sind es dann wohl noch nicht, dachte Hellander.

„Hey", rief der Manager zu den beiden hinüber, „Mikey!" Die beiden schauten auf und als sie ihren Manager sahen, lächelten sie verkniffen.

„Na dann", sagte er und klopfte Hellander auf die Schulter, „ich muss dann mal. Ihr passt schön auf, ihr beiden!" Er zwinkerte der Kollegin zu, die sich zum Abschied wieder zugewandt hatte, dann verschwand er in der Menge.

„Boah", stöhnte die Kollegin, als er außer Hörweite war. „War das anstrengend." Sie schüttelte sich, als ob sie Schmutz von der Kleidung abschütteln wollte. „Prost, Scherriff!", äffte sie den Manager mit gehobenem Bierbecher nach. Beide mussten lachen. „Wie haben Sie das nur ausgehalten?"

Hm, dachte Hellander kurz nach. Was hätte man denn tun sollen? Doch die Kollegin ließ nicht viel Zeit zum Grübeln. „Kommen Sie, wir gehen mal nach vorne, oder?"

Die beiden Ermittler schlenderten Richtung Bühne. Dort stand gerade ein Radio-Moderator, der ein bisschen Show machte. Irgendwelche Ansagen, Durchsagen, ein paar Gags und solche Sachen. Dann warf er ein paar Aufkleber, ein paar Maskottchen und CDs in die johlende Menge und wünschte noch viel Spaß.

Ein anderer DJ erschien dann auf der Bühne und legte wieder Musik auf. Für Hellanders Empfinden etwas tanzbarer als die Musik vorhin, aber zu tanzen hatte er dennoch nicht vor. Viele andere dagegen schon, und so kam wieder einiges in Bewegung auf der Tanzfläche vor der Bühne.

„Tanzen?", fragte die Kollegin, doch Hellander schüttelte den Kopf. „Ach, nein, jetzt nicht."

Daraufhin arbeitete sich die Kollegin allein durch die Menge auf die Tanzfläche. Dort traf sie überraschenderweise auf ihre Freundin, wie Hellander durch die Umherstehenden hindurch erkennen konnte.

Die beiden tanzten nun sehr ausgelassen.

Er war schon neugierig, wie die Kollegin sich so bewegte. Irgendwie, fand er, durchaus passend zu ihrem „Dressing", wie sie es ja immer so schön nannte. Etwas skurril. Etwas kantiger, spontaner und ausladender als die meisten anderen Leute um sie herum. Mit geschlossenen Augen tanzend schienen ihre Körperteile ein gewisses Eigenleben zu führen. Auf der einen Seite sah es ein bisschen nach Show aus, auf der anderen Seite aber auch seltsam natürlich. Eigenartig. Skurril.

Dann erinnerte er sich, wie er selbst sich seinerzeit bei dieser Session im Schloss von Monte Prada bewegt hatte … Das hatte bestimmt auch skurril ausgesehen … Sehr skurril … Aber das war damals einfach so aus ihm heraus gekommen … Und bei aller Scham, es hatte auch was gehabt – auf seine Weise … Es hatte sich auch einfach gut und richtig angefühlt.

Und nun, hier, bei der Kollegin, hm, war da in dem Skurrilen nicht auch viel … Lebendiges? Lebenslustiges? Kreatives? Und etwas Faszinierendes … und … sogar … am Ende … etwas … Erotisches?

Nun ja, so oder so konnte er den Blick nicht abwenden. Bis sich andere Leute in den Vordergrund drängten und die Kollegin aus dem Blickfeld verschwand.

Er ließ den Blick schweifen. Er fühlte sich zurückversetzt in frühere Disco-Zeiten. Er mit einem Bierbecher am Rande der Tanzfläche, aus Langeweile das Bier in sich hinein-schüttend, hier und da ein paar Frauen beim geschmeidigen

Tanzen zuschauend und sich fragend, wie man eigentlich in der Disco eine Frau ansprechen würde. Das war ihm nie sinnvoll gelungen und erfolgreich schon gar nicht. Er seufzte.

Als er den Blick wieder in die Richtung lenkte, in der er seine Kollegin vermutete, konnte er sie auch wieder zwischen den anderen ausmachen. Ihre Freundin konnte er nicht mehr entdecken.

Aber tanzte da nicht ein Typ direkt vor der Kollegin?

Das sah tatsächlich so aus. Der tanzte da rum, der Kollegin frontal zugewandt. Die Augen halb geschlossen tat er so, als würde er sie gar nicht bemerken, rückte aber immer näher heran. Die Arme in der Luft, die Hüften schwingend, was war das denn für ein plumpes Antanzen? Die Kollegin hatte nach wie vor die Augen geschlossen. Dann öffnete sie sie, sah den Typen – sah sie ihn an? – und lachte. Was? Gefiel ihr das? Hellander stockte der Atem. Ey, was für ein blöder Schwachkopf, dachte er. Wie bescheuert ist der denn? Und tanzt hier meine Kollegin an? Und so was Albernes gefällt der? Das wollte Hellander nicht glauben.

Für einen Moment glaubte er, dass sich die Kollegin Hilfe suchend umsah – nach ihm? – aber dann lachte sie wieder und tanzte weiter. Tanzte sie näher an den Typen ran? Warum geht die nicht einfach weg? Hellander wurde etwas nervös und trippelte von einem Bein auf das andere. Er fühlte einen Stich in seiner Brust.

Sollte er jetzt auf die Tanzfläche gehen? Und dann? Sich zwischen die beiden drängen? Und dann? Sich mit ein paar ungelenken Tanzbewegungen komplett lächerlich machen? So ein Mist. Er grummelte vor sich hin.

Der DJ kam ihm zu Hilfe. Er legte ein älteres Stück auf, tatsächlich eins von Hellanders Favoriten, zu denen er früher immer getanzt hatte. Immer. Die Musik zog ihn auf die

Tanzfläche und er spürte den Drang sich zu bewegen. Aber er wagte nicht, sich direkt in die Nähe der Kollegin und dieses feisten Typen zu begeben. Er wusste nicht genau, was er jetzt machen sollte. Eigentlich wollte er genau beobachten, was die beiden da trieben, andererseits wollte er das gar nicht wahrhaben und schloss die Augen. Doch vor seinem geistigen Auge erschienen die beiden wieder und tanzten eng umschlungen miteinander. Wieder spürte er einen Stich in seiner Brust. Er versuchte verkniffen, die Bilder wegzuwischen und sich auf die Musik zu konzentrieren. Es war doch schließlich eines seiner Lieblingsstücke aus alten Zeiten. Alte Zeiten … damals … War es damals besser? Oder genauso – beknackt?

Ganz am Rande bemerkte er, dass er sich inzwischen gar nicht so geschmeidig und kontrolliert bewegte, wie er es früher getan hatte. Durch seine schlechte Laune schienen sich seine Bewegungen zu verselbstständigen und er fühlte sich wieder erinnert an die Session in Monte Prada, wo er ganz schön am Rad gedreht hatte. Das erschreckte ihn wiederum und holte ihn zurück ins Hier und Jetzt. Er öffnete die Augen und erschrak erneut.

Die Kollegin tanzte direkt vor ihm.

Als sie sah, dass er sich erschrocken hatte, hob sie die Hände zu einer beschwichtigenden Geste und sagte leicht verschämt etwas, das er wegen der lauten Musik aber nicht verstand.

Damit hatte er jetzt nicht gerechnet. Er war erleichtert und freute sich, dass die Kollegin hier war, nicht mehr bei diesem schleimigen Typen, hier bei ihm, lachte und tanzte. Gleichzeitig fühlte er sich aber auf einmal ziemlich blockiert. Seine Bewegungen wurden gefühltermaßen steif und ungelenk. Er war verwirrt. Eben noch wollte er zur Kollegin hin, sich zwischen sie und diesen Typen drängen, statt seiner bei der

Kollegin tanzen, jetzt stand sie vor ihm, und er wusste gar nicht so recht, was er damit anfangen sollte. Verhalten bewegte er sich zur Musik und lächelte unsicher. Das war seine Kollegin, mit der er normalerweise nur den Arbeitsalltag teilte, und jetzt tanzten sie zusammen, abends, in einem Club. Und sie bewegte sich irgendwie gar nicht mehr ganz so skurril wie vorhin, eher ziemlich geschmeidig. Nun, sie hatten ja schon miteinander getanzt, aber das war irgendwie anders gewesen, ohne dass er hätte sagen können, was es genau war.

Dann war das Stück zu Ende und die beiden verlangsamten ihre Bewegungen. Als kein Stück unmittelbar folgte, standen sie sich etwas unsicher gegenüber. Er fing einen Blick von ihr auf, während sie erschöpft ausatmete. Lag da eine Frage in ihrem Blick? Doch wenn ja, was für eine?

Er musste nicht lange darüber nachdenken, denn der Radio-Moderator unterbrach die Situation und kündigte den Top-Act des Abends an, „die Jungs".

Großer Jubel brach aus und Hellander nutzte die Gelegenheit, sich von der Kollegin abzuwenden zur Bühne hin.

Die Kollegin tat es ihm gleich.

Und da kamen auch schon „die Jungs" auf die Bühne. Die fünf winkten professionell ihrer Fangemeinde zu und begaben sich an ihre Instrumente. Keyboard, Gitarre – das waren die beiden, die Hellander und seine Kollegin vorhin gesehen hatten –, Bass, Schlagzeug und Gesang. Nach einem bombastischen Intro vom Band mit etwas Kunstnebel begannen sie offenbar mit ihrem bekanntesten Stück, um gleich ordentlich für Stimmung zu sorgen.

Souverän legten sie eine saubere Show hin. Alle Achtung, dachte Hellander, hat der Manager ja ganze Arbeit geleistet. Alles schien perfekt abgestimmt und durchorganisiert. Die Jungs schienen wirklich gut zu harmonieren. Und die melodischen und eingängigen Klänge ließen Hellander für einige Zeit vergessen, dass das gar nicht so seine Musik-Abteilung war. Und er ertappte sich, wie er sich rhythmisch zur Musik bewegte.

Zwischendurch fragte er sich mal wieder, wie es so wäre, auf der Bühne zu stehen und Musik zu machen, die die Menge begeistert. Würde er auch gerne mal machen.

In einer Pause zwischen zwei Stücken lehnte sich die Kollegin zu Hellander herüber. „Und, wie isses?"

„Och, ganz gut", antwortete Hellander. „Zwar nicht ganz so meine Musik, aber dafür echt gut. Nervt nicht so, wie ich befürchtet hatte. Keine schlechte Performance."

„Ja", bestätigte die Kollegin, „aber ich finde es auch etwas zu glatt. Das ist ja bis ins letzte Detail durchtrainiert. Etwas zu perfekt, die Show. Zu durchgestylt."

Hellander kam ins Grübeln. „Perfekte Show", ist das nicht gut? Einstudiert, na klar, aber das macht man doch so, oder? Üben, bis alles sitzt. Und ein Team, das perfekt harmoniert. Einstudiert … und abgespult, kam ihm dann in den Sinn. Okay, so könnte man es auch sehen.

Das nächste Stück begann. Hellander dachte noch etwas an das „abgespult", und nach einer Weile verstand er ein bisschen besser, was die Kollegin gemeint haben könnte. Im Grunde wirkte das Ganze auf den zweiten Blick tatsächlich etwas mechanisch und leblos.

Er ließ den Blick schweifen. Am Rande der Bühne konnte er den Manager stehen sehen. Der schien richtig mit zu gehen und dabei beinahe zu dirigieren. Er wirkte wie ein Fußball-trainer, der an der Seitenlinie auf und ab tigert, mit fiebert und taktische Anweisungen gibt. Hier war es der Band-Trainer, der am Bühnenrand auf und ab tigert, mit fiebert und harmonische Anweisungen gibt.

Des Öfteren hatte er ein schmerzverzerrtes Gesicht, so als wenn einer seiner Schützlinge sich einen groben Schnitzer geleistet hatte, der zum Gegentor führte. Hellander war allerdings kein Aussetzer aufgefallen. Nun, vielleicht, wenn man ganz streng wäre, hätte man diesen einen Ton eben eine Nuance länger halten können, aber, wen interessiert das? Hellander vermutete, dass der Manager ein ganz schöner Perfektionist war. Wieder dieses schmerzverzerrte Gesicht. Und diesmal auch ein Seitenblick vom Sänger zum Gitarristen. Der spielte gerade ein kurzes Solo. Okay, dieser eine Ton passte vielleicht nicht ganz zur Tonart, klang fast ein wenig jazzig, aber kein Grund für so ein Gesicht.

Nach dem etwas schrägen Seitenblick lächelte der Sänger wieder und sang weiter. Doch irgendwie schien das Lächeln angespannt. Erstaunlich, was man so sieht, wenn man darauf aufmerksam gemacht wurde, dass man sich – im Grunde – gerade ein bisschen hatte blenden lassen.

Das nächste Stück begann. Dabei nahm Hellander wieder ab und zu den einen oder anderen genervten Seitenblick des Sängers wahr. Dann sah er auch den Bassisten die Augen verdrehen, aber er konnte nicht erkennen, warum. Wenn es hier Gründe gab für ein Augenverdrehen, dachte Hellander, dann waren diese gut kaschiert. Für den normalen Konzertbesucher nicht zu bemerken – oder völlig unwichtig. „Show must go on!" – er dachte an den Spruch des Managers vorhin. Dann dachte er wieder an die „perfekte Show". Tja, nach außen hin ist alles perfekt, aber was ist darunter?

Er wurde von seinem Gedanken abgelenkt, denn die Jungs verabschiedeten sich gerade unter lautem Klatschen und Johlen des Publikums und gingen von der Bühne. Während sie von der Bühne die Seitentreppe hinunter gingen, schienen sie energisch zu diskutieren.

Schon ertönten die „Zugabe"-Rufe, immer mehr und immer lauter.

Hellander konnte von seinem Standort ganz gut neben die Bühne schauen, wo der Gang nach hinten in den Backstage-Bereich ab ging. Der Manager empfing dort seine Jungs und redete auf sie ein. Er wirkte wieder wie ein Trainer – nach einer 0:5-Niederlage. Irgendwas schien ihm nicht gepasst zu haben. Mein lieber Mann, dachte Hellander, den will ich aber nicht als Trainer haben.

Dann trieb der Manager seine Jungs wieder auf die Bühne zur Zugabe. Sie stiegen hoch, ein schiefes Lächeln auf dem Gesicht und der Sänger rief ein lautes „Dankeschön!" ins Mikrofon, dann ging es weiter.

Im dritten und vielleicht letzten Stück der Zugabe kam ein ordentliches Schlagzeug-Solo, unterlegt von einem monotonen Bass- und Gitarren-Teppich und einem säuselnden Summen des Sängers. Nach einer energischen Trommel-Salve holte der Schlagzeuger aus zum finalen Schlag.

Und dabei rutschte ihm der Stick aus der Hand.

Wie ein Pfeil schoss der Stick durch die Luft und traf den Gitarristen volle Kanne am Hinterkopf. Der vergriff sich dadurch dermaßen, dass die Gitarre laut aufjaulte. Durch den Schreck stolperte er einen Schritt zur Seite und trat dabei auf ein Effektgerät, wodurch die Gitarre jämmerlich verzerrt wurde. Eine ohrenbetäubende Rückkopplung folgte. Der Bassist zerrte vor Schreck an seinem Bass und eine Saite riss mit einem ulkigen Ton. Dem Sänger entglitt die Stimme und er schlug den völlig falschen Ton an. Das klang alles nun überhaupt nicht mehr harmonisch.

Auch die Harmonie zwischen den Jungs war durcheinander. Sie schien sogar regelrecht zerstört. Der Sänger blaffte den Gitarristen an, der Gitarrist warf seine Gitarre ab und ging auf den Schlagzeuger los, was dem denn einfalle. Er trat mit dem Fuß gegen die Basstrommel, so dass das ganze Schlagzeug verrutschte. Daraufhin warf der Schlagzeuger den zweiten Stick auf den Gitarristen, der sich aber rechtzeitig ducken konnte. Der Stick flog ins Publikum, das jubelte und pfiff.

Der Sänger wollte gerade dem Gitarristen an die Gurgel gehen, doch der Bassist ging dazwischen und versuchte zu schlichten. Es gab Gerangel.

Hellander beobachtete konsterniert die Szenerie. Was war hier auf einmal los? Die ganze Harmonie zerstört, wie konnte das passieren? Es schüttelte ihn. Eben war alles noch so harmonisch gewesen, so perfekt, und jetzt herrschte auf der Bühne Krieg, auf einmal gingen die Emotionen mit denen durch und sie verloren ihre Beherrschung. Es war schwer für ihn zu ertragen, dass diese Jungs sich auf einmal so angingen.

In diesem Moment ertönte Musik vom Band und es rieselte Konfetti von der Decke über der Bühne. Die Scheinwerfer wurden ausgeschaltet, so dass die Bühne im Dunkeln lag. Nur ein Spot erhellte die vordere Mitte, wo sofort der Radio-Moderator erschien und laut gegen die Musik ins Mikrofon rief.

„Yeah! Das waren »die Jungs«, Applaus! Der Mega-Live-Act hier exklusiv bei der »Rocking Radio Party«! Applaus!"

Es folgten noch ein paar Superlative und das Publikum johlte wieder ausgelassen. Dann wurde schnell der nächste DJ angesagt und schon ertönte seine Musik aus den Boxen.

Hellander stand mit offenem Mund da. Obwohl er irgendwie froh war, nicht mehr mit ansehen zu müssen, wie sich die Jungs angingen, konnte er nicht glauben, dass alles jetzt so mir nichts dir nichts weiter ging.

„Show must go on …", jodelte die Kollegin neben ihm gehässig. „Das war ja jetzt eine ordentliche Zugabe", sagt sie beeindruckt und wandte sich zu ihm. Kopfschüttelnd lachte sie: „Haha, das ganze Kartenhaus ist zusammen gebrochen …"

„Erschütternd", konstatierte Hellander. „Die ganze Harmonie zerstört. Wie konnte das nur passieren?"

„Müssen wir wohl ermitteln. Ich vermute einen Fall für uns, nicht wahr?"

„Ja, das – würde ich sagen – ist ein Fall für uns. Zerstörte Harmonie. Vandalismus, beinahe."

„Nimmt Sie ganz schön mit, Herr Kollege, oder? Sieht jedenfalls so aus."

„Ja, schon. Ich bin schockiert. Da war ja Krieg auf der Bühne. Das ist grauenvoll. Sah heftig aus."

„Finde ich auch. Sieht für mich auch nach einer nachhaltigen Zerstörung aus. Interessanter Fall. Ich bin gespannt."

„Okay …" Hellander zögerte etwas. „Wir müssen herauskriegen, was da gerade los war. War das Absicht vom Schlagzeuger? Ist er quasi der Täter? Oder ein Unfall? Oder waren die Trommelstöcke manipuliert? Wenn wir das herausfinden, dann kann man vielleicht auch die Harmonie wieder herstellen …"

„Das bezweifle ich", sagte die Kollegin versonnen.

In diesem Moment kam die Freundin der Kollegin auf sie zu. „Hey, gut dass ich euch gleich gefunden habe!", keuchte sie außer Atem. „Ihr müsst mitkommen, nach hinten in den Backstage-Bereich. Die Jungs! Die ganze Harmonie ist zerstört, die fetzen sich total. Das ist voll krass! Das ist doch ein Fall für eure Abteilung, oder?"

„Sieht so aus", antworteten die beiden Ermittler gleichzeitig und folgten dann der Freundin zur Absperrung neben der Bühne.

Ein breitschultriger Mann mit Lederweste stand dort mit verschränkten Armen und schaute sie grimmig an. Die Freundin redete auf ihn ein, aber der Mann schien sie nicht zu kennen, obwohl sie ja gerade an ihm vorbei aus dem Backstage-Bereich gekommen war.

Hellander zückte seinen Polizeiausweis und sagte ihm, sie müssten da jetzt rein, sie müssten ermitteln, Gefahr in Verzug. Der Mann hob die Augenbrauen, trat aber wortlos ein Stück zur Seite, so dass die drei sich durch den schmalen Durchgang hindurchzwängen konnten.

Hellander freute sich. Das war immer ein Genuss, breitschultrigen Typen diesen Ausweis unter die Nase halten zu können, und die traten dann beiseite. Meistens jedenfalls. Der Ausweis kompensierte etwas fehlende Überzeugungs- und Muskelkraft.

Sie gingen an der Bühne vorbei in den Gang, der in den hinteren Teil des Gebäudes führte. Rötliches, nur schumm-riges Licht. Stickig. Schweißgeruch. Rauch.

Ein paar Meter voraus sahen sie die Bandmitglieder stehen und poltern. Dabei stand ihr Manager, der gestenreich und hektisch versuchte zu schlichten. Mit seiner Lautstärke über-tönte er das Gemecker seiner Jungs.

„Kommt, Jungs, das kann passieren, kein Grund, so ein Fass aufzumachen. Streitet euch nicht, das wird schon wieder. Beruhigt euch erst mal."

Hellander und die Kollegin traten hinzu, aber noch nahm keiner Notiz von ihnen. Die Freundin der Kollegin hielt sich auf der Lippe knabbernd im Hintergrund.

„Ach, Jungs", fuhr der Manager fort. „Schwamm drüber. Blöd gelaufen. Da muss ich morgen verdammt gute Pressearbeit machen, verdammt gute, da bin ich schon ein bisschen sauer. Das war echt scheiße, was ihr da gemacht habt, echte Scheiße, wie kleine Jungs habt ihr euch da aufgeführt, das war unprofessionell, schämt euch! Wollen wir mal sehen, wie ich das morgen mit der Presse regele, die werden sich die Mäuler zerreißen, bei der Geschichte. Danke, Jungs. Echt toll. Aber egal, kein Problem, regt mich jetzt nicht auf, ist egal, ist mein Job, muss ich durch. So ist das im Leben manchmal. Aber ihr seid jetzt mal wieder schön ruhig und gebt euch die Hand. Albern, wie ihr euch hier aufführt."

Die Jungs standen unruhig und bockig da, mit verschränkten Armen, und schauten betreten zu Boden. Es sah so aus, also senkten sie die Köpfe, um gleich mit den Hörnern auf einander los zu gehen.

„Leute, was ist los mit euch? Eben noch alles so harmonisch und dann geht mal was daneben und ihr seid völlig aus dem Häuschen! Das geht nicht! Schaut euch doch mal an, wie ihr euch hier benehmt. Hab' ich euch denn nichts beigebracht? Hab' ich euch nicht schon tausendmal gesagt, wie lächerlich so was ist? Hier so 'rumbrüllen, Alter! Seid ihr Tiere oder was? Nur Affen benehmen sich so! Seid ihr Affen?" Er schnaufte. „Jungs, wenn ihr was werden wollt, dann benehmt euch. Seid nett zueinander, das kann ja wohl nicht so schwer sein. Respektvolles Miteinander, das erwarte ich von euch. Wie konnte das hier nur passieren? Wofür haben wir so lange und so hart gearbeitet? Wie konnte das passieren?" Der Manager war aufgebracht, beruhigte sich aber schnell wieder. „Na, egal, Schwamm drüber. Passiert nicht wieder, klar?"

Jetzt bemerkte er Kommissar Hellander und die Kollegin.

„Ach, die Polizei ist da."

Hellander war sich nicht sicher, ob der das jetzt gut fand oder schlecht.

„Ja, wir sind hier, wir müssen in dem Fall ermitteln. Bei Ihnen", sagte er mit Blick auf die Jungs, „wurde die Harmonie zerstört, das ist ein Spezialfall."

Er hob seinen Dienstausweis in die Runde und sagte: „Staatliches Kriminalamt Nord, Abteilung Spezialfälle."

Die Jungs schauten verunsichert auf den Ausweis.

„Ja, ja, wissen wir ja." Der Manager wiegelte ab. „Aber jetzt ist erstmal Beruhigung angesagt. Ermitteln Sie morgen. Jetzt gehen wir erstmal alle nach Hause und schlafen eine Nacht darüber. Morgen ist auch noch ein Tag, da sieht die Welt schon ganz anders aus. So, Jungs", – er klopfte seinen Jungs auf die Schulter – „ihr lächelt jetzt mal wieder ein bisschen, na?"

Der Bassist setzte ein gequältes Lächeln auf.

„Na, geht doch!", folgerte der Manager. „Prima, alles wird wieder gut. So, und jetzt geht ihr schön nach Hause und entspannt euch. Morgen geht's wieder weiter."

„Moment", unterbrach die Kollegin, „wir ermitteln jetzt."

„Ach!" Der Manager winkte ab. „Das braucht's nicht. Morgen ist auch noch ein Tag." Beschwichtigend legte er die Hand auf Hellanders Schulter und schob ihn ein bisschen Richtung Ausgang. Hellander schürzte zögerlich die Lippen. Doch die Kollegin knuffte ihm in die Seite und flüsterte ihm zu. „Ein Spiegelei muss man essen, so lange es noch heiß ist. Kalt schmeckt es nicht mehr."

Hellander wusste nicht so genau, ob sie wieder irgendwas ausheckte, aber sie hatte natürlich Recht. Für einen kurzen Moment hatte er sich vom Manager verunsichern lassen, aber natürlich musste man schnell ermitteln, sonst entwischt der Täter, Erinnerungen verblassen, Spuren verwischen. Wie hatte er nur einen Moment daran zweifeln können?

„Nein", sagte Hellander nun in bestimmter Tonlage, obwohl ihm mulmig war bei diesem Fall, „wir ermitteln jetzt. Und wir starten mit der Befragung der Beteiligten."

„Hier hinein", bestimmte die Kollegin und deutete in einen Raum, der mit offener Tür direkt neben ihnen lag. Hellander war erleichtert, dass die Kollegin das Heft in die Hand nahm, er kam sich reichlich schwach vor.

Im Raum gab es ebenfalls nur schummriges Licht. Man konnte ein paar Sessel und einen flachen Couchtisch erkennen, auf dem ein paar Getränkebecher und -flaschen standen.

„Los, da rein!", befahl die Kollegin, als sich alle nur zögerlich bewegten.

„Moment mal!", insistierte der Manager. Die Kollegin beugte den Kopf zu ihm vor und fixierte ihn.

„Na gut", stammelte der etwas kleinlaut, „klar, muss man machen. Verstehe, Sie sind die Experten." Dann fügte er abwinkend hinzu: „Klar, Mann, Streit kommt in den besten Familien vor. Ganz normal. Dann spricht man sich mal aus und dann wird alles schon wieder. Klar, so machen wir das."

Sie gingen alle in den Raum hinein und die Jungs ließen sich schnaufend in die Sessel fallen. Die Kollegin blieb in der Nähe der Tür stehen. Hellander drückte sich neben dem Eingang etwas unbehaglich an die Wand. Was nun? Wie geht man vor, wenn so eine gespannte Stimmung herrscht? Da muss man sich doch wirklich erst mal beruhigen, die erhitzten Gemüter abkühlen, wieder zur Besinnung finden. Etwas sacken lassen, oder?

Der Manager stellte sich in die Mitte des Raumes und gestikulierte beschwichtigend. „Also, dann lasst die beiden hier mal schön ihre Arbeit machen, zerstörte Harmonie, klar, das ist ein ernstes Problem. Gar nicht gut. Schlecht fürs Geschäft. Na dann, sprecht euch einfach mal aus, wir klären das alles schnell und dann gehen wir nach Hause." Er machte eine kleine Pause. „Na los, jetzt sagt, was euch auf dem Herzen liegt. Kann doch nicht so schwer sein. Was ist?"

Die Jungs wandten sich ab und schauten weiter betreten auf den Boden.

„Sie", sagte die Kollegin bestimmt, „machen jetzt was anderes. Sie gehen einfach mal raus." Sie deutete zur Tür.

„Was?" Der Manager war konsterniert.

„Ja, wir machen Zeugenbefragung. Zu Ihnen kommen wir später." Sie senkte den Kopf und fixierte ihn.

„Na gut", zögerte er, „äh, okay, klar, … Wenn Sie meinen … Na dann, Jungs, ihr wisst ja, dreht nicht zu sehr an den Knöppen, vertragt euch wieder. Und Sie", fuhr er zur Kollegin gewandt fort, „dann machen Sie mal, finden Sie heraus, was passiert ist und stellen Sie mir ja die Harmonie wieder her, darum geht's doch in Wirklichkeit. Das ist das Wesentliche. Sonst läuft das nicht. Aber das muss ich Ihnen als Expertin ja nicht sagen, nicht wahr?"

Sanft und wortlos lächelnd schob die Kollegin ihn aus dem Raum und schloss die Tür.

Sie faltete die Hände hinter dem Rücken, lehnte sich mit dem Rücken gegen die Tür und schaute ernst in die Runde.

Gespannte Stille herrschte im Raum.

Keiner wagte etwas zu sagen.

Nur nervöses Schnaufen war zu hören.

Hellander presste sich an die Wand neben der Tür, wo er etwas im Schatten verschwinden konnte.

Die Jungs saßen unruhig auf ihren Sesseln, kratzten sich am Kopf und schauten in der Gegend herum. Aber niemand wagte irgendeinen Blickkontakt.

Hellander schwitzte. Diese Stille mit ihrer Spannung war unerträglich.

Er wollte gerne irgendetwas sagen, um diese Spannung aufzubrechen, aber ihm fiel auf Teufel komm raus nichts ein. Warum sagte die Kollegin nichts? Sie hatte die Sache doch jetzt in die Hand genommen? Flehentlich blickte er zu ihr hinüber. Sie stand immer noch an die Tür gelehnt, die Lippen leicht geschürzt, den Blick ließ sie durch den Raum schweifen.

Warum sagt sie nichts? Weiß sie nun auch nicht weiter?

Hellander fühlte sich verloren.

„Und, was wird das jetzt?", fragte der Sänger nach einer ganzen Weile gereizt und schaute die Kollegin herausfordernd an. „Sind wir jetzt Gefangene?"

„Oh", stieß die Kollegin frohlockend aus, „das ist in gewisser Hinsicht gar nicht so falsch, würde ich sagen."

„Hä?" Der Sänger war verwirrt. „Was soll das? Wir haben doch nichts verbrochen?"

Darauf wusste Hellander endlich etwas zu sagen und räusperte sich. „Eben auf der Bühne wurde ihre gesamte Harmonie zerstört. Wir sind hier, um aufzuklären, wer das wie verbrochen hat und wie es dazu kommen konnte." Er hatte zwar keine genaue Vorstellung, wie das zu bewerkstelligen wäre, er fühlte sich ausgesprochen steif, aber im Grunde war es doch das, worum es jetzt ging. Er richtete sich etwas auf, denn er meinte, hier einen beschwichtigenden und seriösen Start hingelegt zu haben.

„Wer das verbrochen hat?", raunzte der Sänger in den Raum. „Das hat man doch gehört! Antonio hat das verbrochen, der hat mal wieder voll danebengehauen, mir sind fast die Ohren geplatzt!" Angefressen deutete er auf den Gitarristen, ohne ihn anzuschauen.

„Was?" Der Gitarrist schraubte sich aus seinem Sessel hoch und blaffte den Sänger an. „Hast du 'ne Macke? Ich hab' den

Stick von Mark an den Kopf bekommen, der Vollidiot hat mir den Stick an den Kopf geschossen!"

„An den Kopf geschossen!", äffte der Schlagzeuger nach. „Hast du noch alle? Der ist mir aus der Hand gerutscht."

„Das sah aber verdammt nach Absicht aus", schob der Keyboarder dazwischen. „Du hast ja richtig ausgeholt."

„Sag mal …!?" Der Schlagzeuger war sprachlos und lachte hysterisch. „Ich hab gerade das Solo gespielt. Alter, das ist echt anstrengend! Und gerade war der Donnerschlag dran, da muss ich ausholen!"

„Und warum fliegt der Stick?"

„Mann, weil ich Schweiß an den Händen hatte! Ist das unser erster Auftritt? Das passiert doch immer wieder, was meinst du, warum ich so viele Ersatzsticks am Schlagzeug zu hängen habe?"

„Schweiß an den Händen", ätzte der Sänger. „Flutschfinger!"

Der Schlagzeuger hielt vor Empörung die Luft an. Entgeistert und Hilfe suchend schaute er die Kollegin an. „Ey, ist das ein Arschloch?"

Die Kollegin stand immer noch ruhig an der Tür und knabberte etwas an ihrer Unterlippe.

„Flutschfinger!", wiederholte der Sänger und lachte dreckig.

„Ey, jetzt lasst mal gut sein, Freunde!", versuchte der Bassist zu beruhigen. „So geht das echt nicht."

„Freunde!", prustete der Keyboarder laut heraus. „Freunde?"

„Na ja …", murmelte der Bassist irritiert.

„Flutschfinger", jodelte der Sänger.

„Ey, ist das krass?", fragte nun auch Antonio die Kollegin. „Was für ein Arschloch?"

„Du bist auch so ein Flutschfinger", murmelte der Sänger kopfschüttelnd, ohne den Gitarristen eines Blickes zu würdigen.

„So ein arrogantes Arschloch", röchelte der Gitarrist, immer noch die Kollegin anschauend. „Voll krass, oder?"

„Warum sagen Sie das mir?", fragte die Kollegin in ruhigem Ton. „Sagen Sie es ihm." Sie deutete mit einem Kopfnicken zum Sänger.

„Äh", stotterte Antonio und schaute mit großen Vorbehalten zum Sänger hinüber.

„Äh", äffte der ihn nach, ohne den Kopf zu bewegen. „Flutschfinger."

„Na los", forderte die Kollegin auf. „Gehen Sie mal hin und sagen's ihm – richtig."

Der Gitarrist stutzte. Das klang ziemlich absurd, aber die Kollegin flößte ihm Respekt ein. Nach einigem Abwägen und weiterem Kopfnicken der Kollegin stand er unsicher auf und ging mit wackeligen Knien ein paar Schritte auf den Sänger zu und stellte sich vor ihm hin. Der jedoch würdigte ihn keines Blickes, sondern starrte genervt an ihm vorbei ins Leere.

Verunsichert schaute Antonio zur Kollegin. Die nickte aufmunternd.

Hellander wollte eine beschwichtigende Anmerkung einstreuen, die ihm auf den Lippen lag. Was sollte das nun wieder werden? Wollten wir hier nicht den Fall aufklären und die Harmonie wieder herstellen? Und jetzt fordert sie zu Beleidigungen auf? Aber sein Mund war wie verklebt.

„Du bist", begann der Gitarrist etwas zögerlich, „voll so ein richtiges Arschloch, echt mal."

Der Sänger schnaubte verächtlich.

„Ey …" Antonio stockte. Der Sänger zischte herablassend, woraufhin sein Gegenüber empört Luft holte. „Ey …" Er atmete schwer und schien sich dabei langsam aufzupumpen.

„Gut", flüsterte die Kollegin ermunternd. „Tief durchatmen, ja, weiter so."

Während er sich aufpumpte, fing er an zu knurren und seine Hände ballten sich zu Fäusten, die Arme winkelten sich an, das Gesicht verzog sich zu einer monströsen Fratze. Langsam spürte es wohl auch der Sänger und rutschte ein Stück vom Gitarristen weg. Aus den Augenwinkeln schielte er hoch zu ihm. Sein Lächeln wirkte eingefroren, wie eine Maske, dahinter schien er langsam Gefahr zu wittern.

Und dann platzte es aus dem Gitarristen heraus.

In einer ohrenbetäubenden Laustärke brüllte er den Sänger an: „Du Arschloch!" Und nach einem tiefen Atemzug legte er mit Wucht nach. „Du scheiß arrogantes Arschloch! Du beschissenes Scheißarschloch! Du aufgeblasener Angeber! Du selbstsüchtiges Stück Dreck! Ich hasse dich! Ich hasse dich! Ich hasse dein feistes Grinsen, deinen scheiß Pop-Schnulzen-Gesang, deine bekackten Texte, dein scheiß Posing, deine scheiß Angeberei, deine scheiß Klamotten, dein scheiß … scheiß …" Er ließ etwas nach und fügte mit Verachtung hinzu: „Du widerst mich an!"

Wieder schnaubte der Sänger verächtlich. „Alter", hauchte er gedehnt, „mach mal nicht so ein Fass auf. Du benimmst dich ja hier echt wie so'n Affe, schreist hier blöde rum, wie so'n Tier! Blöder Idiot …"

„Ähm!", unterbrach ihn die Kollegin. „Haben Sie eigentlich gehört, was Antonio zu Ihnen gesagt hat?"

„Äh, was?" Der Sänger schaute sie irritiert an.

„Arschloch. Dreckiges Arschloch. Er hat Sie als arrogantes, selbstsüchtiges Arschloch bezeichnet."

„Ja … und?"

„Wir probieren mal was aus", sagte die Kollegin. „Antonio, stellen Sie sich vor … äh, den Sänger hin und sagen zu ihm immer wieder »Du selbstsüchtiges Arschloch«. Und Sie …", sie deutete zum Sänger, „Sie stehen auch mal auf, stellen sich ihm gegenüber und sagen zu ihm immer wieder »Du blöder Idiot«. Oder »Flutschfinger«, was besser passt. Und richtig laut. Und dabei schauen Sie sich an. Versuchen Sie das mal."

Sie zeigte mit beiden Händen auf die beiden Protagonisten.

Die zwei schauten ziemlich verstört, aber taten nach einigem Zögern, wie ihnen geheißen. Sie stellten sich voreinander hin und gifteten sich gegenseitig an. Zunächst etwas unmotiviert und mit scheuen Blicken. Doch langsam intensivierten und verfinsterten sich ihre Blicke, sie schaukelten sich gegenseitig hoch, die Lautstärke und Wucht der Angriffe nahm stetig zu.

Nach mehreren Attacken schien tatsächlich auch der Sänger getroffen zu sein und zu begreifen, wie das mit dem „selbstsüchtiges Arschloch" gemeint war.

Nun brüllte auch er mit allem, was er hatte.

Die Kollegin schien allerdings noch nicht zufrieden zu sein. Sie wies die anderen drei an, sich auf eine der beiden Seiten zu positionieren und mit einzustimmen.

Die drei waren verwirrt, ob dieser Aufforderung, hatten aber ihrerseits einiges an Ladung aufgestaut. Der Keyboarder und der Schlagzeuger ergriffen Partei. Der erste stellte sich auf die Seite des Sängers, der andere auf die Seite des Gitarristen. Und sie stimmten lauthals mit ein. Ein ohrenbetäubendes Geschrei erhob sich, die Gesichtsausdrücke verzerrten sich und ihre Hände verkrampften sich zusehends.

Der Bassist jedoch stand unsicher daneben und schaute verstört von einer Partei zur anderen. Er schien verzweifelt und den Tränen nah. Verkrampft stand er da, seine Lippen formten Worte, doch es kamen keine heraus. Entsetzen stand in seinem Gesicht. Er konnte kaum atmen.

Die Kollegin schaute sich zwischenzeitlich um und sah Hellander schräg hinter sich an der Wand stehen.

Er hatte den gleichen Ausdruck wie der Bassist.

Mit schmerzverzerrtem Gesicht stand er da und schien kaum noch zu atmen. Verzweifelt sah er zur Kollegin herüber. Hilfe suchend starrte er sie an. „Tun Sie doch was", schien er flehen zu wollen, aber es kam nichts heraus. „Hilfe", schien er schreien zu wollen, aber kein Ton war zu hören, während die Jungs sich weiter mit voller Wucht anbrüllten. Schweiß stand ihm auf der Stirn. Angst umklammerte und lähmte ihn. Sein Herz pochte und er spürte einen starken Schmerz in seiner Brust. Er fühlte sich hilflos, machtlos, unfähig, irgendetwas zu tun. Zugeschnürt. Und er fühlte sich ganz klein. Ihm kam wieder das Bild, das er am Ende dieser Session in Monte Prada gehabt hatte. Er fühlte sich wie ein kleiner, schutzloser Junge, und um ihn herum tobte das Chaos. Einen kurzen Moment lang bildete er sich ein, seine Eltern in der Mitte des Raumes zu sehen, aber das Bild verschwand gleich wieder, als sein Blick flehend zur Kollegin schwenkte.

Die Kollegin erkannte seine Verzweiflung und spürte seine Enge. Daraufhin hob sie energisch den Brustkorb und holte demonstrativ Luft.

Hellander tat es ihr unwillkürlich gleich und sog tief Luft in sich hinein, bis in die letzten Winkel seines Brustkorbs. Und dann platzte es aus ihm heraus. Er schritt auf die schreiende Meute zu und brüllte mit aller Kraft: „Aufhören! Aufhören! Hört ihr endlich auf! Hört … ihr … end- … lich … aaauf!"

Es folgte ein Moment unheimlicher Stille. Doch schon wurde die Tür aufgestoßen und der Kollegin in den Rücken gerammt. Sie stolperte einen Schritt vorwärts.

Der Manager schaute herein und rief mit Entsetzen im Gesicht, was hier los sei! Die Kollegin reagierte schnell, baute sich vor ihm auf und strich sich unmissverständlich mit dem Finger die Kehle entlang. Mit wütender Miene schob sie ihn zur Tür heraus.

Als sie die Tür wieder geschlossen hatte, war der Lärm abgeklungen.

Die Jungs standen sich schnaufend gegenüber.

Stille durchflutete den Raum.

Keiner war sich einig, ob es eine gespannte oder eine gelöste Stille war.

Nur die erschöpften Atemzüge waren zu hören.

Hellander atmete schwer, doch er atmete wieder. Mit geweiteten Augen schaute er auf die Szenerie. Hatten sie jetzt seinetwegen aufgehört? War das gut? War das schlecht? Auf jeden Fall fühlte er sich eine Tonne leichter. Aber er fühlte sich im ganzen Körper wund und erschöpft.

Die Aufstellung der Kontrahenten löste sich und die Jungs liefen ein paar Schritte schnaufend umher.

Wieder ging die Tür auf und wieder lugte der Manager herein. Die Kollegin rollte mit den Augen, drehte sich erneut zu ihm um und sagte trocken: „Raus."

Eingeschüchtert schloss er die Tür.

„Boah", stöhnte der Sänger, „kann dieser Penner nicht mal Ruhe geben?"

„Echt", seufzte der Gitarrist gedehnt. „Penner!"

„Penner", wiederholte der Keyboarder belustigt. Und alle stimmten witzelnd mit ein. Eine kichernde Stimmung machte sich breit.

„Und?", fragte die Kollegin nach einer Weile herausfordernd in die Runde. „Wie ist die Stimmung? Alles wieder gut?"

„Nee", röchelte der Keyboarder. „Oder doch?" Er kicherte. „Wir sollten uns doch aussprechen."

„Genau", bestätigte der Schlagzeuger. „Mal schnell die Meinung sagen und dann ist alles wieder gut."

Die Jungs mussten unwillkürlich lachen über dieses Zitat. Ein Gelächter mit einer Mischung aus Sarkasmus und Erleichterung.

„Dieser Penner …", murmelte der Keyboarder nach einiger Zeit wieder. „Kann der uns nicht einmal in Ruhe lassen? Der Typ ist so anstrengend. Leute, das geht mir voll auf die Nerven. Immer dieser Druck, immer dieser Besserwisser. Und dann immer dieses Harmonie-Gedöns. »Fünf Freunde müsst ihr sein«", zitierte er scheinbar. „Wäh wäh wäh", äffte er den Manager mit einem hysterischen Gejammer nach.

„Was für ein Flutschfinger", tönte der Sänger und wieder mussten die Jungs kichern.

Dann herrschte erneut für mehrere Minuten Stille im Raum.

„Was für eine Nummer", flüsterte der Schlagzeuger kopfschüttelnd. Die Blicke trafen sich nun wieder ab und zu, aber der Hass, der noch vorhin in ihren Augen stand, war einem weicheren Ausdruck gewichen.

Nach einer langen Zeit der nachdenklichen Stille hob Antonio mit zittriger Stimme an: „Jungs …, ich hab' bisschen Schiss, das zu sagen, aber …" – er holte tief Luft – „wenn ich ehrlich bin, …" – er zögerte – „ich hab' irgendwie … kein' Bock mehr …"

Gespanntes Schweigen.

Dann bemerkte der Sänger nüchtern: „Dann steig doch aus."

„Äh", stotterte Antonio verblüfft. „Äh, nun ja …, im Grunde hatte ich schon länger mit dem Gedanken gespielt … Ich kenne ein paar Leute, die mehr so Jazz machen und so …, da könnte ich vielleicht einsteigen …"

„Dann mach das doch", bekräftigte ihn der Sänger trocken.

Antonio schaute ihn erstaunt an.

„Na ja, es ist so …", der Sänger zögerte, „ich bin eigentlich ganz froh, dass du das sagst, weil …" – er räusperte sich – „ich hab' eigentlich auch kein' Bock mehr, schon eine ganze Weile …"

„Was? Du?", keuchte Mikey, der Keyboarder. „Du warst doch hier immer der Master of Desaster …"

„Ja, aber ich hab' einfach … kein' Bock mehr … mit euch …"

„Ach, da ist es wieder, das arrogante Arschloch", bemerkte der Schlagzeuger.

„Ja, ja …, na ja, ich weiß …, manchmal … Ich mach wohl mal 'n Solo-Projekt, mit wechselnden Musikern, oder so. Hatte mich das auch nie getraut zu sagen …"

„Was? Du? »Nicht getraut zu sagen«? So was gibt es?"

„Ja, Mann, geht mir auch manchmal so. Bei dem ganzen Halligalli, … bei der Action hier … Aber diese Anschrei-nummer eben hat mir echt den Rest gegeben."

„Oder die Kraft, das zu sagen …", schob der Gitarrist versonnen hinterher.

Dann sagte wieder eine ganze Zeit lang niemand etwas.

„Jungs," unterbrach dann Mikey die Stille, „macht das hier noch irgendeinen Sinn? Ich für meinen Teil habe ehrlich gesagt keine Power mehr. Das Ganze schlaucht echt. Diese Sklaven-treiberei halte ich nicht mehr lange aus. Ich brauche eine Pause. Und dann mache ich vielleicht den Pianisten in der Hotelbar, wenn ihr hier auch alle was anderes macht …" Und nach einigem Zögern fügte er hinzu: „Ich habe so das Gefühl: »die Jungs« sind tot …"

„»Die Jungs« sind tot", bestätigte der Schlagzeuger nach einigen Augenblicken. „Echt tot. Das funktioniert nicht mehr … Wir nerven uns doch nur noch …"

„Mein Gott", fasste der Bassist zusammen. „Was haben wir uns abgerackert und zusammengerauft. Aber zu welchem Preis? Haben wir alle was gemacht, wozu wir eigentlich gar keinen Bock haben? Weil … weil … wir irgendwie zu blöde waren?"

Nachdenkliches Kopfnicken bei allen.

Das Zischen einer öffnenden Mineralwasserflasche durchbrach dann die erneute Stille. „Darauf trinken wir einen", sagte der Schlagzeuger und hob die Flasche. „Jungs!? »Die Jungs« sind tot."

Eine gelöste Atmosphäre durchströmte nun den Raum.

Und nach ein paar Schlucken begannen die Jungs, unter einander zu tuscheln über neue Projekte und eine neue Zukunft. Dabei wirkte es ein bisschen so, als würden sie sich gerade erst kennen lernen.

Die Kollegin atmete tief durch und lächelte. Dann schaute sie sich nach Hellander um. Der stand erschöpft an die Wand gelehnt, die Augen geschlossen, langsam atmend. Die Kollegin ging zu ihm und lehnte sich neben ihm an die Wand.

„Alles ok?", fragte sie vorsichtig.

„So weit, so gut", antwortete er nach einiger Zeit. „Mannomann, diese Anschrei-Nummer hat mich echt fertig gemacht." Er seufzte. „Aber wenn ich so drüber nachdenke, die Spannung davor hat mich ja genauso fertig gemacht. Und … interessant … nach'm Anschreien is' besser. Irgendwie klarer … Aber nun, Harmonie ist schon 'ne gute Sache …"

„Aber ist nicht immer so der Bringer, nicht wahr?", sinnierte die Kollegin.

„Sieht so aus", pflichtete Hellander ihr bei. „Vor allem nicht in dieser Form. Nicht, wenn sie so aufgedrückt ist …, wie so'n Deckel auf 'nem brodelnden Kochtopf … oder irgendwie … so hohl, so leer …"

Die beiden schauten eine Weile schweigend in die Runde. Dann meinte Hellander, man müsste das hier jetzt irgendwie mal weiterbringen.

„Zu Ende bringen, würde ich sagen", erwiderte die Kollegin und klatschte in die Hände, um wieder Aufmerksamkeit zu bekommen. „So, meine Herren. Ich höre raus, »Die Jungs« sind tot, das Projekt ist beendet, ja?"

„Ja", bestätigten alle nach einem kurzen Innehalten.

„Nun gut. Mir scheint, wenn ich mich so umschaue, die Harmonie ist im Grunde wieder hergestellt … Also, dann werden wir uns zurückziehen, ich denke, der Fall ist erledigt …, würde ich sagen."

Kommissar Hellander sah sie fragend von der Seite an, aber die Kollegin drehte sich unbeirrt zur Tür und ging hinaus.

Draußen wurde sie sofort bestürmt vom Manager, der ziemlich aufgewühlt aussah.

„Was ist da drinnen passier? Was haben Sie mit meinen Jungs gemacht?"

„Oh", antwortete die Kollegin lächelnd, „wir haben die Harmonie wieder hergestellt. Das ist das Wesentliche, aber das wissen Sie ja als Experte. Alle haben sich einfach mal ausgesprochen, wir haben das alles schnell geklärt, jetzt können wir nach Hause gehen. Wie Sie es gewünscht hatten."

Er sah sie verblüfft an. Ein ungläubiges Lächeln zog sich auf sein Gesicht. „Okay …", hauchte er gedehnt.

„Auf Wiedersehen", flötete die Kollegin und ging. Hellander folgte ihr. Er wagte nur einen kurzen Blick auf den Manager, der ihn aber gar nicht beachtete, sondern verunsichert durch die Tür in den Raum schaute.

Die Freundin der Kollegin stand auch noch im Gang und schaute die beiden fragend an. Aber die Kollegin winkte ihr nur kurz zu, sagte „jetzt nicht, wir sehen uns" und ging an ihr vorbei. Hellander hob zu ihr gewandt kurz die Augenbrauen, dann folgte er der Kollegin. Schweigend verließen sie das Gebäude. Sie waren nicht mehr in Partystimmung.

Vor der Tür hielten sie inne und genossen schweigend die laue Nachtluft. Hellander hatte zwar tausend Fragen, ihm fiel aber gerade keine ein.

„Na dann", schloss die Kollegin nach mehreren Minuten der Stille, „schön, dass Sie mitgekommen sind!"

Hellander lächelte gedankenverloren.

„Dann bis Montag!"

„Ja, … bis Montag …"

Am folgenden Montag lasen sie im Lokalteil der Zeitung einen kurzen Artikel über „die Jungs". Die Band hätte sich zwei Tage zuvor nach einem Konzert im „Fan Club" getrennt, was die Musikwelt überrascht hätte, denn sie hätte selten eine so gut harmonierende Gruppe gesehen. Das Management hätte aber verkündet, die Auflösung der Band und das Engagement der Mitglieder in neuen Projekten wäre schon seit geraumer Zeit geplant gewesen.

Der Fall mit der zerstörten Harmonie wurde nie richtig geklärt, aber das ist für den Verlauf des Weltgeschehens und für die Beziehung zwischen Kommissar Hellander und seiner Kollegin völlig irrelevant.

Der ganz andere Fall

Kommissar Hellander saß in einem Strandcafé weit weg von zu Hause und nippte genüsslich an einem verlängerten Espresso. Der Kellner hatte seinen Espresso ordentlich verlängert, so hatte Hellander einiges zu tun.

Seine Kollegin lag nicht weit entfernt am Strand und räkelte sich in der Sonne. Sie hatte ihren grünen Doppel-Bikini mit den lila Fransen an. Dieser spezielle Bikini hatte nicht nur vorne zwei Dreiecke für die Brüste sondern auch hinten zwei für die Schulterblätter. Von weitem – wenn sie auch noch ihre schulterlangen Haare nach vorne gekämmt hatte – konnte man nicht genau erkennen, ob man sie von vorne oder von hinten sah. Das war verwirrend.

Der Kollegin gefiel das.

Hellander schaute ihr einige Zeit beim Räkeln zu, dann ließ er seinen Blick weiter schweifen. Es waren noch weitere Menschen an diesem herrlichen weißen Sandstrand in dieser wunderschönen Bucht. Viele Familien mit Kindern, einige ohne.

Am Nachbartisch wurde gerade die Pizza Margarethe mit Peperoni, Artischocken und vier Jahreszeiten geliefert. Vom Lieferservice oben aus dem Ort, denn hier im Café gab es keine Pizza.

Der Mann und der Junge am Tisch hatten komplementäre Frisuren: Dort, wo der Vater noch ein paar Haare hatte, hatte der Junge keine mehr. Wo der Vater keine mehr hatte, da hatte der Junge welche, trendig mit Gel nach oben modelliert. Das sah sehr lustig aus, fand Hellander.

Pizza-Lieferungen und deren Konsum waren in diesem Land verboten, also war Hellander eben Zeuge eines Verbrechens geworden. Doch für solche weltlichen Belanglosigkeiten war er nicht zuständig. Und außerdem war er ohnehin wegen eines ganz anderen Falles hier auf dieser einsamen Insel zwischen den Familien mit und ohne Kinder. Für diesen ganz anderen Fall waren noch gute zwei Tage Zeit, dann war ihr Rückflug gebucht. Es war zwar noch nichts ermittelt, aber das würde schon noch reichen. Wenn man schon mal hier war, so musste man doch auch ein bisschen Strandurlaub machen.

Der Himmel war strahlend blau und die Sonne hatte freie Bahn. Es war heiß. Sehr heiß. Hellander war froh, im Schatten des Cafés zu sitzen, wenngleich der verlängerte Espresso ihn zusätzlich aufheizte. Aber er konnte ja jederzeit ins Meer springen, also war das nicht so schlimm.

Der Mann neben ihm und sein Junge wurden gerade verhaftet und die Pizza beschlagnahmt. Vermutlich wurden die beiden von einem Blitz-Gericht verurteilt und in die Katakomben der Insel gesperrt, wo sie jeden Tag die beschlagnahmten Pizzen aufessen mussten – als Strafe und als Rehabilitationsmaßnahme oder wie das heißt. Resozialisierung vermutlich. Sie sollten aus ihrem Vergehen lernen und nie wieder Pizza bestellen, da sie ihnen nach ausreichendem Konsum zum Halse raushängen würde.

Hellander fand das eine äußerst interessante Strafmaßnahme und stellte eine kurze Hochrechnung an.

Er hatte gehört, dass jede Woche mindestens ein Mensch verhaftet und zum Pizza-Essen in den Katakomben verurteilt wurde. Die Dauer der Strafe hing vom Pizza-Belag ab, wurde aber in der Regel auf ein Jahr festgelegt. Folglich sind am Ende eines Jahres 52 Menschen inhaftiert, die auf Pizza zur Resozialisierung angewiesen sind. Bei drei Mahlzeiten am Tag wären das 156 beschlagnahmte Pizzen pro Tag. Die Dunkelziffer der illegalen Pizza-Bäcker lag aber nur bei ca. fünf, hatte er noch im Reiseführer gelesen. Dementsprechend müssten diese fünf Pizza-Bäcker am Tag über 30 Pizzen backen, die alle beschlagnahmt würden, wobei bei jeder beschlagnahmten Pizza ja wiederum ein neuer Häftling hinzukommt.

Diese Rechnung ging nicht auf!

Dieses System konnte nicht funktionieren, das war jetzt sonnenklar! Entweder die Regierung verbreitete falsche Pizza-Statistiken oder produzierte selbst Pizzen für die Gefangenen.

Allein durch die beschlagnahmten Pizzen konnte der Bedarf nicht gedeckt werden. Der Fall stank zum Himmel! Er weckte Hellanders Interesse, aber er würde ihn erst einmal unbehandelt lassen, denn er war ja wegen dieses ganz anderen Falles hier.

Einstweilen hatte er zudem noch mit seinem verlängerten Espresso zu tun. So lange konnte er noch ein wenig die Strandatmosphäre genießen.

Die Wellen machten ihr übliches Wellenrauschen, aus dem Dickicht rechts vom Strand kam leises Zirpen der Grillen, hier und da Gekiekse von den Strandgästen. Mit den Füßen im Wasser stand da wieder der Typ mit dem breiten Kreuz, den Hellander gestern schon gesehen hatte, als sie nach ihrer Ankunft kurz hier gewesen waren. Er trug wieder seine rote Badehose und sein Kreuz wirkte heute noch steifer als gestern. Wieder stand er hauptsächlich breitbeinig herum und seine Finger zuckten nervös an seinen Händen, die er ständig einen halben Meter rechts und links von seinem Körper hielt. Heute ohne Familie war er mit seinem grauhaarigen Freund hier. Er machte einen enorm coolen Eindruck, fand Hellander. Die Sonnenbrille hoch ins blonde Haar geschoben, der kleine Zopf baumelte lustig im Wind.

Die Frau mit dem komplett tätowierten Rücken war auch wieder da.

Am Nachbartisch unterhielten sich zwei Männer, Hellander schnappte ein paar Worte auf. Die beiden unterhielten sich über irgendeine verrückte Kommune oder Sekte, die irgendwo oben im Dschungel ihr Lager aufgeschlagen haben sollte. Die zwei Männer tuschelten, so konnte er leider nur ein paar Fetzen hören, aber diese klangen aufregend nach Verschwörung und Abenteuer. Es war von dunklen Riten die Rede, erbarmungswürdigen und wütenden Schreien, von

Menschenopfern, von Trommeln, irrer Musik, von Verrück-ten, von Orgien, von Gefangenen und von solchen, die sogar freiwillig dort hin pilgerten, vermutlich Perverse oder Suizid-exhibitionisten, die sich bei ihrem Tod gerne zuschauen ließen.

Alles dabei, schmunzelte Hellander. Und die beiden Typen neben ihm glaubten alles und gruselten sich.

Hellanders Fantasie war nun ebenfalls angeregt und er malte sich das Ganze bildlich aus. Vielleicht stand da ein Tempel aus dunkelgrauem Stein, mit Schlingpflanzen überwuchert, davor ein steinerner Altar, auf dem Jungfrauen in einem knappen weißen Lendenschurz geopfert wurden. Warum eigentlich immer Jungfrauen, wunderte er sich über seine Fantasien und über das übliche Klischee, das ihm da in seinen Kopf kam. Warum sollten die Opfer vorher eigentlich keinen Geschlechtsverkehr haben? Weil sie „unbefleckt" und „rein" sein sollten, oder so was? „Die Götter stehen da wohl drauf", dachte er. Aber durch die Opferung sind sie dann ja mit Blut befleckt, also was soll das Ganze? Und tot sind die dann auch, was sollen die Götter denn eigentlich mit den toten Opfern? Tote gibt's doch genug, von denen sich die Götter die besten aussuchen können …

Sind Menschen ohne Geschlechtsverkehr wertvoller und interessanter für Götter? Warum überhaupt „Opfer"? Man gibt etwas Wertvolles als Dank? Klingt an sich plausibel. Aber ist es gut, jemandem Danke zu sagen, indem man etwas, das man von ihm bekommen hat, kaputt macht? Wie sinnlos ist das denn?

„Komisches Ritual", schloss Hellander seine Überlegung.

Nachdem Hellander seinen verlängerten Espresso endlich geschafft hatte, orderte er die Rechnung, verließ das Café und gesellte sich zu seiner Kollegin. Sie lag inzwischen unten ohne da, damit auch ihre Lenden gebräunt würden, sagte sie auf seinen fragenden Blick hin. Ob er denn gebräunte Lenden gut finden würde oder gebräunte Brüste besser, fragte sie ihn, aber er schwieg dazu. „Frauenfrage", dachte er gereizt. Wieder eine von den Fragen, die man eigentlich nur falsch beantworten konnte, und es juckte schon in seinem Geschlechtsteil. Hellander erschrak dabei, dass immer noch allein der Gedanke an eine Lüge gegenüber seiner Kollegin solch geschlechtsteilige Reaktionen hervorrief. Es war zum verrückt werden.

Grummelnd ließ er sich neben seiner Kollegin nieder.

Inzwischen war die Tochter des Typen mit dem breiten Kreuz und der roten Badehose gekommen und die beiden bauten Sandburgen. Aber auch dieses Mal wollte der Mann sich partout nicht in den Sand setzen, sondern beugte sich immer mit breitbeiniger Haltung herunter, um den Sand zu formen. Hellander kam der Gedanke, dass das tiefenpsychologische Hintergründe hatte: Der Mann war vielleicht ein Erfolgsmensch und dass er etwas in den Sand setzte, das durfte nicht sein, schon gar nicht sich selbst. Folglich musste er stehen, quasi „seinen Mann stehen", und dabei seine Lendenwirbelsäule ruinieren. Wenn das sein Orthopäde gesehen hätte. Eines Tages würde er bereuen, trotz seiner durchtrainierten Figur.

„Ätsch", dachte Hellander. Er selbst war nicht so gut durchtrainiert, eher durchschnittlich.

Wenn er solch durchtrainierte, muskelbepackte Menschen sah, dann fühlte er sich immer zwiegespalten. Einerseits fühlte er sich überlegen – der Typ hatte echt eigenartige Prioritäten, nur sein Äußeres im Sinn, war total oberflächlich und hatte bestimmt nicht so viel im Kopf wie Hellander – wie auch, wenn der den ganzen Tag in der Muckibude Hanteln stemmte. Auf der anderen Seite machte es ihn auch neidisch und er fühlte sich unwohl und unterlegen. Vielleicht waren es Kraft und Männlichkeit, die die trainierten Muskeln für ihn symbolisierten, eine Art von Stärke, die er an sich vermisste?

„Ach, keine Ahnung", schloss Hellander den Gedankengang. Als Kommissar auf seinem Spezialgebiet musste man nicht durchtrainiert sein, also wozu dann auch. „Durchtrainierte Körper werden total überbewertet."

Er fragte seine Kollegin, ob sie seine behaarte Brust attraktiv finden würde. Sie wurde knallrot, neigte verschämt den Kopf, sagte aber nichts. Schade, dachte Hellander, zwar ein roter Kopf, aber keine solch dramatische Reaktion wie im umgekehrten Fall üblich. Ihm fiel auf, dass er zuvor noch nie probiert hatte, den Spieß umzudrehen und seiner Kollegin solche heiklen Fragen zu stellen. Aber was hätte er dann erwartet? Dass bei einer Lüge ihre Brüste zu Pezzi-Bällen anschwollen?

Hellander legte sich zurück in den Sand, schloss die Augen und malte sich dieses Bild im Geiste aus. Die Vorstellung hatte Charme, auch wenn er ansonsten gar nicht unbedingt auf XXL-Brüste stand. Ein Hingucker allemal, aber M-Brüste waren ihm am Ende lieber, wie zum Beispiel, na ja, äh, zum Beispiel die von seiner Kollegin.

Als er eine Weile über Brüste nachgedacht hatte und sie sich in den verschiedensten Farben und Formen ausgemalt hatte, bemerkte er, dass er eine Beule in der Badehose bekam. Schnell drehte er sich auf den Bauch. Das drückte zwar etwas, aber Hauptsache, keiner sah es. Das wäre verdammt peinlich gewesen, besonders, wenn da oben aus der knappen Badehose etwas rausgeguckt hätte. Nicht auszudenken.

Er öffnete die Augen einen Spalt und sah sich ganz unauffällig um. Ob es jemand bemerkt hatte? Es schien nicht so. Dann traf sein Blick den der Kollegin, die ihn wissend anlächelte. Hellander spürte, wie ihm die Schamröte ins Gesicht schoss, drehte sich schnell weg und tat so, als wäre nichts geschehen.

Jetzt, wo er schon mal auf dem Bauch lag, konnte er ja eigentlich weiter an Brüste in verschiedenen Farben und Formen denken, es konnte ja keiner sehen, was dann in seiner Badehose so alles passierte.

In seiner Fantasie stand dann diese eine Frau vor ihm, die er schon öfter in seinen Träumen gesehen hatte. Ihre unbekleideten Brüste veränderten ständig ihre Form und ihre Farbe, schwollen mal zu Fußbällen heran, dann wieder ab zu Tischtennisbällen, schillerten mal in Silber, mal in samtigen Rot, glänzten in schneeweiß oder leuchteten von innen heraus in Gold und Gelb.

In seinem Traum erzählte er der Frau von seinen aufregenden, ereignisreichen Spezialfällen, wobei er allerlei Action hinzudichtete, um ordentlich Eindruck zu machen. Durch die Lügerei bäumte sich sein Geschlechtsteil auf, bahnte sich seinen Weg ins Freie und bohrte sich metertief in den Sand hinein. Sand kann ganz schön hart sein, und zu Beginn tat es auch echt weh. Dann allerdings fühlte es sich gut an, so vom warmen Sand umschlossen zu sein, weiter unten dann schön gekühlt. Und es fühlte sich gut an, weil er beschlossen hatte, sich nicht zu schämen. Nun, es sah ja keiner. „Und außerdem sind die Gedanken frei", dachte er trotzig. Andere hatten bestimmt viel skurrilere Fantasien, doch so genau wusste er das nicht. Noch nie hatte er sich mit jemand anderem darüber unterhalten. Über so etwas spricht man einfach nicht.

Irgendwie blöd. Schließlich weiß man am Ende nicht, ob man noch ganz normal ist oder komplett durchgeknallt.

Als es sich sein Geschlechtsteil gerade im Sand eingerichtet hatte, fragte seine Kollegin, ob er nicht mit ins Wasser kommen wolle. Hellander lehnte ab. „Ach nein, jetzt nicht." „Na, Sie haben wohl einen Steifen, was?", fragte die Kollegin augenzwinkernd. Hellander war wieder einmal verblüfft von ihrer direkten Art. Und er fühlte sich ertappt. Die Kollegin wusste alles, hatte er das Gefühl. „Nein, nein", log er, das war ja nun auch egal. Sein Geschlechtsteil bohrte sich noch ein paar Zentimeter tiefer in den Sand.

„Na dann", schmunzelte die Kollegin und hüpfte zum Wasser.

Das Wasser war eiskalt. Als sie mit den Beinen im Wasser stand musste sie die Luft anhalten, so kalt war es. Doch todesmutig warf sie sich kopfüber nach vorne und tauchte unter. Ihr Herz blieb fast stehen, dann tauchte sie wieder auf, schüttelte sich, jauchzte laut und ließ dann mehrfach ein tiefes, langes Stöhnen heraus.

Die Frau im grauen Badeanzug ein paar Meter neben ihr schaute schockiert und angewidert zu ihr herüber. Was für ein perverses Gestöhne, als ob die hier mit einem Mann …, und selbst dann …, oder mit mehreren Männern …, solche Verderbten sollte es ja auch geben, also nein so was … Sie verkniff sich jede Regung und jeden Laut. Sie konnte sich schließlich beherrschen, jawohl! Auch beim Sex, wenn es denn mal sein musste. Darauf war sie sehr stolz.

Der Kollegin lief ein Schauer durch den ganzen Körper und sie spürte ein Gefühl, als ob ihr Brustkorb gefüllt wäre mit Eiswürfeln und erfrischend prickelnder Brause. Sie jauchzte und stöhnte wieder.

„Das ist ja tierisch, was dieses verrückte Luder da von sich gibt", murmelte die Frau in dem grauen Badeanzug. „Und dann auch noch unten ohne, mein Gott wie ekelhaft. Und so was hier am Strand … furchtbar …"

Sie verließ das Wasser, das war ihr zu bunt hier.

Und zu kalt.

Das eiskalte Wasser machte die Kollegin süchtig und sie ließ sich wieder und wieder ins Wasser fallen, tauchte unter, tauchte auf, sprang herum, jauchzte und johlte, fuchtelte mit den Armen umher, es war herrlich, sich so gehen zu lassen.

„Komplett durchgeknallt", zischte die Frau mit dem grauen Badeanzug. „Ts, ts, Jesus Maria …", fauchte sie und zeigte ihrem Ehemann das Objekt der Entrüstung. Ihr Mann setzte seine Brille auf, beobachtete das Schauspiel einige Zeit lang, sagte ebenfalls „ts, ts", nickte seiner Frau einvernehmlich zu, ging ins Café auf die Toilette und holte sich einen runter.

Zur gleichen Zeit saß in einem Strandcafé in einer kleinen Bucht nicht weit entfernt Hellanders Erzfeind Dr. Peter Müller-Hochmuth und trank ein Kännchen Kaffee.

Hellander ahnte davon nichts. Weder, dass sein Erzfeind hier war, noch, dass er überhaupt einen hatte.

Aber Dr. Müller-Hochmuth wusste es. Er saß also nicht weit entfernt und heckte einen Plan aus. Dr. Müller-Hochmuth war Privatdetektiv. Er befasste sich seit einiger Zeit auch mit speziellen Spezialfällen. Früher war Müller-Hochmuth Schönheitschirurg gewesen, aber das hatte ihn auf Dauer gelangweilt, und nach einiger Zeit beschloss er, etwas Neues anzufangen und als Privatdetektiv zu arbeiten. Seine chirurgischen Fähigkeiten konnte er immer noch zu Vernehmungszwecken einsetzen. Das hatte er bisher noch nicht getan, aber der Gedanke erregte ihn. Bald würde es zur Anwendung kommen …

Dr. Müller-Hochmuth hatte genauso viele Spezialfälle aufgeklärt wie Hellander, aber im Gegensatz zu diesem war er völlig unbekannt. Hellander hatte definitiv die bessere PR-

Abteilung. Das machte ihn wütend. Dabei hatte er doch viel mehr auf dem Kasten als dieser Loser von Kommissar!

Er lehnte sich zurück in seinen Korbstuhl und ließ seinen Blick über das Meer und über den Strand schweifen. Am Strand lag keine Kollegin. Er hatte keine. Das wurmte ihn ganz besonders. Hellander hatte diese Kollegin, und selbst wenn sie ihm ein bisschen durchgeknallt erschien, war er neidisch. Seit er diese Kollegin hatte, schien es mit ihm bergauf zu gehen. Das machte Müller-Hochmuth fuchsig. Doch das Blatt würde sich in Kürze wenden, dachte er und lachte sich ins Fäustchen.

Hellander träumte noch eine ganze Weile weiter vor sich hin und schlief dann ein.

Als er zum Sonnenuntergang wieder aufwachte, hatte er einen ausgeprägten Sonnenbrand auf dem Rücken und den Rückseiten der Beine.

Und: Die Kollegin war verschwunden.

Hellander sprang auf und sein Herz rutschte einen Stock tiefer. Er schaute sich nach allen Richtungen um.

Sie war nirgends zu sehen.

Ihre Sachen lagen noch da, aber sie selbst war nicht zu sehen.

Nur noch ein paar vereinzelte Menschen am Strand in einiger Entfernung, aber keine Spur von seiner Kollegin. Das Café hatte geschlossen, dort konnte sie nicht sein. Wenn sie weg gegangen wäre, dann hätte sie doch Bescheid gesagt, war er sich sicher. Hatte sie einen Herzinfarkt gehabt im kalten Wasser?

Hellander biss die Zähne zusammen und hechtete hinein ins eiskalte Meer. Er tauchte unter, durchpflügte die ganze Bucht, aber keine Spur von der Kollegin.

Er schritt heraus aus dem Wasser und schaute sich ängstlich um. Wo war die Kollegin hin? Ein Unfall? Abgehauen? Entführt? Was nun?

Hellander war wie gelähmt. Regungslos stand er da und fragte sich, was er nun tun solle. Auf solche Fälle war er nicht vorbereitet. Das war nicht sein Spezialgebiet. Er fühlte sich völlig hilflos und unfähig.

Da fiel ihm ein, dass man in solchen Fällen ja die Polizei ruft, die in der Regel zuständig ist. Kein Handy dabei. Hätte hier vermutlich ohnehin keinen Empfang gehabt. Er sah sich um und sah eine klapprige Telefonzelle am Rande des Strands. Er kramte etwas Kleingeld aus seiner Tasche und lief dort hin. Es war ein ganz altes Teil mit eingeschlagenen Scheiben, rostigem Telefonhörer und heraus gerissenen Telefonbüchern. Dass es auf dieser Insel überhaupt Telefonbücher gab, erstaunte ihn. Er rief die Polizei. Zum Glück hatte er bei seinen Vorbereitungen auf den ganz anderen Fall die Notrufnummer gelesen, denn hier stand nirgendwo eine. Und die Telefonbücher waren ja rausgerissen. „Vandalismus ist voll beknackt", dachte er. Dann dachte er an seine Kollegin. Was war passiert?

Ein bisschen konnte Hellander die Landessprache, es reichte gerade so zur nötigsten Verständigung. Immerhin konnte er dem Polizeibeamten am Ende der Leitung seinen Fall schildern. Doch – Hellander hatte es geahnt – er würde ihm nicht helfen können, die hiesige Polizei würde erst aktiv, wenn die vermisste Person länger als 24 Stunden vermisst würde.

„So ein Mist", dachte Hellander, sagte es auch und prügelte den Telefonhörer zurück auf die Gabel.

Einen Moment stand er regungslos da. Schweiß lief ihm von der Stirn, es war ohnehin heiß hier, aber jetzt kam auch noch Angstschweiß hinzu.

Er holte wieder Luft und wankte zurück zu ihrem Strandlager. Er starrte verloren aufs Wasser.

Wasser ... Wasser ... Nein, im Wasser war sie nicht. Sie konnte ja schwimmen und blöd war sie auch nicht. Die Bucht war ruhig, keine dramatischen Wellen, die einen gegen die Felsen schleudern und runterziehen konnten. Und wenn hier jemand am Ertrinken gewesen wäre, das hätte doch jemand bemerkt, beruhigte er sich. Der Strand war doch bisher gut gefüllt gewesen, da geht keiner so sang- und klanglos unter.

Also wieder: Entführt? Verschleppt? Gefangen? Gefoltert? Ein Schauer lief ihm über den Rücken und er wollte gar nicht so genau darüber nachdenken, was in dieser Bananenrepublik so alles möglich war. Von Terroristen verschleppt, um Lösegeld zu erpressen? Von der Polizei als politische Gefangene genommen? Aber für welche Politik? Oder – ihm wurde schummrig – hatte sie eine Pizza bestellt?

Erschrocken drehte er sich um. „Natürlich! Spurensuche! Alter! So anders als deine Spezialfälle sind solche Fälle doch auch wieder nicht", herrschte er sich an. „Konzentrier dich! Schau dich um! Spuren sichern!"

Spurensuche am Strand, haha. Fußspuren konnte er vergessen. Aber vielleicht andere Indizien? Einen Pizza-Karton zum Beispiel?

Er scannte den Strand und – ja – in der Tat, nicht weit von ihrem Lager lag ein leerer Pizza-Karton.

Mit ein paar Sätzen war er da und untersuchte die Pappe. Peperoni-Stücke lagen noch darin und ein paar Salamireste. Lupe und Pulver, ja, es gab ein paar Fingerabdrücke! Aber wie sahen die seiner Kollegin aus? Er sprang zurück zu ihrem Lager und untersuchte die Trinkflasche der Kollegin. Er verglich die Abdrücke miteinander.

Er war sprachlos. Da war ein Fingerabdruck von seiner Kollegin auf dem Pizza-Deckel! Die Kollegin hatte also Pizza bestellt und war verhaftet worden? Und saß nun in den Katakomben der Insel und musste den ganzen Tag lang Pizza essen? Wenn das Gerücht stimmte ... Vielleicht stand auch Todesstrafe auf dieses Vergehen und nur zur Besänftigung der Bevölkerung und der UNO wurde behauptet, die Gefangenen würden Pizza essen ...?

So vieles war denkbar – und gleichzeitig so undenkbar. Ihm wurde übel.

Dann kamen ihm noch einmal Zweifel.

Mochte die Kollegin eigentlich Peperoni? Soweit er wusste – nicht. Die Peperoni lagen zwar noch in der Box, sie hatte sie nicht gegessen, aber warum hatte sie sich eine Peperoni-Pizza bestellt? „Was für ein komplizierter Fall", seufzte er. „Und jede Minute kann zählen, jede Minute könnte es zu spät sein ..."

Er schaute sich noch einmal um. Nur noch ein paar Gestalten am Strand, wo es schon langsam dämmerte.

„Zeugen! Ja, Mensch, klar! Zeugenbefragung! Warum denke ich erst jetzt daran? Habe ich alle Grundregeln der Kunst vergessen? Das ist doch eins der ersten Dinge, die man tut als Kommissar!", wetterte er. Schon sprang er hinüber zu dem Mann mit dem rosa Polohemd und der dicken Hornbrille, der auf einem umgedrehten Mülleimer saß und auf das Meer starrte. „Entschuldigung", sprach er den Mann an. Der drehte den Kopf zu Hellander und starrte ihn mit leeren Augen an. Hellander erkannte schnell, dass dieser Mann nicht vernehmungsfähig war.

Daraufhin befragte er die Frau mit dem karierten, ausgefransten Hemd und den rosa gefärbten Haaren, die sie hochgesteckt und dort grün gefärbt hatte. Ob ihm ihre Frisur gefalle, fragte sie ihn, der sie daraufhin nur konsterniert anstarrte und schnell und genervt das Weite suchte. Dabei fiel ihm ein, dass ihn seine Kollegin auch öfter nervte.

Nach ein paar tiefen Atemzügen kehrte er zurück und setzte die Befragung fort, aber die Frau hatte nichts gesehen und nichts gehört.

Dann ging er herüber zu der Frau mit dem grauen Badeanzug, die zufrieden lächelnd auf ihrem Liegestuhl lag. Hellander stellte sich zu ihr und fragte sie, ob sie eine Frau mit einem grünen Bikini mit lila Fransen gesehen hätte und wo sie hin wäre. Die Frau schaute ihn mit zur Schau gestellter Unwissenheit an. „Diese Verrückte?", fragte sie mit hochgezogenen Augenbrauen. Dann schob sie trocken hinterher: „Ihre Frau ist weg."

Er war sich nicht sicher, ob dies eine Frage oder eine Aussage war, aber er hatte in jedem Fall den Eindruck, dass diese Frau etwas wusste.

„Ich weiß, dass sie weg ist", entgegnete er. Dass sie nicht seine Frau war, tat jetzt nichts zur Sache. „Deswegen frage ich Sie ja!"

„Die ist da, wo sie hingehört", murmelte die Frau verächtlich, lehnte sich zurück in ihren Liegestuhl und schloss die Augen. Das Gespräch war für sie beendet.

Hellander stand einen Moment unschlüssig da, dann wurde er wütend und wollte die Frau am liebsten schütteln. In jenem Moment kam ihr Mann. „Hey, was machen Sie da!", schnauzte er Hellander an. „Lassen Sie meine Frau in Ruhe!"

Das war ja grausam hier. Hellander wurde rot vor Zorn.

„Sind wohl auf der Suche nach 'ner neuen Frau, wo ihr Flittchen abgedampft ist, was?"

„Was? Flittchen? Geht's Ihnen noch gut? Haben Sie noch alle Tassen im Schrank?"

„Jetzt tun Sie mal nicht so! Durchgebrannt ist die. Mit zwei braungebrannten Typen. So sieht's aus! Sich totlachend, rechts und links eingehakt bei den beiden, so kam die aus'm Wasser raus, die hat sich gar nicht mehr eingekriegt! Ha! Und ab in'n Wald, mein Lieber! Die hatten's vielleicht eilig! Pah!" Eine Mischung aus Abscheu, Gier und Schadenfreude lag auf dem Gesicht des Mannes.

Hellander blieb die Luft weg. Seine Kollegin mit zwei Typen im Wald verschwunden?

„Die muss es echt nötig gehabt haben", ätzte der Mann und wäre selbst gerne einer der beiden Männer gewesen.

Hellander wollte das zuerst nicht glauben und danach auch noch nicht. Grundsätzlich war sie Männern gegenüber nicht abgeneigt und Flirten konnte sie auch ganz schön. Und den einen oder anderen One-Night-Stand hatte sie wohl auch schon gehabt, so hatte er aus ihren Erzählungen herausgehört.

Aber einfach so mit zwei fremden Typen? Und wenn es denn wirklich schnell gehen musste, warum war sie dann jetzt noch nicht zurück? Wenn er ihr solch eine Nummer zutraute, dann nur so, dass es wirklich schnell ging, tschüss, war nett mit euch, und die beiden Typen sprachlos zurücklassend wieder rein ins Wasser.

Oder schätzte er sie falsch ein?

Oder hatten sie sie danach im Wald zerstückelt und liegen gelassen?

Hellander war hin- und hergerissen. In seinem Kopf wechselten sich die verschiedensten Fantasien ab.

Wilder Sex im Wald mit zwei Typen … Und während ihm dieses Bild einen Stich ins Herz versetzte, erregte es ihn auch irgendwie …

Dann das Bild von der zerstückelten Kollegin in einer riesigen Blutlache … Sein Herz blieb einen Moment lang stehen.

Dann ein Bild, wie sie Pizza in sich hineinwürgen musste, tief unten in den Kerkern der Insel ...

Dann wiederholten sich in seinem Kopf die Worte der Frau mit dem grauen Badeanzug. Was hatte sie gesagt? „Diese Verrückte ..." und „da, wo sie hingehört ..." Unwillkürlich dachte er an diese Verschwörungsgeschichte von vorhin, von der die beiden im Café neben ihm erzählt hatten. Von dem Verrückten-Lager oben im Dschungel.

Die nächste Fantasie. Die Kollegin bei der Verrückten-Sekte, nur mit weißem Lendenschurz, auf dem steinernen, mit Schlingpflanzen überwucherten Altar, in Trance sich lustvoll windend von betörenden Zaubertränken, die wahnsinnige Schar im Kreis um den Altar herumtanzend, während der Häuptling ihr mit einem riesigen Silbermesser die Pulsadern aufschneidet. Die Masse der Verrückten jubelt, die Zungen vor Lust heraushängend, laute Trommelwirbel, die zusammen mit dem Geschrei durch den Dschungel hallen und in der Umgebung Angst und Schrecken verbreiten.

Auf der anderen Seite war seine Kollegin ja keine Jungfrau mehr ... Und dennoch, Panik stieg in ihm auf, ein beengendes, heißes Gefühl um das Herz herum. Der Atem setzte aus. Gleichzeitig spürte er einen Schwall von Wärme sein Geschlechtsteil und seinen Unterleib durchströmen. Er musste sich eingestehen, dass diese Fantasien ihn auch erregten.

Einen kurzen Moment blitzte vor ihm ein Bild auf, wie er selbst vor einem Altar stand, auf dem eine Frau nur halb bekleidet sich lüstern räkelte ... Und unter tosendem Trommelwirbel stach er zu ...

„Wah!" Hellander schüttelte sich. Solche Gedanken durften nicht sein! Das sind wohl meine Schattenseiten, dachte er. Die Kinder des Dämons? Er schüttelte sich noch einmal, fuhr sich mit den Händen über die Arme, so als wollte er sie säubern und sich von dem ganzen Schmutz befreien. „Mein Gott, diese Fantasien", dachte er. „Hinfort, Satan! Hör auf damit, ich kann so nicht arbeiten!"

Er versuchte sich zusammenzureißen. Es blieb immer noch die Möglichkeit, dass seine Kollegin einfach nur Spaß mit zwei Typen und dabei die Zeit und ihn vergessen hatte. Dass alles okay war … alles okay … mit zwei Typen …, mit zwei braungebrannten Typen …, mit zwei widerlichen Machos, die es einfach hintereinander mit der Kollegin machten, und sie nachher als Nutte beschimpfen, weil sie es sich ja einfach so von zwei Typen machen lässt.

Dreckskerle!

Arschlöcher!

Das hat sie nicht verdient!

Dass Frauen aber auch immer wieder auf solche schmierigen Typen reinfallen! Mein Gott, auch die Kollegin? Er hätte ihr das nie zugetraut.

„Nein", versicherte er sich, „die ist anders, die lässt sich nicht von zwei so Lackmeiern rumkriegen! Die nicht!"

In Hellanders Kopf, Herz und Bauch flimmerte es. Es war eine unsägliche Mischung aus blindem Hass, Erregung und Angst, ja, da war aber auch tiefe Zuneigung zur Kollegin – und rasende Eifersucht. Und nicht zuletzt: Komplette Hilflosigkeit.

Das alles war zum Kotzen.

Hellander steckte sich einen Finger in den Hals und erbrach sich direkt vor den Füßen der Frau mit dem grauen Badeanzug.

„Geschieht dir recht", sagte er, als er ihr schockiertes und steifes Gesicht sah. Für den Moment fühlte er sich besser und er merkte, dass er von diesen zwei Kreaturen so schnell wie möglich wegmusste, obwohl es seine zwei besten Zeugen waren. Aber das hier war die Pest. Als er sich etwas entfernt hatte, spürte er Erleichterung. Diese beiden hatten eine wirklich morbide Aura, das konnte er deutlich spüren.

Als er wieder zu sich kam und wieder im Hier und Jetzt war, bemerkte er, dass er neben einer älteren Frau stand, die auf einem Felsen saß und aufs Meer schaute. Auch wenn sie ihn nicht ansah, spürte er doch, dass sie ihn wahrnahm und auf ihn gewartet hatte. Sie hatte etwas von einer alten Hexe, ein rotes Kopftuch, blaue, geblümte, wallende Kleider, die sehr alt aussahen, und einen wirren Gesichtsausdruck. „Nur Verrückte hier auf der Insel", dachte er.

Dann sprach sie zu ihm, ohne ihren Blick zu verändern: „Sie ist nicht freiwillig gegangen", krächzte sie.

„Hä? Was?", fragte Hellander. „Meine Kollegin meinen Sie? Was heißt das?"

Keine Antwort.

„Haben Sie sie gesehen? Wo ist sie hin?"

Keine Antwort.

„Was ist passiert? Halloooo!?"

Keine Regung. „Nur Verrückte", dachte er erneut.

„Folge deinem Bauch", krächzte sie dann ganz überraschend.

„Folge deinem Bauch? Sehr witzig", dachte Hellander. „Mein Bauch ist hier vorne und vor mit ist das Meer, da war ich schon, da ist sie nicht."

„Danach folge dem Pfad", sprach sie und zerfiel daraufhin zu Staub.

Sie war einfach weg.

Hellander starrte dort hin, wo die Frau eben noch gewesen und wo nur noch ein Häuflein Staub zu sehen war. „Donnerwetter", hauchte er verblüfft, „den kannte ich noch gar nicht." Er war überrascht über seinen Galgenhumor. Aber inzwischen konnte ihn nicht mehr viel schocken.

„Folge deinem Bauch", murmelte er, „so ein Quatsch. Was soll das?" Doch auch wenn er diese Hexe für durchgedreht hielt – und vielleicht war das alles auch nur ein Hirngespinst gewesen und er wurde selbst langsam verrückt –, ihre Worte gingen ihm nicht aus dem Kopf. Ihm schwante, dass ihre Worte irgendeinen Sinn ergaben. Bauch ... Bauch ... Bei den Gedanken an seinen Bauch bemerkte er, dass er Hunger hatte. „Folge deinem Bauch ..., nun gut, vielleicht sollte ich erst mal was essen gehen, sonst breche ich eh gleich zusammen."

Hellander ging zu einem Imbiss, der hinten am Ende des Strandes am Waldrand stand. Der Besitzer wollte gerade schließen, aber er ließ sich dazu herab, noch ein paar Pommes ins Fett zu werfen und eine kalte Bulette dazu zu servieren. Ungewöhnliches Essen für dieses Land, dachte Hellander, aber er wollte dann nicht weiter darüber nachdenken, aus was denn die Bulette bestand. Er hatte von eigenartigen Essgewohnheiten gehört.

Nachdem er gegessen hatte, ging es ihm ein bisschen besser und er spürte etwas mehr Ruhe. Er lehnte sich an die Wand der Imbissbude, stocherte gedankenverloren in den letzten Pommes herum, die in roter Soße und Fett schwammen und ließ seinen Blick schweifen.

Neben der Bude hatten sich inzwischen drei jüngere Einheimische versammelt, die gelangweilt Bier tranken und unmotiviert ein paar Böller anzündeten. „Eigenartiges Hobby", dachte Hellander.

Er ließ seinen Blick weiter in die Ferne schweifen. Dort hinten die Bucht, rechts und links eingerahmt von Felsen, oben drauf ein paar klapprige Holzhütten, die man für viel Geld und mit wenig Komfort mieten konnte – für den ganz individuellen, naturverbundenen Urlaub auf der einsamen Insel. Mit Meerblick.

An den Rändern der Bucht, direkt am Wasser klebten ein paar dunkle Baracken an den Felsen. Kleine Bootshäuser? Oder Lagerräume für die Diamantenschmuggler? Behausungen von schuppigen Echsenmenschen mit Schwimmflossen? Prima Kulisse für einen Gruselfilm, dachte Hellander, jetzt bei der hereinbrechenden Dunkelheit.

Der Strand war inzwischen fast leer und er färbte sich langsam dunkelgrau, die Sonne war hinter den Felsen verschwunden, vermutlich auch schon hinter dem Horizont. Doch es war immer noch sehr heiß, bestimmt mehr als 30 Grad. Hier in der Nähe des Dschungels war es sehr feucht. Hellanders Hemd war nass geschwitzt. Er hasste klebrige Hemden, aber im Moment hatte er andere Sorgen.

Auf einmal hatte jemand die Grillen eingeschaltet. Wie auf Kommando, dachte Hellander erstaunt, fingen alle gleichzeitig an zu grillen. Hellander schmunzelte über dieses Wortspiel. Dann verging ihm das Schmunzeln, als er wieder an seine Kollegin dachte. Was bloß geschehen war?

Er konzentrierte sich und sah sich weiter um. Hatte er irgendetwas übersehen?

Der Strand dort hinten, der sandige Weg hier her durch flaches Gestrüpp, rechts und links ein paar fest installierte Sonnenschirme aus Holz, links ein paar baufällige Holzhäuser, darunter ein kleines Hotel mit vielleicht fünf Zimmern. Neben dem Hotel begann die kleine Straße hoch zum Ort im Hinterland, wohin die ganzen Strandbesucher verschwunden sein mussten. Hinter ihm die Imbissbude. Der Imbissbesitzer hatte beschlossen, länger geöffnet zu haben, da die drei Einheimischen noch Umsatz versprachen. Er schien sie zu kennen.

Er hatte eine Kette mit roten und gelben Lampions aufgespannt, die etwas Licht spendeten. Der Weg zum Strand wurde durch eine alte, rostige Laterne notdürftig beleuchtet.

Hinter ein paar Fenstern der nahen Häuser schimmerte etwas Licht, dort schienen tatsächlich Menschen zu wohnen.

Auf der rechten Seite erhoben sich die Felsen langsam zu den Bergen und der Dschungel begann ein paar Schritte von der Imbissbude entfernt.

Und dann sah er es.

Schwach im Lichtschein der Lampions sah er den Pfad.

„Folge deinem Bauch … danach folge dem Pfad", hatte die zu Staub zerfallene Frau gesagt. Hellander rutschte das Herz einen Stock tiefer, so dass er sich krümmen musste. Konnte das wahr sein? War das der Pfad? War das der Weg? Ist die Kollegin dort entlang? Oder ist das alles kompletter Blödsinn?

Unwillkürlich machte er ein paar Schritte auf den Pfad zu. Er führte direkt in den Dschungel hinein – und mitten in die Dunkelheit.

Ins Schwarze.

Führte dieser Weg zum Ziel?

Er ging ein paar Schritte hinein, bis das Schwarz ihn umhüllte. Jetzt konnte er keinen Pfad mehr erkennen. Er konnte nichts mehr erkennen, nicht mal die Hand vor Augen. Wo war der Ausgang? Wo war der Weg zurück? Er grabbelte in seinen Hosentaschen, ob er nicht ein Streichholz oder irgendetwas zum Licht machen fand, doch er fand nichts.

Mist.

Dann hörte er wieder einen der Böller von den Einheimischen.

Denen sei Dank, er rannte in die Richtung, aus der das Geräusch gekommen war. Dabei stolperte er über irgendwelches Gestrüpp und landete flach auf dem Boden. „Mist", fluchte er laut. Als er sich gerade hochstemmen wollte, bemerkte er ein kleines Stück Stoff an seiner rechten Hand. Zumindest fühlte es sich so an. Das war keine Pflanze und kein Tier. Ein kleines, längliches Stück Stoff. Ohne darüber nachzudenken, nahm es das Stück mit und stolperte zurück zur Imbissbude. Als er wieder Licht um sich hatte, sah er, dass er in der Hand einen etwa 5 cm langen lila Stoffstreifen hielt. Sein Herz begann zu rasen vor Freude, Angst und Aufregung. Das war definitiv ein lila Fransen vom grünen Bikini der Kollegin!

Die Kollegin war dort gewesen!

Hatte dort ein Kampf stattgefunden? Oder war er gerade über ihre Leiche gestolpert?

Er borgte sich kurz die Lampionkette aus und rannte zurück in den Dschungel zu der Stelle, an der er den Fransen gefunden hatte. Dort schaute er sich um. Bäume. Gestrüpp. Lianen. Und Schwarz. Viel Schwarz. Das Schwarz schien das Licht der Lampions zu verschlucken, weit konnte er nicht sehen. Er durchstöberte die Gegend, aber er konnte keine nennenswerten Spuren erkennen, weder von einem Kampf, noch von wildem Sex. Kaum nieder gestampftes Gestrüpp, keine Blutspuren, keine Leiche.

Hellander spürte etwas Erleichterung, war aber nicht wirklich beruhigt. Die Leiche konnte auch weggeschafft worden sein.

Für ein paar Schritte reichte die Lampionkette noch, dann ging es nicht mehr weiter. Sein Blick verlor sich im Dunkel. Beim letzten Blick auf den Boden entdeckte er am Ende noch einen Fransen vom Bikini seiner Kollegin! Jetzt war er sich sicher: Das war der Weg und seine Kollegin hatte eine Spur gelegt, die er sichern konnte.

Eine Spur für ihn!

Er musste also dem Pfad folgen, dann würde er sie finden!

Doch er sah ein, dass das jetzt in der Dunkelheit keinen Sinn mehr hatte. Ohne Licht war gar nichts zu erkennen und auch mit wäre man nicht weit gekommen. Er hatte den

Eindruck, das Schwarz hätte selbst Scheinwerferlicht geschluckt. Und dann die Geräusche! Geknister hier und dort, Geraschel, wer weiß, was hier für Tiere und Gestalten nachts unterwegs waren!

Er musste leider auf den nächsten Tag warten. Das war ein quälender Gedanke, aber es nutzte nichts. Immerhin hatte er jetzt eine heiße Spur und eine Art Lebenszeichen.

Er lief zurück zur Imbissbude, bedankte sich für die Lampionkette und nahm sich ein Zimmer in dem klapprigen Hotel nebenan. Sie hatten zwar ein Hotelzimmer oben im Ort, aber jetzt fuhr längst kein Bus mehr.

Der Hotelier war ein greiser, mürrischer alter Mann mit grauem, pomadigem Haar, einem steingrauen Jackett und offenem hellblauen Hemd. Vor seinem weißen Brusthaar baumelte eine Kette mit einem umgedrehten Kreuz. Nicht sehr einladend, dachte Hellander, aber was soll's. „Den Mutigen gehört die Welt", beschwichtigte er sich.

Er stieg die knarzende Treppe hinauf zu seinem Zimmer. Im Zimmer war es schwül und stickig und es roch nach Staub und alten Polstermöbeln. Ein quietschendes Bett mit Messinggestell, eine von Holzwürmern zerfressene Kommode, darüber ein blinder Spiegel, ein kleines Waschbecken und rechts eine Nische mit einer Kloschüssel. Keine Tür davor, und es sah auch nicht so aus, als wäre jemals eine davor angebracht gewesen. „Eigenartige Architektur", wunderte sich Hellander. Auf der Kloschüssel war kein Deckel und keine Brille angebracht und Hellander beschloss, seine gegebenenfalls notwendigen Geschäfte draußen zu verrichten.

An der Decke hing ein Ventilator, der sich vorsichtig drehte. Über dem Bett lugte ein Kabel aus der Wand, an der eine Glühbirne befestigt war, die ein fahles Licht spendete. Die Dielen knirschten und es wäre nicht verwunderlich gewesen, wäre er durchgebrochen und auf dem Schoß des Hoteliers gelandet.

Durch das geöffnete Fenster kam leider keine Frischluft, dafür war es draußen noch zu warm. Hellander wischte sich den Schweiß von der Stirn, zog sein Hemd und seine Hose aus und legte sich aufs Bett. Er versuchte zu schlafen, verfiel aber nur in einen quälenden Halbschlaf. Alpträume plagten ihn und immer wieder wurde er durch die Böller der Einheimischen herausgerissen.

Nach einiger Zeit beschloss er, noch einmal raus zu gehen. Die drei Einheimischen hingen immer noch vor der Imbissbude herum. Hellander bestellte ein Bier, kaufte den dreien ein paar Böller ab und böllerte selbst etwas herum. Zum Glück sprachen die drei Englisch, so konnte man sich einigermaßen sinnvoll verständigen.

Sie kamen ins Gespräch und der eine fragte ihn, was er denn hier so machte, und er erzählte ihnen, dass er eigentlich wegen eines ganz anderen Falles hier wäre, aber jetzt wäre seine Kollegin verschwunden.

„Schlimm", sagten die drei betroffen.

„Die Polizei kannst Du hier leider vergessen", sagte der Erste.

„Ja, genau, voll vergessen", bestätigte der Zweite.

„Deine Kollegin kannst Du wahrscheinlich auch vergessen …", sagte der Dritte.

„Quatsch", fuhr ihn der Erste an.

Hellander erzählte von dem, was er gehört hatte, vor allem von den zwei braungebrannten Typen, mit denen sie zusammen gesehen worden wäre.

„Ach, das sind bestimmt Joe und Jack", bemerkte der erste.

„Joe und Jack?"

„Ja, zwei so Kleinkriminelle. Die tun 'ne Menge, für Geld und so."

„'ne Menge? Aber auch Entführungen?"

„Vielleicht. Wenn der Preis stimmt?"

„Wobei", warf der zweite ein, „manchmal machen die auch komische Sachen einfach so. Aus Quatsch oder für'n Butterbrot oder so."

„Hm", dachte Hellander, „also entführt von zwei Kleinkriminellen? Aber in wessen Auftrag? Wer sollte das bezahlt haben?" Er dachte weiter und ihm wurde mulmig. „Von zwei so Typen verschleppt, ... hoffentlich ..." Er wagte nicht weiter zu sprechen, aber die drei wussten, was in ihm vorging.

„Keine Sorge, die beiden sind schwul, falls Du das meinst."

„Ach!", entfuhr es Hellander. Das war ihm gerade sehr sympathisch.

Einige Zeit herrschte Stille, dann nahm Hellander das Gespräch wieder auf.

„Wo geht dieser Pfad hin?", fragte er weiter.

„In den Dschungel."

„Das sehe ich. Und?"

„Hoch geht's. In den oberen Dschungel. Viel mehr wissen wir auch nicht. Wir gehen da nicht lang. Da oben sind die Verrückten."

„Die Verrückten?"

„Ja, diese Spinner. Hab mich noch nicht näher rangetraut, aber das ist echt gruselig. Das muss da voll krass abgehen. Du hörst da Schreie, da läuft dir's eiskalt den Rücken runter."

„Was für Schreie?"

„Keine Ahnung. Das ist total verrückt. Alles dabei. Wahnsinn. Lust. Todesangst. Schmerz. Panik. Brutalität. Hass. Wut. Will nicht wissen, was die da machen. Ich glaube, die foltern ganz krass oder sind alle total besessen."

Nach einer Weile fügte der zweite hinzu: „Manche sagen, die schleppen Menschen dort hin und schlachten sie. Und geilen sich daran auf. Andere sagen, die machen Seancen da, so okkulte Sachen, Beschwörungstänze bei Trommelmusik und Lagerfeuer. Sie sagen, die beschwören den Teufel herauf, der bald über die ganze Insel kommen wird."

„Letztens wollte einer freiwillig hin, sage ich dir", ergänzte der Dritte, „der hat mich nach dem Weg gefragt. Eigentlich ein ganz netter Typ, ein bisschen depressiv vielleicht. Aber ich glaube nicht, dass der wusste, wo er da hin geht. Weiß ja nicht, was die ihm woanders erzählt haben, vielleicht dass da oben das Paradies ist oder Dauerparty oder was. Als ich ihm die Geschichten erzählt habe, hat er nur gelächelt. Na ja, wahrscheinlich war der auch so verrückt und wollte gerne geopfert werden. Solche Leute soll's ja geben …"

„Krass", hauchte der Erste. „Die haben auch mal Polizei hingeschickt", fuhr er fort, „aber die haben sich auch nicht näher rangetraut. Einer von denen ist durchgedreht und im Dschungel verschwunden. Der wurde nie wieder gesehen. Und ein anderer ist in einer Anstalt gelandet."

„Puh", machte Hellander. Ob seine Kollegin dorthin verschleppt wurde? Ob diese Verrückten die beiden Typen angeheuert hatten, um Frischfleisch für den Opferaltar zu beschaffen?

Dann fiel ihm die Pizza-Geschichte wieder ein. „Wie ist das eigentlich mit den Pizza-Lieferungen?"

„Was soll da sein? Ist verboten, aber viele machen's trotzdem. Manche werden erwischt. Die haben Pech gehabt. Kommen runter in die Katakomben." Der erste zeigte wissend runter auf den Boden und in die Erde. „Ist aber auch nur so eine Geschichte. Jeder weiß was und keiner so richtig. Auf jeden Fall habe ich keinen wieder gesehen, den ich bei einer Verhaftung gesehen habe."

Hellander schluckte.

Auf rechtsstaatliche Mittel konnte er hier nicht setzen und die Katakomben wurden sicher gut bewacht. Und sie überhaupt zu finden, war ja schon ein Meisterstück. Wie sollte er sie da nur rausholen? Wenn sie überhaupt dort war.

Aber nein, sie wurde ja von diesen zwei Typen geholt … Zivilpolizisten? Kopfgeldjäger? Oder eben „nur" zwei Kleinkriminelle?

Warum hatte die Kollegin gelacht? War es doch Vergnügen gewesen?

Oder hatte der Mann von der Frau mit dem grauen Badeanzug einfach nur irgendwas erzählt? Hatte der überhaupt etwas gesehen?

Aber da war ja noch die Hexe. Aber da war auch die Pizza-Schachtel … Aber, aber, aber …

Alles so verwirrend.

Hellander beschloss, auf sein Zimmer zu gehen, vielleicht würde er ein bisschen schlafen und am nächsten Morgen wieder etwas klarer denken können. Immerhin hatte die Kollegin für ihn eine Spur hinterlassen, der er folgen würde.

Er verabschiedete sich und ging. In seinem Zimmer angekommen ließ er sich auf das quietschende Bett fallen und schlief bald ein.

Dr. Müller-Hochmuth lächelte zufrieden. Sein provisorischer Operationsraum war fertig. Alle Geräte waren angeschlossen, alle Messer ordentlich geschärft. Alles bereit für ein paar schönheitschirurgische Eingriffe, die er sich im Geiste genüsslich ausmalte. Er lachte sich schon wieder ins Fäustchen.

Einstweilen wollte er etwas essen und dann schlafen gehen, die Kollegin würde das sicher auch schon tun. Alles Weitere konnte morgen geschehen, es bestand keine Eile, jetzt, wo alles bereit war.

Hellander erwachte recht früh am Morgen. Die Sonne war noch nicht lange aufgegangen und draußen herrschten endlich etwas angenehmere Temperaturen.

Mit einem mulmigen Gefühl stieg er aus dem Bett. Es würde ein aufregender Tag werden, das wusste er. Aber er wusste noch nicht, wie er ausgehen würde. Woher auch?

Er wusch sich kurz und zog dann sein Hemd und seine Hose an. Auf seinem Hemd sah man Salzränder um die Schweißflecken vom Vortag. Egal. Er verließ das Zimmer und stieg die Treppen hinab.

Der Hotelier war schon wach – oder war er es immer noch? Er saß genau so da, wie er in der Nacht dagesessen hatte, als Hellander ins Bett gegangen war.

Nach dem Bezahlen des Zimmers ging er in den Hotel-Shop, um etwas Ausrüstung für seine Expedition zu besorgen: Eine Flasche Wasser, eine Machete, eine Taschenlampe – man weiß ja nie – und zwei belegte Brote, eins mit Schinken und eins mit Ei.

Das musste für's erste reichen.

Als er vor die Tür trat, sog er die angenehme Luft ein. Es roch nach Grün und nach Meer. Aus der Bucht wehte ein bisschen vom Meeresrauschen herüber und aus dem Dschungel waren viele skurrile Vogelstimmen zu hören. Bei Tageslicht sah der Dschungel einladender aus, wenn auch geheimnisvoll. Was würde ihn dort drin erwarten? Würde er die Kollegin finden? Ging es ihr gut?

Bei dem Gedanken, worum es jetzt ging, machte er sich fast in die Hosen.

„Also los, Attacke!", motivierte er sich und schritt auf den Pfad zu. Schon bald war er vom Grün des Dschungels umschlossen.

Der Pfad war schmal und ausgetreten. Es war deutlich, dass vor nicht allzu langer Zeit hier jemand entlang gegangen war. Hin und wieder hing Gestrüpp herunter, das er mit einem Hieb seiner Machete aus dem Weg schlug. Nachdem er einige Zeit dem Pfad gefolgt war, fand er auf dem Boden wieder einen lila Fransen vom grünen Bikini der Kollegin. Er war erleichtert, denn es zeigte ihm erneut, dass er auf dem richtigen Weg war.

Doch dann, nach vielleicht einer weiteren Stunde bergauf, kam ein Abzweig.

Nach rechts ging ein ebenso schmaler Pfad ab und in einiger Entfernung konnte er erkennen, dass er hinab führte in eine Höhle. Hellander stutzte. War das ein geheimer Zugang zu den Katakomben? Gab es sie wirklich? Was nun? Welchen Weg sollte er nehmen? Verzweifelt suchte er die unmittelbare Umgebung nach einem Zeichen ab, aber es war nichts zu finden. Der Schweiß lief ihm die Wangen herunter.

Er entschied sich, weiterzugehen. Von Zweifel geplagt schritt er voran und endlich, nach einigen Minuten sah er erneut auf dem Boden einen lila Fransen. Erleichtert hob er ihn auf, betrachtete ihn kurz, steckte ihn weg und setzte seinen Weg fort.

Es ging weiter langsam aber stetig bergauf und auf Mittag zu. Die Sonne erreichte bald ihren Höhepunkt. Die hohen Bäume spendeten zwar Schatten, der nur hier und da durch einen heißen Sonnenstrahl durchstochen wurde, aber dennoch war es hier oben enorm heiß, feucht und stickig. Er hatte das

Gefühl, man hätte die Luft mit der Machete durchschneiden können. Der Schweiß rann in Strömen an ihm herab. Sein Hemd war inzwischen vom Schweiß getränkt, seine Hose war feucht und klebte an seinen Beinen. Es zog und brannte bei jeder Bewegung. Und ständig peitschte ihn Gestrüpp, Mücken summten vor seinem Gesicht herum und irgendwelche Käfer ließen sich unter seinem Hemd nieder und juckten tierisch.

Das nervte.

Und ständig Geraschel rechts und links von ihm. Jedes Mal erschrak er, zuckte zusammen, duckte sich und spähte vorsichtig in die Richtung des Geräuschs. Ob es hier wilde Eingeborene gab? Kleinwüchsige Kannibalen mit kleinen Knochen als Haarschmuck? Wurde er die ganze Zeit beobachtet?

Solche Expeditionen durch einen Dschungel hatte er oft in Filmen gesehen, aber das kam meist romantischer rüber. Die Protagonisten waren kraftvoll und energisch, kannten keinen Schmerz, wurden nicht ständig gestochen und von Käfern genervt, schwitzten nicht so viel und mussten auch nicht aufs Klo.

Hellander musste aufs Klo.

Er schaute sich wie immer um – keiner da. Wer sollte hier auch sein, den es interessierte, ob er an einen Baum machte oder nicht? Er stellte sich an den nächsten Baum, fummelte sein Geschlechtsteil aus der nassen Hose heraus.

Als er sich gerade erleichtern wollte, hörte er den ersten Schrei.

Noch weit entfernt, aber deutlich war er zu hören gewesen. Es war eine Frauenstimme. War das seine Kollegin? War sie es? War sie bis eben am Leben gewesen? War er jetzt ganz in der Nähe – und doch zu spät? Er ließ vor Schreck los und seine Blase entleerte sich in einem Zug.

Der Schrei war erbarmungswürdig gewesen. Voller Schmerz und Verzweiflung. Aber, wenn er es sich so überlegte, dann war das kein Todesschrei, immerhin. Aber vielleicht Folter? Was taten sie ihr nur an?

Erstarrt lauschte er. Noch einmal ein Schrei, dieselbe Stimme! Danach hörte er nichts mehr außer den Geräuschen der Mücken, die ihm um die Ohren flogen. Nach einem tiefen Atemzug kam er wieder zu sich, zog seine Hose zu und ging angespannt und hektisch weiter. Wahrscheinlich war er ganz dicht dran. Die Ohren weit aufgestellt schritt er voran, die Augen starr nach vorne gerichtet, die Schmerzen vom Laufen und vom peitschenden Gestrüpp verdrängt.

Schritt für Schritt kam er näher – und Schritt für Schritt fühlte es sich bedrohlicher an. Die Luft wurde immer stickiger, das Atmen fiel ihm schwerer und schwerer.

Je näher er kam, umso mehr beschlichen ihn weitere unruhige Gedanken. Was hatte er eigentlich der Menge von Verrückten entgegenzusetzen, wenn es zum Kampf kommen sollte? Natürlich würde das passieren, oh mein Gott, so weit hatte er gar nicht gedacht! Im Film hatten die immer Maschinengewehre und Handgranaten dabei, warum hatte er jetzt keins? Verdammt! Immerhin eine Machete. Immerhin.

Und im Film hatten die Helden am Ende doch immer einen Plan oder immer Glück oder beides zugleich. Und er? Er hatte überhaupt keinen Plan. Er hatte vorher keine Grundrisse des Areals studiert, keine Luftbeobachtung gemacht, er hatte überhaupt keinen Schimmer, was da oben sein würde. Eine Festung? Stacheldraht? Selbstschussanlagen? Wachpersonal? Fallgruben mit Spießen, in denen er jämmerlich zu Grunde gehen würde?

Trotz all dieser Fragen war er weiter vorangegangen, fast ohne es zu merken. Er fühlte sich wie von einem Magneten angezogen. Ein Sog, dem er sich kaum entziehen konnte, aber die Panik wurde immer größer, schnürte ihm den Hals zu.

Wieder waren Schreie zu hören. Diesmal waren es Männerstimmen, vermutlich. Mehrere.

Und er konnte den Hass spüren in den Stimmen.

Blinden, gierigen Hass und einen Zorn, der aus den dunkelsten Untiefen der Seele zu kommen schien.

Hellander blieb wie angewurzelt stehen. Da waren jetzt noch mehr Schreie. Es kamen immer mehr. Von allen Seiten. Angstverzerrte, schmerzvolle, qualvolle. Es war, als umhüllten ihn die Schreie und als drangen sie in ihn ein. Sie nahmen ihn ein und füllten ihn aus, er konnte sich nicht dagegen wehren.

Und sie forderten ihren Tribut.

Sie wollten gelebt werden.

Und so entfuhr ihm ein langanhaltender, gellender Schrei. All die Angst und die Verzweiflung der letzten Stunden brachen sich Bahn und schossen mit Urgewalt aus ihm heraus.

Hellander musste schreien, er konnte nicht anders. Als wäre er eine Art Medium, und die Schreie hätten von ihm Besitz ergriffen. Er krümmte sich beim Schreien und stolperte ein paar Schritte hin und her durch das Gestrüpp.

Nach einer gefühlten Ewigkeit ließ das Geschrei nach und er holte tief Luft.

Und er bemerkte, dass es leichter ging als vorher, als wenn die Luft endlich dünner geworden wäre.

Er spürte, dass hier die Grenze war, dass er hier an der Schwelle stand. Ab hier begann das Verrückten-Lager, oder was auch immer es war.

Komisch dachte er, kein Zaun, keine Wachposten, keine Mauer. Jedenfalls keine aus Stein. Aber irgendwas war da …

Und er verstand die Polizisten, von denen er gehört hatte, dass sie sich nicht weiter getraut hatten. Er hatte selbst das Gefühl, gleich den Verstand zu verlieren.

Doch er konnte nicht anders.

Er schritt hindurch.

Eine breite Flutwelle der unterschiedlichsten Gefühle überrollte ihn und riss ihn mit.

Schiere Verzweiflung riss ihn zu Boden, blanke Angst ließ ihn wie einen Stein erstarren, pure Lust ließ seinen Körper sich auf dem Boden wälzen und sich sein Hemd aufreißen, blinde Wut zog ihn wieder hoch wie eine Marionette, ließ ihn laut schreiend Büsche aus dem Boden reißen und um sich werfen, brennende Panik durchzuckte ihn wie ein Stromschlag und am Ende rannte er wie ein wahnsinniger Kobold hüpfend im Kreis umher. Zuletzt stolperte er über eine Wurzel und verfiel zu Boden gestreckt in dunkle Traurigkeit. Er schluchzte laut und die Tränen rannen über sein Gesicht. Er wollte weg, doch er konnte nicht. Er wollte schreien, doch es gelang ihm nicht. Er wollte in einen Schoß, aber es war nur der harte Boden da. Er wollte an eine Brust, aber es waren nur Bäume da. Eine ganze Weile lag er einfach nur schluchzend und zitternd da.

Da schoss ihm wieder das Bild seiner Kollegin in den Sinn. Er versuchte, sich zusammenzureißen, und stemmte sich hoch.

Auf wackeligen Füßen stand er einen Moment aufrecht und wusste nicht, was er von all dem halten sollte. Was war das denn gewesen? War er verrückt geworden? Wo kamen diese Gefühle her und wie konnten sie ihn derart übermannen?

Irgendwie kannte er sie, irgendwie auch nicht. Und schon gar nicht so stark. Waren das die Gefühle all dieser Verrückten hier? Gebündelt an der Grenze als Schutzwall? Zur Abschreckung? Oder waren das seine eigenen? Kam da etwas ganz Altes hoch? Meldeten sich die Kinder des Dämons zu Wort?

„Ja", sagte eine weiche Frauenstimme neben ihm. Hellander zuckte zusammen und huschte einen Meter zurück. „Ja", sagte die Frau noch einmal mit einer weichen, mitfühlenden Stimme. „Das sind deine Gefühle. Und du hast Recht, davon ist vieles ganz alt. Etwas aus jenen Zeiten, an die du kaum noch Erinnerungen hast. Deswegen kommt es dir so fremd vor. Aber dein Körper erinnert sich und deswegen reißt es dich so mit."

Hellander war erstarrt und verblüfft. Was war das für eine Erscheinung? Wo kam diese Frau auf einmal her, er hatte doch vorher niemanden gesehen? Halluzination? Hatte er nun endgültig den Verstand verloren? War er jetzt einer von ihnen? Einer von den Verrückten, der nie mehr zurückkehren würde?

Die Frau wirkte echt. Eine wundersame Gestalt mit langem braunem Haar, einem hellblauen Gewand und Augen, in denen man sich verlieren konnte.

„Komm." Sie machte mit den Armen eine einladende Bewegung. „Hier kannst du dich erleben. Hier kannst du dich spüren."

„Hier spukt's", dachte Hellander.

„Hier kannst du hinter deine Kulissen schauen", fügte sie hinzu.

Das klang durchaus interessant – und bekloppt. Wie soll das gehen, fragte er sich und schaute sich um. Als er wieder zu der Frau schaute, war sie verschwunden.

„Donnerwetter", seufzte er, „den kannte ich jetzt aber schon."

Eine Weile blieb er verunsichert stehen. Dann noch eine Weile. War das ein Traum? Ist die Kollegin hier? Was ist das?

Gehirnwäsche? Radioaktivität? Eine Sekte? Eine Falle? Eine säuselnde Sirene, die einen ins Verderben lockt?

„Scheiß drauf, Attacke!", bekräftige er sich und ging ein paar Schritte weiter. Jetzt war er drin, das spürte er. Er fühlte sich viel ausgefüllter, schwerer, als vorher. Und gleichzeitig leichter. Er hatte weniger Angst, auch wenn er das alles noch für einen Traum hielt und jeden Moment im Hotelzimmer aufwachen konnte, und alles ginge von vorne los.

Dann stockte ihm wieder der Atem: In ein paar Metern Entfernung sah er eine männliche Gestalt in einem Feld aus Farnen hocken. Der Mann trug ein olivgrünes, ärmelloses Shirt und ein schwarzes Stirnband. Er wirkte konzentriert und angespannt. Ob das ein Wachposten war? Einer, der gleich seine Maschinenpistole aus den Farnen hob und ihn mit einer knatternden Gewehrsalve niedermetzelte? Durch seinen Kopf geisterte ein Bild, wie er von Kugeln durchlöchert wird, durch die Einschläge hin und her zappelt wie eine durchgedrehte Marionette und mit ungläubigem Gesicht in sich zusammensackt.

Dann sah der Mann auf und Hellander erstarrte.

Entdeckt. Nun war wohl sein Ende gekommen.

„Was guckst du denn so", fauchte der Mann den Kommissar an.

Damit hatte er nicht gerechnet.

Was sollte man denn darauf sagen?

„Guck nicht so blöd, du Penner!", wiederholte der Typ energisch. Er steigerte sich da offenbar in etwas hinein, kam auf Hellander zu und baute sich vor ihm auf. „Du schlaffer Sack!"

Hellander wurde langsam ungehalten. Das war jetzt der zweite Ausdruck, den er sich hier anhören musste.

„Du lächerlicher Klappstuhl! Du blöder Affe, guck doch nicht so dämlich!"

Das war zu viel. Hellander schrie zurück. „Was schreist du mich hier so an, du Pisser! Ich kann kucken, wie ich will!"

„Du kannst überhaupt nicht gucken, du blindes Huhn, du Vollidiot!"

„Ey, hältst du mal die Klappe, du mickriges Pickelgesicht?"

Nase an Nase standen sich die beiden gegenüber und beschimpften sich lauthals. Hellander überlegte kurz, die Machete einzusetzen und diesem Vollidioten mit einem Streich den Schädel herunterzusäbeln, aber er hatte gleichzeitig das Gefühl, das wäre unangemessen. Die bösesten Schimpfworte und Beleidigungen flogen durch die Luft, sie überboten sich mit Hasstiraden, kramten hervor, was in der untersten Schublade zu finden war, selbst aus dem kleinsten Pickel wurde ein riesiges Geschwür gemacht. Die Luft war heiß und flimmerte. Sie steigerten sich hinein, bis sie sich am Ende nur noch wütend und wortlos anschrien – außer sich, wie zwei röhrende Hirsche.

Nach mehreren dröhnenden Lauten musste der Typ anfangen zu lachen.

Er prustete los und übergab sich fast vor Lachen.

Auch Hellander konnte sich nicht mehr halten, das Ganze hatte mit der Zeit absurde Züge angenommen. Und er konnte sich beim besten Willen nicht gegen das Lachen wehren, sein Zwerchfell vibrierte einfach unkontrolliert und er kugelte sich brüllend vor Lachen auf dem Boden herum. Was für eine verrückte Nummer! Was für ein bescheuerter Typ! Alles total verrückt hier – aber saukomisch!

Hellander blieb eine ganze Zeit lang kichernd auf dem Boden liegen.

Als ihm wieder einfiel, weswegen er hier war, erhob er sich. Der andere Typ war inzwischen verschwunden, aber das störte Hellander nicht. Er schaute sich um.

Der Dschungel war etwas lichter geworden. Ein angenehmes Licht fiel durch die Baumkronen hindurch auf den Boden und die Luft war kühler. Er spürte weiterhin seine Aufregung, gleichzeitig aber mehr Klarheit im Kopf und mehr Raum in seinem Bauch. Sein Bauch fühlte sich irgendwie elastischer an. Hier oben herrschte eine erstaunlich angenehme Atmosphäre.

Oder war das alles Einbildung? Er hatte immer noch Zweifel, in was er hier hineingeraten war.

Etwas weiter hinten hörte er inzwischen ein paar Stimmen und er beschloss, diesen zu folgen. Er erreichte eine Lichtung, auf der ein paar Menschen standen und sich unterhielten. So verrückt sahen die gar nicht aus. Eigenartig.

Noch hatten sie ihn nicht bemerkt.

Jenseits der Lichtung konnte er zwischen den Bäumen ein paar Hängematten erkennen, weiter hinten ein paar Holzhütten und dahinter schemenhaft ein größeres, steinernes Gebäude. War das der Tempel? Und davor der Opferaltar? Noch während er das dachte, wusste er, dass das Blödsinn war. Hier wurden keine Menschen geschlachtet.

„Kommissar!"

Ihre Stimme riss ihn aus allem heraus. Von der Seite kam sie auf ihn zu gestürmt und ehe er irgendwie reagieren konnte, hatte sie ihn umschlungen.

„Sie haben es geschafft!" Sie jauchzte vor Freude.

Von Hellander fiel alles ab.

Mit einem Mal war er um Tonnen leichter und in dem Moment, wo die Tonnen abgefallen waren, wurden die Schleusen geöffnet und die Tränen flossen in Strömen aus ihm heraus. Endlich! Endlich gefunden! Sie lebt! Sie lebt! Endlich die Erlösung! Endlich!

Hatte er sich sonst immer gut beherrscht, warf er nun jede Beherrschung beiseite, umklammerte die Kollegin und ließ sich freien Lauf.

Er heulte und lachte und warf sich mit ihr zu Boden.

Eng umschlungen kugelten die beiden durch das weiche Gras, drückten sich fest. Ihre Wangen rieben aneinander, sie drückten ihre Körper zusammen, stemmten ihre Becken gegeneinander.

Hellander spürte Lust in sich aufkeimen und seiner Kollegin schien es ähnlich zu gehen. Immer stärker wurde seine Lust, sich die Kleider vom Leib zu reißen und über seine Kollegin herzufallen …, über sie herzufallen, ihren nackten Leib an seinen zu pressen …, sie zu zerdrücken, … ihr seine Krallen ins Fleisch zu treiben …, ihr das Fleisch heraus zu reißen und hinein zu beißen …

Erschrocken hielt er inne, ließ von ihr ab und sich neben ihr ins Gras fallen. Sie drehte den Kopf zu ihm und lächelte mit leicht errötetem Gesicht. Er hatte das Gefühl, sie ahnte, was eben für Fantasien in seinem Kopf entstanden waren. Hellander, das Monster. Doch sie schien ihm das nicht übel zu nehmen. Er stutzte, als er sich überlegte, welche kranken Fantasien wohl in ihrem Kopf umherspukten …

Eine ganze Weile lagen sie still nebeneinander. Es fühlte sich gerade alles so gut an.

„Was ist passiert?", fragte er später, als sie ihn durch das Gelände führte. „Was ist das hier?"

„Das sind ja gleich zwei Fragen auf einmal", bremste sie ihn. „Tja, ich war im Wasser, da kamen diese beiden Typen. Sie sprühten mir Lachgas ins Gesicht, da musste ich so lachen, dass ich mich nicht mehr wehren konnte. Ich dachte, was wollen die, da zogen die beiden Säcke mich schon aus dem Wasser und schleppten mich in den Dschungel."

„Krass! Sie müssen gedacht haben, was machen die denn jetzt mit mir ...?"

„Oh, ja! Klar, ich hatte tierische Angst. Aber das Lachgas, das war total irre, dadurch konnte ich mir gar nicht so'n Kopf machen, ich musste ja die ganze Zeit lachen, das war ein Glück, sonst wäre ich – glaube ich – gestorben vor Angst."

„Und dann?"

„Die haben mich durch den ganzen Dschungel hier hoch geschleppt. Die kannten offenbar die Schwelle und haben mich hineingeworfen. Sie haben's ja sicher gerade erlebt, was da passiert. Das sieht von außen bestimmt so aus, als würde man völlig durchdrehen."

„Macht man doch auch, quasi, oder?"

„Stimmt." Die Kollegin lachte.

„Aber was sollte das?"

„Weiß nicht so genau. Ich habe hier drin gehört, dieses Camp ist als Verrückten-Lager verschrien. Wundert mich auch nicht, bei dem, was man von außen sieht und dem, was man ja meilenweit durch den Dschungel hören muss ..."

„Oh, ja", pflichtete Hellander bei. „Trotzdem, was sollte das?"

„Ich kann nur vermuten, dass die mich einfach hier reinwerfen wollten. Keine Ahnung, um mich los zu werden? Es kursiert ja das Gerücht, dass hier keiner mehr rauskommt."

„Und?"

„Quatsch. Sie können gehen, wann immer sie wollen. Nur die meisten wollen gar nicht. Und die, die nach Hause gehen, ziehen sich meist ein bisschen zurück, habe ich gehört, oder gehen gar nicht nach Hause, sondern machen was ganz Neues. Die haben keine Lust auf den alten Trott, auf Strandtrubel und diese ganzen maskenhaften Gestalten – so wie zum Beispiel diese komische Frau mit dem grauen Badeanzug, jetzt fällt's mir wieder ein! Als mich diese Typen an ihr vorbei geschleppt haben, hat die so komisch geguckt, irgendwie triumphierend … Und wenn ich mich recht entsinne, hat sie den beiden Typen zugezwinkert, glaube ich. Komische Tussi."

„Ach, hat am Ende diese Frau die beiden beauftragt? Ich hab' sie ja befragt."

„Ja, Mensch, erzählen Sie mal, wie war das denn alles, das muss ja grausam gewesen sein!" Sie schaute ihn betroffen an.

„Sie können es sich ausmalen, oder? Wenn Sie schauen, was vorhin für eine Last von mir abgefallen ist?"

„Ja, das war zu sehen."

„Boah, am Ende waren nur noch Durchgeknallte am Strand. Und diese Frau erzählte was von Ihnen als »Verrückte« und dass Sie da seien, wo Sie hingehörten."

„Och, hat sie ja eigentlich Recht. Ich fühle mich gut hier. Muss ich ihr ja direkt dankbar sein."

„Aber was war mit der Pizza?"

„Pizza?"

„Ja, kennen Sie nicht die Geschichte?"

Nein, die Kollegin kannte sie nicht und Hellander erzählte ihr von den Katakomben.

„Hm." Die Kollegin dachte nach. „Nein, ich habe keine Pizza bestellt. Kann mich da an nichts erinnern. Ich bin mal hingefallen, als die mich abgeschleppt haben, vielleicht lag da am Boden die Pizza-Schachtel, keine Ahnung."

„Puh, hätte ich fast in die falsche Richtung ermittelt." Hellander machte einen Moment Pause, dann fuhr er fort. „Aber, Sie sind gar nicht gleich zurück? Haben Sie sich nicht gedacht, ich mache mir Sorgen? Und ich könnte Sie am Ende nicht finden?"

„Nein, da habe ich Ihnen vertraut."

„Echt? Mir?"

„Ja, Sie sind doch ein guter Ermittler."

„Oh …" Hellander saugte das auf. Sie hatte das mit einer Überzeugung gesagt, die ihn verblüffte. Er ließ den Satz ein paar Mal in seinem Kopf kreisen, dann schickte er ihn runter in sein Herz. Es fühlte sich so schön warm an.

„Ein Glück war ich so geistesgegenwärtig, um mir diese Fransen vom Bikini abzureißen und für Sie eine Spur zu hinterlassen." Statt Bikini trug die Kollegin ein lockeres, weites Hemd und eine dunkle Leinenhose, was sie sich von irgendjemandem hier geborgt haben musste. Ihr Haar hing einfach unfrisiert herab. So normal gekleidet kannte Hellander seine Kollegin gar nicht – und es sah verdammt gut aus. Die obersten Knöpfe ihres Hemdes hatte sie offengelassen und Hellander schielte ab und zu herüber und stellte sich vor, sein Blick wäre eine Schlange, die sich langsam in den Ausschnitt hinein windet.

„Und nachts", fuhr die Kollegin fort, „nachts zurück, das geht hier ja gar nicht."

„Aber tagsüber!?"

„Ich habe hier auf Sie gewartet. Ich wollte nicht, dass wir aneinander vorbeilaufen – es gibt mehrere Wege nach unten zurück – und außerdem wollte ich, dass Sie herkommen, dass Sie das hier erleben." Und etwas verschämt nach einigem

Zögern: „Na ja, ich wollte auch, dass Sie mich suchen … Ich wollte gefunden werden …"

„Ach …", schmunzelte Hellander entwaffnet.

Die Kollegin zeigte ihm das Gelände. Sie gingen vorbei an den Hängematten und Hütten, wo man schlafen konnte, sie zeigte ihm den Wasserfall und den See, in dem man sich waschen und baden konnte, wo er sofort – so wie er war – zur Erfrischung kurz hineinsprang, und danach den großen langen Esstisch.

„Wo kommt das Essen her?", fragte er.

„Zauberei", antwortete die Kollegin.

„Ach." Hellander wunderte sich kaum.

Dann zeigte sie ihm noch einige Plätze, an denen die verschiedenen Aktionen stattfanden.

„Aktionen?"

„Ja, Aktionen, Übungen, Sitzungen, Erlebnisse, Happenings, wie auch immer man das nennen möchte."

„Was passiert hier so? Was machen die hier?"

„Das haben Sie doch schon erlebt. Sie lassen einen Erfahrungen machen, Erfahrungen mit sich selbst, mit seinen Gefühlen, mit seinen Abgründen."

„Hilft das?"

„Was meinen Sie?"

„Hm. Scheint mir immerhin nicht zu schaden, bisher. Wobei ich mir immer noch wie in einem Traum vorkomme." Nach einer Weile fügte er an: „Wer sind »sie«?"

„Ich weiß es eigentlich nicht so genau, aber es ist auch nicht so wichtig. Die eine Frau haben Sie bestimmt beim Eintreten kennen gelernt. Aber es sind mehrere. Habe ich mir sagen lassen, ich habe bisher nur sie gesehen. Und dann halt die Gruppe selbst. Keine Ahnung, wie viele hier oben sind, es kommen welche, es gehen welche, und irgendwie organisiert sich das von selbst. Wenn einer eine Idee hat, sucht er sich Leute und macht das."

„Na, und was so?"

„Ach, hier gibt's viel. Manche machen Meditationen, manche Atemrituale, Holz hacken, Rumschreien, Spontantheater, Strohpuppen prügeln, Bewegungsgeschichten, Tanzgruppen, Sandsackkloppen, und es muss noch viel mehr geben, weiß ich alles noch nicht so genau."

„Sandsackkloppen ist ja cool."

„Ja, echt, habe ich heute früh gemacht. Tut echt gut."

„Tja", murmelte Hellander, „und kein Opferaltar, auf dem lendenbeschurzte Jungfrauen geopfert werden …"

„Ach, hatten Sie das erwartet? Und? Sind Sie jetzt enttäuscht?"

„Na ja", setzte Hellander an und er merkte, wie sein Geschlechtsteil warm wurde.

„Na?"

Hellander schwitzte. „Wenn ich ehrlich bin, na ja, nein, nicht enttäuscht …, aber … ich gestehe, die Vorstellung, na ja, also, sie hat was … ich weiß ja auch nicht …" Er wurde rot. Ihm war übel.

„Kommissar! Sie lügen mich ja gar nicht an", sagte sie vergnügt, aber fügte dann an: „Echt? Sie haben ja krasse Fantasien … Aber was macht da den Reiz aus?"

„Wie, was meinen Sie?"

„Na, was macht den Reiz daran aus, zuzusehen, wie eine halb nackte Frau auf einen Opferaltar gezerrt und dort mit einem Messer aufgeschlitzt wird?"

„Sie haben ja vielleicht krasse Fantasien!"

„Na, so stellen Sie sich das doch vor, oder? Was ist daran so reizvoll?"

„Ach, Sie stellen Fragen, was weiß ich?", wehrte er gereizt ab. Sein Geschlechtsteil wurde wärmer. „Keine Ahnung." Es wurde langsam härter. „Na ja, schon krass, wenn ich mir das so bildlich vorstelle … voll übel, die arme Frau, …" Sein Geschlechtsteil wurde hart. „Aber … nun ja, irgendwie ist das auch … erregend, … na ja, ja …, da kommt so was tierisches hoch …, so was raubtiermäßiges …, komme mir gerade vor wie ein Alien …, mit weit aufgerissenem Maul, tausend fauligen Zähnen, Speichel trieft, große Augen, das leckere Mahl vor der Nase, das ich mir gleich einverleiben werde, dieser Duft nach nackter Haut …, einverleiben, ja, einverleiben ist ein tolles Wort … blutrünstig, ah, der eiserne Geschmack von Blut lockt …, das Messer streicht langsam und genüsslich über ihren nackten Leib, ich habe Macht, unendliche Macht, ich bestimme über ihr Leben, sie winselt um Gnade und ich genieße es, ja, da ist Rache, da ist Verlangen, da ist Hass, da ist abgrundtiefer Hass, das ist die Rache für alles, für alles … endlich, ich bohre das Messer in sie hinein, sie muss bluten, reiße sie auf, trinke das warme Blut … ich spüre es auf meinen Lippen, ich sauge, ich sauge es auf, ich lutsche das Blut, ich schmecke es, es ist warm, ich brauche es, da ist Hunger, da ist Durst, endlich, ja, endlich hab' ich es …" Hellanders Gesicht war zu einer Fratze verzerrt und er machte Geräusche, als würde er gerade das Blut schlürfen.

Die Kollegin schaute ihn befremdet an. „Kommissar?"

„Oh", sagte er und kam wieder zu sich. „Oh, ich weiß nicht, was das genau ist."

Er wusste es wirklich nicht.

„Und, wollen Sie mehr darüber wissen?"

„Wieso, wissen Sie, was das ist? Sind Sie jetzt wieder unter die Hobby-Psychologen gegangen?", warf er spöttisch ein.

„Nein, aber sie könnten so was erleben. So ähnlich zumindest. Und dann wissen Sie vielleicht mehr."

„Hä?"

„Ja, wir könnten heute Abend eine solche Situation nachspielen. Sie suchen sich ein paar Leute, die mitmachen. Die gibt's bestimmt genug. Vor dem Haus dort hinten ist ein Steintisch, der könnte als Altar dienen. Wir machen Feuer, Trommeln sind auch da, huah, gruselig …" Die Kollegin erschauderte selbst. „Als Blut nehmen wir den Saft der roten Beeren hier." Sie zeigte auf einen Beerenstrauch.

„Sehr realistisch. Und wer soll geopfert werden?"

„Hm, ja, … vielleicht würde ich diese Rolle sogar übernehmen. Ehrlich gesagt, ich wäre neugierig, wie sich das anfühlt …"

„Sie sind ja verrückt. Komplett." Hellander schüttelte den Kopf. „Lassen Sie mal gut sein. Was glauben Sie, was ich die letzten 24 Stunden in meinem Kopf hatte, was mit Ihnen so alles geschehen könnte, das muss ich mir jetzt nicht noch mal als absurdes Theater anschauen."

„Sie sollen ja nicht nur schauen, sondern mitmachen, es erleben. Sich selbst dabei erleben. Was macht das mit Ihnen? Wie fühlt es sich an?"

„Nein Danke, das ist zu krass. Und stellen Sie sich mal vor, die Leute drehen da durch und schneiden Ihnen oder einer anderen am Ende echt die Kehle durch, wenn die so richtig abgehen … wer soll denn das dann verhindern?"

„Hm", das gab der Kollegin zu denken. „Ach, Sie haben doch nur Schiss vor Ihren eigenen Abgründen."

„Stimmt", entgegnete Hellander.

„Ich glaube, das nennt man Vermeidung."

„Klugscheißerin."

Beim Abendessen schwiegen sie beide. Aber das war auch in Ordnung so, für den Moment war alles gesagt. Er lauschte ein bisschen bei den Gesprächen der Tischnachbarn und war erstaunt, wie offen diese Leute über ihre Erlebnisse und auch über ihre krassen Fantasien sprachen. Hellander kam sich nicht mehr so allein vor.

Am anderen Ende des Tisches sah er den Typen, mit dem er sich vorhin so beschimpft hatte. Ihre Blicke trafen sich und Hellander konnte ihm eine Weile standhalten. Er konnte dem Typen gar nicht böse sein, auch wenn er ihm ganz schön miese Sachen an den Kopf geworfen hatte. „Verrückte Aktion", schmunzelte er.

Nach dem Essen, es war schon dunkel geworden, nur ein paar vereinzelte Öllampen, die in den Bäumen hingen, spendeten noch Licht, suchte sich Hellander eine leere Hängematte in der Nähe der Kollegin aus, stieg hinein und schaukelte ein bisschen herum. Es dauerte nicht lange, dann war er eingeschlafen.

Auch Dr. Müller-Hochmuth war eingeschlafen. In den Katakomben. Er hatte am Vorabend Pizza bestellt.

Am nächsten Morgen wurde Hellander geweckt vom lauten Krähen eines Papageis und von ein paar Käfern, die an seinen Füßen kitzelten.

Er begann den Tag mit Holzhacken. Das war ganz schön anstrengend, aber machte viel Spaß. Bis er merkte, wie es ihn aggressiv machte und nach einiger Zeit ertappte er sich, wie er mit der Axt wild und wütend auf das Holz eindrosch. Wie er es genoss, die Axt hinein zu treiben und zu sehen, wie das Holz splitterte.

Er hielt inne.

Wieder einmal: Hellander, das Monster.

Er war erschrocken, was da in ihm schlummerte. Hätte er nie gedacht. Es war befremdlich und befreiend zu gleich.

Am Nachmittag machte er bei einem eigenartigen Atemritual mit. Mehrere Leute saßen auf einer Lichtung im Kreis und atmeten bei lauter Trommelmusik kräftig ein und aus.

Immer wieder.

Kraftvoll ein.

Kraftvoll aus.

Zuerst fand er das total bescheuert, aber man kann ja spaßeshalber mal mitmachen, dachte er sich.

Mit der Zeit atmete er immer heftiger und geriet dabei in eine Art Trance. Es war, als hätte sich die Atmung verselbstständigt, als hätte er gar keinen Einfluss mehr darauf. Und es gab nur noch seinen Körper und die Luft, die hineinströmte und wieder heraus.

Er bemerkte, wie seine Hände langsam ein Eigenleben entwickelten und komische Formen bildeten. Seine Arme verkrampften sich zusehends und seine ganze Haltung bekam etwas Monströses.

Und er fühlte sich wie ein Monster.

Ein ungebändigtes Tier, das keine Gedanken hatte, keinen Kopf. Nur Körper. Gefühle. Gelüste.

Hunger.

Durst.

Trinken.

Saugen.

Einverleiben.

Berührung.

Haut.

Körper.

Wärme.

Und zugleich fühlte er:

Energie …

Lebendigkeit …

Enttäuschung.

Scham.

Hilflosigkeit.

Wut.

Hass.

Wildheit.

Rage.

Da sprang er auf. Laut wütend rannte er dann durch den Dschungel. Er schrie. Er brüllte. Er tobte durch die Gegend.

Dann warf er sich auf dem Waldboden auf die Knie, ballte die Fäuste und knurrte von oben bis unten starr vor Spannung. Mit dem nächsten Atemzug riss er sich das Hemd vom Leib, warf es zur Seite und grub seine Hände in den weichen Boden. Er wühlte im Untergrund herum, holte beide Hände gefüllt mit Erde heraus und schmierte sich die schwarze Masse auf seine Brust, wo sie sich mit seinem Schweiß vermischte. Seine verschmierten Hände fuhren auf seinem Oberkörper und seinem Gesicht herum, was ihn auf ungeahnte Weise erregte. Er warf sich auf die Seite, riss sich seine Hosen herunter und fummelte mit seinen schweiß- und erdverschmierten Händen an seinem Geschlechtsteil herum. Dann warf er sich mit dem Bauch auf den Boden, breitete die Arme auf dem Untergrund aus, krallte sich fest und presste sein Geschlechtsteil in die weiche Erde, so stark, wie er nur konnte.

Als er nicht mehr konnte, kam wieder etwas mehr Bewusstsein zum Vorschein.

Was machte er hier …?

Das war total beknackt!

Völlig durchgedreht …

Er wiederholte die Szenerie vor seinem geistigen Auge.

Daraufhin musste er unwillkürlich lachen. Laut und ausgelassen.

Prustend bäumte er sich auf, sprang umher, bis er sich kichernd und giggelnd an einen Baum klammerte, als würde er ihn begatten wollen. Das war komplett verrückt … So verrückt, so unglaublich verrückt, so herrlich verrückt. So wunderbar verrückt!

Und es machte unglaublich großen Spaß.

So viel Spaß hatte er lange nicht gehabt – oder überhaupt jemals? All diese durchgedrehten, bescheuerten, verbotenen, verpönten Dinge zu tun, das sexgeile und böse Monster und den Vollidioten heraus zu lassen, komplett die Beherrschung zu verlieren …

Es war traumhaft.

Befreiend.

Befreit.

Den Rest des Tages blieb er einfach auf einem Bett aus weichem Moos liegen, nackt, mit Erde beschmiert, die Arme weit ausgebreitet.

Der Wind säuselte über seine Haut und sein Atem ging ruhig und tief. Er hatte sich noch nie so ausgefüllt und entspannt gefühlt.

Und er spürte etwas wie Frieden in seiner Brust.

In diesem Moment war alles in Ordnung, alles richtig.

Sein Kopf war leer.

Es gab keine Gedanken, keine Probleme.

Keine Zweifel, keine Reue.

Keine Scham.

Keine Vergangenheit, keine Zukunft.

Am nächsten Tag brachen Kommissar Hellander und seine Kollegin auf und verließen das Camp. In einigen Stunden ging ihr Rückflug. Schweigend stiegen sie hinab zum Ort, gingen ins Hotel, duschten kurz, packten ihre Sachen und fuhren mit einem Taxi zum Flughafen.

Als das Flugzeug in der Luft war, schauten sie sich an.

„Sind wir eigentlich bescheuert?", fragte die Kollegin. „Warum fliegen wir zurück?"

Hellander lag dasselbe auf den Lippen, aber er hatte nicht gewagt, es auszusprechen.

„Ich weiß es nicht", antwortete er. „Wir müssen doch …"

„Was müssen wir eigentlich? Und warum? Unsere komische Arbeit?"

„Na ja, alles halt, Geld verdienen und so …"

„Hm." Die Kollegin schaute versonnen aus dem Fenster auf die Wolkentürme. „Vielleicht reicht's ja für's erste. Und ewig will man da auch nicht bleiben. Hm … alles Ausflüchte … Aber wir gehen da noch mal hin, oder?"

„Ja", sagte Hellander verträumt. „Ins »Verrückten-Lager« … Ja."

Den Rest des Fluges schwiegen sie.

Hellander ließ die letzten Tage Revue passieren. Er dachte daran, was er erlebt und gefühlt hatte und welche skurrilen Dinge in ihm schlummerten. Welche Verrücktheiten, welche Dämonen und welche monströsen Fantasien. Im Grunde hatte er von diesen Dingen ja schon öfter eine Ahnung gehabt, sie aber nicht wirklich wahrhaben wollen. Im Moment jedoch war das alles total in Ordnung.

Zuletzt dachte er an den Moment im Wald. An diesen Moment, in dem einfach alles in Ordnung war. Als er selbst in Ordnung war. Das so etwas geht, hätte er kaum für möglich gehalten.

Der ganz andere Fall, für den sie eigentlich auf der Insel gewesen waren, konnte nie geklärt werden, aber das ist für den Verlauf des Weltgeschehens und für die Beziehung zwischen Kommissar Hellander und seiner Kollegin völlig irrelevant.

Der Fall, um den es vorhin noch ging

Kommissar Hellander saß in seinem Büro und hatte mal wieder schlechte Laune. Das ärgerte ihn, er hatte keine Lust auf schlechte Laune. Gute Laune war doch viel besser, dachte er. Er wollte lieber gut drauf sein. In letzter Zeit war er öfter schlecht drauf. Wieso eigentlich? Früher hatte er eigentlich immer bessere Stimmung.

Fast immer.

Obwohl.

So gut war sie gar nicht.

Eigentlich eher so mittel.

Grau.

Nicht wirklich gut, aber auch nicht wirklich schlecht wie jetzt.

Er ließ die letzte und die vorletzte Zeit Revue passieren. Er musste feststellen, dass seine Stimmungskurve nun höhere Ausschläge hatte, nach oben wie nach unten. Und auch mal zur Seite. Man könnte meinen, dachte er, er wäre emotionaler geworden. War das gut? War das schlecht? „Emotional" war dieser Tage ja eher so eine Art Schimpfwort. „Emotional" – das waren doch Leute, die sich nicht richtig im Griff hatten, die sich nicht richtig beherrschen konnten. „Beherrschen" … klingt eigentlich ziemlich martialisch, dachte er. Klingt nach Kampf und Macht, nach Sieg und Niederlage, nach Unterdrückung und Sklaverei …

Wer wird da eigentlich versklavt? Wer wird da unterdrückt? Wer oder was wird da beherrscht? Und von wem?

Er malte sich im Geiste eine Szene aus: Reiter in schwerer Rüstung und mit Schwertern, die übers Feld galoppieren und das arme Volk unterjochen … Feldherren …

Und irgend so was passierte in ihm drin … Aber offenbar wurden die Feldherren schwächer, das Volk begehrte auf … Aber wer war dabei wer in ihm? Wer waren die Feldherren, wer – oder was – das Volk?

Plötzlich erschienen die Kinder des Dämons, die er in Italien gesehen und irgendwie geschluckt hatte, vor seinem geistigen Auge. Waren das die Unterdrücker? Oder die Unterdrückten? Oder waren die so was wie Eindringlinge …? Eindringlinge, die das Feld übernehmen konnten, unbemerkt, weil Feldherren und Volk mit sich selbst beschäftigt waren? Also Monster, die im Schatten der Unterdrückung entstehen und unbemerkt die Herrschaft übernehmen?

Auf einmal klingelte das Telefon.

Verwirrt schüttelte er den Kopf.

Musste das jetzt sein? Er hatte gerade interessante Gedanken im Kopf und jetzt riss ihn irgendein Schwachkopf da heraus! Hatte man hier nicht mal ein bisschen Ruhe zum Nachdenken?

Der Ärger darüber vertiefte seine schlechte Laune. Unwillig nahm er den Hörer ab. Seine Kollegin war am anderen Ende zu hören. „Kommissar", startete sie, „wir haben einen neuen Fall."

„Ach", entgegnete Hellander verdutzt. „Und woher wissen Sie das?"

„Herr Müller hat mich eben angerufen und uns beauftragt."

„Ach, und wieso ruft der Penner nicht mich an? Bin ich hier der Chef oder was?"

„Kommissar", flötete die Kollegin, „so kenne ich Sie ja gar nicht!" Sie kicherte. „Müller denkt, Sie sind im Urlaub, deshalb hat er mich angerufen."

„Was ist das denn für ein Schwachkopf, kann der keine Urlaubspläne lesen?", brummelte Hellander. „Na ja, ich komm mal rüber, dann können wir über den neuen Fall reden."

Er knallte den Hörer auf das Telefon und stand tief Luft holend auf. Er war beleidigt.

War er hier die Nummer Eins in seiner Abteilung oder die Kollegin? Wurde er jetzt zum Assistenten degradiert?

Ach, so, „im Urlaub". Angeblich. Fadenscheinige Ausrede, fluchte Hellander im Geiste. Kann der Müller nicht direkt sagen, dass er jetzt nur noch der Büttel war und die Kollegin die Chefin?

Pappnase! Überall Pappnasen!

Er war sauer. Auf alle.

Er stand neben seinem Schreibtisch und sein Körper formte sich zu einem verschrobenen Dämon, das gleich grollend auf alle anderen losgehen würde. Er ballte die Fäuste.

„Beherrsch' dich mal!", sauste ihm durch den Kopf.

Aha, dachte er. Ich bin das Volk. Ich bin das Volk, das unterdrückt werden soll. Obwohl, ich bin offenbar auch der Feldherr … Oder bin ich der Dämon? So wie ich hier gerade stehe? Wer bin ich …?

„Ach, Murks", röchelte er, ging aus dem Raum und knallte die Tür hinter sich zu.

Bei dem Knall hielt er kurz inne. So zur Kollegin?

Erst mal'n Kaffee, beschloss er und wollte zum Automaten gehen. Der Kaffee vom Automaten schmeckte zwar widerlich, aber der Weg zum Café gegenüber war jetzt zu weit.

Er erreichte den Automaten zeitgleich mit dem Kollegen Meier-Schulze.

„Kommissar Hellander! Guten Tag", grüßte Meier-Schulze freundlich. Auffällig freundlich, fand Hellander. Hellander war sich sicher, dass ihn hier alle etwas schräg fanden, auch Herr Meier-Schulze, vor allem, seit er diese komische Kollegin hatte und offensichtlich mit ihr klar kam. Verstohlene Blicke zu ihm und seiner Kollegin, vielsagende Blicke unter den Kollegen.

Bisher hatte ihn das verunsichert. Aber just in diesem Moment war es ihm egal. „Sollen sie doch", dachte er. „Sollen sie denken, was sie wollen."

Normalerweise, fiel ihm auf, hätte er dem Kollegen den Vortritt am Automaten gelassen, nachdem dieser ihn so außerordentlich freundlich gegrüßt hatte. Darauf hatte er aber gerade keine Lust.

Ohne ein Wort und nur mit einem flüchtigen Gruß aus dem Mundwinkel heraus, stellte er sich vor den Apparat, steckte ein paar Münzen hinein und drückte die Tasten „Kaffee schwarz mit Zucker" und „Extra Zucker". Der Kaffee strullte langsam in seinen Plastikbecher, während der Kollege etwas verunsichert in seinen Hosentaschen fummelte. Hellander kannte Meier-Schulze als jemanden, der es gewohnt war, Smalltalk zu führen bei solchen Gelegenheiten, aber ihm fiel offenbar gerade nichts ein. Es schien, als hätte ihm Hellanders Schweigen den Hahn zu gedreht. Die Situation schien ihm unangenehm zu sein.

Hellander genoss es. So musste er nicht das Gerede ertragen, das dieser Kollege gerne von sich gab. „Meine Frau hat gestern wieder die Hunde zum Frisör gebracht, ach, und wissen Sie, was der Nachbar dann gesagt hat, nein, sie werden es nicht glauben, blaaaaaaaa …" Hellander schmunzelte, als ihm dieser Monolog einfiel und er bemerkte, wie typisch er für diesen Kollegen war.

Endlich fiel dem Kollegen etwas ein. „Na, heute nicht so gut beisammen, was?", fragte er ihn mit einem komödiantischen Tonfall.

„Ja", entgegnete Hellander knapp.

Wieder war der Hahn zugedreht. Hellander lachte sich ins Fäustchen. Das war jetzt fast lustig.

Endlich war der Kaffee fertig. Er nahm den Becher aus dem Automaten, ohne sich die heiße Brühe über die Hand zu gießen, setzte zu einem Schluck an und schaute dem Kollegen dabei direkt in die Augen. Das hatte er bei Meier-Schulze selten getan. Das bemühte Grinsen des Kollegen konnte die Verunsicherung in seinen Augen nicht ausreichend überdecken.

Hellander drehte sich zum Gehen.

„Äh, schönen Tag noch", stammelte Meier-Schulze. Hellander antwortete nur mit einem Murmeln, das man bestenfalls als „Ja" hätte interpretieren können, wenn man denn wollte.

Belustigt stellte er fest, nachdem er ein paar Schritte gegangen war, dass schlechte Laune auch sein Gutes hatte. Dann fiel es offenbar leichter, nervige Monologe abzuwehren. Wie praktisch! Seine Laune besserte sich eine Nuance.

Einen Gang weiter kam ihm Frau Hellermann entgegen. Sie trug einmal mehr einen weiten Ausschnitt und ihren kräftigen Push-Up-BH und zwinkerte ihm zu. Das Zuzwinkern nahm Hellander aber gar nicht richtig wahr, da er sich diesmal keine Mühe gab, ihr in die Augen zu schauen, sondern unverblümt den Anblick ihres Dekolletés genoss. Wurde ja schließlich öffentlich zur Schau getragen. Sah schon geschmeidig aus.

Kurz bevor sie aneinander vorbei gingen, hob er den Blick. Offenbar hatte Frau Hellermann bemerkt, wo er hingeschaut hatte und etwas Verunsicherung lag in ihren Augen. Und, war da etwas Röte in ihrem Gesicht?

Egal, dachte Hellander und zwinkerte ihr seinerseits zu.

Auch das belustigte ihn. Zuzwinkern, das war ja sonst überhaupt nicht sein Ding. Zuzwinkern, das ist doch eigentlich was für Leute, die sich was einbilden, oder so. Das hat so was Überhebliches, Wissendes, Einnehmendes. Nach dem Motto: „Ich weiß Bescheid, und Sie doch sicher auch, nicht wahr? Und wenn nicht, sind Sie ein Vollidiot."

Selber Vollidiot, dachte er.

Wortlos ging er an Frau Hellermann vorbei und kümmerte sich nicht weiter um sie.

Er schritt durch die Gänge und genoss es, andere Kollegen nur mit einem kurzen Blick zu grüßen, die sich wiederum mit einem schiefen Lächeln einen abbrachen, ihm außerordentlich freundlich zu begegnen, obwohl sie gar nichts miteinander zu tun hatten. Irgendwie absurdes Theater, dachte er.

Kurz bevor er die Tür zum Büro der Kollegin öffnete, fiel ihm wieder Herr Müller ein, der nicht ihn, sondern seine Kollegin angerufen hatte. Eigentlich eine Kleinigkeit, aber sie machte ihn trotzdem wütend.

Penner.

Er öffnete die Tür und trat in das Büro der Kollegin und schloss die Tür.

Die Kollegin saß an ihrem Schreibtisch über ein paar Akten. Sie begrüßte ihn mit einem kurzen „Hi."

Wie angenehm, dachte er.

Sie trug ihre zerlöcherten Lacklederstiefel, rote Stumpfhosen mit Nadelstreifen, einen grünen Minirock, einen viel zu wieten lila Plüschpulli mit gelben Flicken und eine rote Schärpe. In ihrem Haarknäuel oben auf dem Kopf steckte mal wieder eine Plastikrose von der Schießbude.

Sie muss gestern auf dem Rummel gewesen sein, dachte Hellander und fasste sich an den Kopf. „Au Mann", nuschelte er.

„Was?"

Die Kollegin schaute auf.

Hoffentlich fragt sie mich nicht nach ihrem Dressing, dachte er. Das würde ihn ja voll auf die Palme bringen.

„Wie finden Sie mein Dressing heute?", fragte sie kokett.

Hellander verdrehte die Augen.

„Mahn!", stöhnte er entnervt. „Ich kann es nicht mehr hören!", röhrte er, die Rechte zur Faust geballt und in ihre Richtung gehalten. „Immer Ihre bescheuerten Fragen nach Ihrem beknackten Outfit! Lassen Sie mich damit doch mal in Ruhe!"

Er baute sich drohend neben ihrem Schreibtisch auf.

„Sie wollen doch nur wieder mein meterlanges Geschlechtsteil sehen, sagen Sie es doch gleich! Ich hab' da kein' Bock mehr drauf! Mann, es reicht! Stecken Sie sich ihre Fragen doch sonst wohin! Es reicht!"

Die Kollegin schaute überrascht auf und hielt den Atem an. Im ersten Moment war sie entrüstet.

Mit einem erstaunten Entzücken lehnte sie sich dann aber in ihrem Stuhl zurück, verschränkte die Arme, schlug langsam und genüsslich die Beine übereinander und lächelte süffisant. Dann setzte sie zur Gegenoffensive an.

„Warum machen Sie hier eigentlich so ein Fass auf?", fragte sie betont unschuldig. „Ich habe Sie nur gefragt, wie Sie mein Dressing finden. Was ist denn daran so schlimm?"

Das Fass, das Hellander aufgemacht hatte, drohte zu explodieren. „Haben Sie nicht zugehört oder was", schrie er außer sich. „Sind Sie taub? Haben Sie keine Ohren am Kopf oder sind die mit Schmalz verstopft oder was?"

„Ey, Alter, bleib mal auf'm Teppich", fuhr sie ihn an. Pfeile schossen aus ihren Augen.

„Was soll das denn jetzt, seit wann Duzen wir uns denn? Wird ja immer schöner! Was nehmen Sie sich eigentlich raus! Was bilden Sie sich ein?", fauchte er. „Ich kann's nicht mehr hören! Es kotzt mich an! Es – kotzt – mich – an!" Er röhrte es mit ordentlich Dreck in der Stimme. „Ihre dämlichen Fragen, Ihre ständige Provokation, schon allein durch Ihr »Dressing«! Ihre bekloppten Fragen, Ihre scheiß, scheiß, scheiß bekloppten Fragen", brüllte er und musste sich beinahe übergeben.

Er krümmte sich mehrfach wie ein Klappmesser zusammen und würgte angestrengt. Wieder und wieder durchzuckte es ihn. Er spuckte einen dicken Klumpen in ein Taschentuch, dann ließ der Brechreiz langsam nach. Er starrte eine Zeit lang entgeistert auf den Klumpen in seinem Taschentuch, verharrte noch einen kurzen Moment in seiner zusammengeklappten Haltung, dann richtete er sich langsam auf.

In einem ruhigen und tiefen Ton fuhr er fort. „Es nervt mich, dass Sie mir ständig diese blöden Fragen stellen! Was soll das denn? Sie wissen doch ganz genau, dass ich Ihr Dressing beknackt finde, so, ja, jetzt haben Sie es gehört, und Sie sind eine Frau, wollen Sie mir ernsthaft erzählen, Sie wollen wirklich immer die Wahrheit hören? Wenn Sie mich so was fragen, ich bin ein Mann, dann müssen Sie damit rechnen, dass ich die Wahrheit sage, und nicht das, was Sie hören wollen, können Sie das immer vertragen?"

„Lassen Sie das mal mein Problem sein", konterte sie. „Und woher wissen Sie eigentlich, was ich hören will?" Sie machte eine kurze Pause und schaute ihn fragend an. „Ja, ich will eine ehrliche Meinung von Ihnen, auch wenn sie nicht immer schön ist. Und nicht irgendwelchen Scheiß hören. Das geht mir nämlich auf die Nerven."

Sie beugte sich vor und stützte ihren Ellenbogen auf die Tischplatte.

„Wenn Sie mich anlügen und bei Ihnen das Geschlechtsteil durchdreht, dann ist das doch nicht mein Problem. Es ist ihr Problem. Sie müssen sich entscheiden, ob Sie ehrlich zu mir sein wollen, und ich dann weiß, woran ich bin, oder nicht, und dann lieber im Boden versinken wollen vor Peinlichkeit. Im Übrigen weiß ich dann ja sowieso, was die Wahrheit ist, und ich kann sie vertragen, das können Sie mir glauben. Und wenn nicht, ist das nicht Ihr Problem. Keine Angst vor meiner Enttäuschung, damit muss ich leben, nicht Sie." Sie lehnte sich wieder zurück.

„Dass Ihr Dings da so ein großes Problem ist, das haben Sie sich doch selbst zuzuschreiben! Kann es sein, dass Sie einfach Ihre Geilheit nicht wahrhaben wollen? Ihre Männlichkeit? Ihre Kraft? Ihre Aggression? Ich glaube, Sie wollen so einiges nicht wahrhaben. Und können so einiges nicht zugeben. Und schon gar nicht anderen gegenüber aussprechen. Trauen Sie sich nicht, könnte ja Ärger geben. Aber es gibt da Körperteile, die entlarven Sie. Sie können sich einfach nicht mehr so gut verstecken! Ihr Ständer zeigt's Ihnen doch, dass Sie zu sich stehen sollen. Genau!"

Ihre Augenbrauen zogen sich zusammen.

„Lügen Sie sich selbst und mich nicht dauernd an und das Problem wird sich mit der Zeit erledigen."

„Blödsinn!", fluchte Hellander etwas leiser. „So ein Quatsch, den Sie da faseln!", raunte er. „Meine »Geilheit nicht wahrhaben wollen«, »nicht zugeben können«, so ein beknackter Mist …"

Hellander hielt schnaufend inne.

Sie starrten sich an.

Eine ganze Weile.

Schweigend.

Auge in Auge.

Hellander wusste nicht mehr recht, was er noch sagen sollte. Die Kollegin auch nicht. Sie hatte eigentlich alles gesagt.

Er auch.

Hm, was nun, fragte er sich. Er war durcheinander und schaute an der Kollegin vorbei.

Auf der einen Seite spürte er eine angenehme Wärme und Entspannung und eine große Befriedigung, seiner Kollegin mal ordentlich die Meinung gesagt zu haben. Ohne Rücksicht auf Verluste. Mensch, er hatte ja quasi die Beherrschung verloren! Es geht also auch mal ohne! Und macht beinahe Spaß!

Auf der anderen Seite plagte ihn die Betroffenheit. Ihm war klar, dass die Kollegin irgendwie Recht hatte, selbst wenn er nicht genau wusste womit. Das mit der Geilheit war ihm nicht ganz klar, das mit dem Lügen schon eher. Zu sich stehen? Hm …

Unangenehm, so durchschaut zu werden. Sehr unangenehm.

Warum log er sie auch dauernd an? Selber Schuld … Er wollte ihr halt nicht weh tun, ja, genau, sie nicht enttäuschen, egal, was sie behauptete, wie gut sie es vertragen könne. Er hatte ja auch schon mal die Wahrheit gesagt, so halb jedenfalls, und sie war voll beleidigt gewesen. Von wegen „gut vertragen" können …

Aber gut, wenn sie es dann so haben will, soll sie es so haben …! Attacke!

Na ja. Wenn das immer so einfach wäre. Er grummelte.

Hatte er Angst?

Wovor? Vor ihr? Vor sich selbst? Vor seiner Kraft? Angst vor der Wahrheit? Vor dem Konflikt? Angst vor ihrer Enttäuschung? Und einer daraus folgenden Ablehnung?

Nach einer Weile des Schweigens drehte er sich Zähne knirschend zur Tür. Er wollte gehen.

„Übrigens", sagte die Kollegin vorsichtig, „der Fall …"

„Welcher Fall?", fragte Hellander verwirrt.

„Na, der, um den es vorhin noch ging. Der hat sich erledigt."

„Ach", bemerkte er tonlos. Den hatte er ganz vergessen. Und er war ihm auch ziemlich egal. Trotzdem fragte er nach: „Woher wissen Sie das?"

„Herr Müller. Er hat gerade noch mal angerufen …"

„Wieso schon wieder Sie?" Er wusste nicht genau, ob er jetzt aufgebracht sein sollte oder nicht.

„Wie gesagt, er denkt, Sie sind im Urlaub …"

„Pappnase", zischelte Hellander und öffnete die Tür. Auch Herr Müller war ihm gerade egal. Er ging hinaus und schloss kraftvoll die Tür.

Auf dem Weg zu seinem Zimmer strafte er die vorbeilaufenden Kolleginnen und Kollegen mit Nicht-Achtung.

In seinem Zimmer ließ er sich auf seinen Stuhl fallen und seufzte. Er verschränkte die Arme hinter dem Kopf und starrte aus dem Fenster.

Diese Kollegin …, dachte er versonnen. Was war das nur für eine? Was machte die mit ihm? Wie war das jetzt eigentlich mit der? War es gut? War es schlecht?

Dann dachte er zurück an die Zeit vor der Kollegin.

Irgendwie … öde. Sehr öde.

Gleichförmiger. Emotionsloser. Wenig Höhen, wenig Tiefen. Nette, ruhige, aber unspektakuläre Zeit. Grau.

Er dachte an den ersten Fall mit ihr und spürte auf einmal wieder die Sonne im Herzen. Ja, war es nicht so? Mit ihr kam irgendwie die Sonne. Mehr Licht. Und trotz ihrer Provokationen spürte er Vertrauen zu ihr. Tatsächlich. Und, dachte er, so spürte er auch mehr Vertrauen zu sich selbst.

Nichtsdestotrotz: sie forderte ihn heraus.

Das war lästig.

Doch – zugegebenermaßen – auch ein bisschen prickelnd …

Der Fall, um den es vorhin noch ging, wurde nie geklärt, aber das ist für den Verlauf des Weltgeschehens und für die Beziehung zwischen Kommissar Hellander und seiner Kollegin völlig irrelevant.

Inhalt